FARFALLE

Lodovico
Festa

Freddo al cuore

Marsilio

Questo libro è un romanzo. I riferimenti a persone realmente esistite o esistenti, a luoghi reali e a fatti realmente accaduti sono puramente casuali.

Prima edizione: febbraio 2024
ISBN 978-88-297-1840-5
www.marsilioeditori.it

FREDDO AL CUORE

I

Martedì 20 settembre

«*Rosso un fiore in petto c'è fiorito, una fede c'è nata in cuor. Noi non siamo più – nelle officine, entro terra, nei campi, in mar – la plebe sempre all'opra china senza ideale in cui sperar.*» Si svegliò. Ancora assonnato. L'inno rivoluzionario per eccellenza, *L'Internazionale*, gli era risuonato nella testa tutta la notte.

Mario Cavenaghi se ne stupì fino a un certo punto. La mamma, vecchia militante intransigente, gli cantava l'opera dei comunardi Eugène Pottier e Pierre de Geyter come ninnananna. Ricordava quando suo papà, operaio, anche lui attivo militante del Partito comunista ma meno zelante della moglie, aveva intonato quel canto al funerale del fratello, lo zio Franco, con una voce rotta che aveva impressionato il piccolo Cavenaghi.

Amici, che se la tiravano, recitavano il testo originale francese: «*Debout, les damnés de la terre! Debout, les forçats de la faim!*», più drammatico, meno carducciano rispetto alla versione italiana. Con una delegazione della Fgci l'aveva sentito cantare ad Atene in greco quando erano caduti i colonnelli, a Madrid in spagnolo dopo che era morto Francisco Franco, a Mosca in russo a un Festival mondiale della gioventù democratica, e altre infinite volte a congressi, Feste dell'Unità, comizi, 25 aprile, 1° maggio, funerali, vittorie elettorali e sconfitte. L'anno prima, nel 1993, mentre erano in vacanza in un'isoletta greca – lui e vecchi amici già comunisti – si erano messi a fischiettare l'inno simbolo del socialismo mondiale mentre giocavano a scopa. Una signora albanese che puliva la casetta presa in affitto li aveva guardati di traverso: con che cosa mai scherzate, disgraziati! Era l'implicito messaggio di chi aveva vissuto in prima persona il "socialismo reale".

Tra i tanti usi meno appropriati, Cavenaghi ricordava quella bestiolina del suo amico di una vita, Cecco Fani, che borbottava i sacri versi nella londinese Charing Cross Road, nei dintorni di librerie della sinistra radicale: «Non hai idea» diceva a Cavenaghi, «di quante stangone trotzkiste, rosse di capelli, con gli occhi azzurri e gambe chilometriche, pronte a esprimere nei modi più affettuosi solidarietà rivoluzionaria, si recuperano così.» «E la lotta al deviazionismo di sinistra?» chiedeva Mario. «Rimandata per qualche ora.»

Forse la colonna sonora della notte era stata ispirata dalle discussioni con la moglie, la Carla, prima della sua partenza per Napoli. «Ma che cosa torni a fare in Italia?» gli aveva detto. «Troverai quei falliti dei tuoi compagni e cercheranno di trascinarti in qualche nuova avventura.» «Ma dai! Si tratta di un convegno sull'idraulica particolarmente importante. È utile se partecipo. Posso costruire relazioni che faranno bene alla nostra azienda.» «Che cosa c'entriamo noi con i problemi dell'irrigazione agricola? Non è meglio se te ne stai qui a Lugano piuttosto che buttare via del tempo?» Per fortuna, lo zio di Carla, Luigi Fornaroni, quello che aveva fondato la società Fzmc a cui partecipavano Mario e sua moglie, era intervenuto: «Cara nipote, alcune delle macchine che costruiamo per abitazioni private e luoghi pubblici sono le stesse che vengono adoperate per portare l'acqua ai campi. Prendere contatto con chi le studia e le produce può essere vantaggioso per il nostro lavoro. Il congresso italiano di idraulica è un'occasione importante per intessere relazioni.»

Alla fine, si disse Cavenaghi, credo sia stata la notizia che Paolo Ettorri non ha avuto un incidente fatale ma è stato probabilmente ammazzato, a sollecitare nel mio inquieto dormire quelle vecchie memorie rivoluzionar-musicali.

Sabato 17 settembre, a Lugano, aveva appreso dalla radio – da bravo immigrato non privo di nostalgia, sentiva ogni giorno le informazioni lombarde del *Gr3* – di un incidente che aveva provocato la morte del suo vecchio amico corsichese. La notizia lo aveva amareggiato. Adesso però si parlava di omicidio.

Per partecipare in orario al XXIV Convegno di idraulica e costruzioni idrauliche, l'ingegnere in trasferta dal Canton Ticino era arrivato a Napoli la sera prima, il 19 settembre, e verso le 10.00 aveva raggiunto il suo albergo, il meraviglioso Grand Hotel Vesuvio sul Lungomare Caracciolo. Non erano più i tempi né delle pensioncine pulciose di quando era uno studente né degli alberghi di serie B frequentati negli anni in cui era funzionario del Partito comunista. Entrato in camera, aveva acceso il gigantesco schermo a sua disposizione per sentire le ultime notizie e al telegiornale aveva ascoltato il procuratore aggiunto milanese Venanzio De Mellis raccontare come Ettorri fosse annegato in una vasca di fanghi trattati del depuratore di Peschiera Borromeo, e a detta sua era improbabile che si fosse trattato di un incidente. Così era stata avviata un'indagine per omicidio.

Man mano che si informava sulla dinamica di una morte per annegamento e avvelenamento in una vasca di depurazione, un esperto, quale era diventato il Mario, di tutto ciò che riguardava l'acqua e la sua gestione non poteva che dubitare della natura accidentale di una simile disgrazia. E poi il cadavere di Ettorri, diceva il tg, era stato recuperato al mattino. Che ci faceva in quell'impianto a tarda ora?

Cavenaghi – da presidente, fino al 1989, dei probiviri del Pci lombardo: un ruolo, è bene ricordarlo, che serviva a sorvegliare la moralità degli iscritti, ma anche, discretamente, a vigilare sugli interessi più generali del partito – conosceva bene il corsichese Paolo.

Figlio di un bracciante diventato poi operaio in una vetreria del Sud milanese, nel 1944, a quattordici anni, Ettorri aveva fatto la staffetta partigiana e si era iscritto al Pci. Poi nel 1947 si era diplomato in ragioneria, e nell'impresina edile nella quale era stato assunto come aiuto contabile aveva organizzato lo sciopero generale nel luglio del 1948, quello promosso per l'attentato a Palmiro Togliatti. Per questa sua attività politico-sindacale era stato licenziato, e lui, un impiegato, era diventato l'eroe di tanti lavoratori di Corsico. Così nel 1955, a venticinque anni, era stato eletto sindaco del suo Comune, ed era rimasto alla guida del municipio fino al 1975, eletto in seguito consigliere provinciale, poi assessore negli ultimi anni Settanta, e infine presidente e consigliere di un'ininterrotta serie di enti provinciali, consortili, municipali.

Alla fine degli anni Cinquanta, nel momento del massimo isolamento vissuto dai seguaci di Palmiro Togliatti, sotto accusa per la solidarietà all'Unione Sovietica che aveva invaso l'Ungheria, dopo la sconfitta della Fiom alle elezioni per la commissione interna alla Fiat, abbandonati dai socialisti guidati da Pietro Nenni che avevano sciolto il patto di unità d'azione, ai comunisti milanesi restavano due principali roccaforti: Sesto San Giovanni, guidata da una personalità carismatica come quella di Abramo Oldrini, e Corsico, amministrata da un ragioniere, spigliato, sveglio ma anche molto alla mano, più un amicone che un leader.

Il Paolo sindaco, Mario se lo ricordava bene. Sul metro e ottanta, con la riga, quasi un'onda di capelli molto neri che abbinati ai denti molto bianchi e agli occhi scuri e brillanti gli davano un certo fascino. Le sue fan, tenute a bada con difficoltà da una biondona già molto bella, che era sua moglie, dicevano: «*El par un atùr.*» Vestiva con una qualche ricercatezza, giacca a spina di pesce e pantaloni neri, e spesso indossava eleganti stivaletti scuri. Quando riusciva a sfuggire alla bionda consorte, lo potevi trovare nei night del Sud milanese, con giacche di pelle nera a metà tra la divisa dei cekisti e l'abbigliamento del Fonzie di *Happy Days*.

Dopo la fase "traversata nel deserto" degli ultimi anni Cinquanta, quando il Pci aveva cominciato a riprendere iniziativa ottenendo una certa influenza popolare, l'Ettorri, già trascinatore negli scioperi, si era dimostrato uno di quei preziosi autodidatti diventati esperti di questioni amministrative e di programmazione del territorio, capaci al pari (e spesso anche di più) di tecnici prestigiosamente laureati: preparati e insieme rimasti uomini del popolo, abituati a parlare la lingua della gente più semplice.

«*L'è un bel tipett*» diceva di lui il presidente della commissione probiviri, Peppe Dondi, di cui Cavenaghi era stato vice e poi successore, e in queste parole c'era un'ombra di preoccupazione per un uomo pubblico cui piaceva molto la vita, e più in particolare la vite e anche il giro-vita (e petto) di tante giovani e meno giovani fanciulle che gli capitava d'incontrare.

Con tutte queste caratteristiche ottime e talvolta appena un po' meno, con il suo brillante curriculum politico, il Paolo faceva parte di quel tessuto che teneva insieme l'articolata presenza del cauto bolscevismo ambrosiano.

Pensare che si fosse arrivati ad assassinare un comunista di questo tipo era insieme uno shock e una conferma. Nel passato quasi nessuno avrebbe avuto l'ardire di organizzare un'impresa simile: il "partito" faceva paura; oggi, invece, che questo potesse avvenire era un ulteriore segnale della fine di un'epoca.

Dunque la notturna ossessione sonora poteva essere stata ispirata proprio da questo sentimento: una surreale cerimonia funebre non solo per l'Ettorri, ma pure per tutta l'epoca nella quale Cavenaghi aveva vissuto.

Un intelligente professore cattolico di Storia contemporanea alla Statale, con cui aveva fatto amicizia l'anno precedente, nel 1993, glielo aveva spiegato bene: «Voi eravate frutto di una guerra, quella civile europea; quando questa finisce, si consuma ciò che sosteneva una comunità solidale come la vostra. È avvenuto con tanti protestanti dopo la Guerra dei Trent'anni, passati da forieri di innovazioni sconvolgenti a fiorenti uomini di affari; così come con tanti marescialli bonapartisti trasformati dopo Waterloo da messaggeri degli ideali liberali (sia pure in forma autoritaria) a panciuti dominatori dell'import-export.»

Insomma, da appassionati rivoluzionari (sempre più prudenti negli ultimi anni) che lavoravano per una nuova società, i nipotini di Togliatti sarebbero finiti a fare i funzionari di Bruxelles, o del Crédit Agricole o della Goldman Sachs, o ancora di un'impresa idraulica del luganese, o a morire in una vasca di fanghi trattati in un depuratore? Un assassinio che contribuiva a evocare questo presente poteva bene ispirare un canto celebrativo di commiato.

Si era fatto svegliare presto quella mattina. Voleva approfittare del favoloso buffet del Vesuvio – andava avanti con un rancido sandwich da treno mangiato la sera prima –, voleva concedersi almeno un paio di fette di una strepitosa pastiera. Con il gusto di fiori d'arancio cercava di far sparire quello di cenere che la onirica simil veglia funebre gli aveva lasciato in bocca. E poi, alzandosi alle 7.00 del mattino, intendeva raggiungere a piedi la facoltà di Ingegneria. Via Caracciolo, via Posillipo e poi su su attraverso Fuorigrotta, dove si teneva il convegno. Si annunciava un percorso meraviglioso. E pure un po' impegnativo.

Posillipo aveva diverse strade in salita, e tanti degli spazi di Fuorigrotta erano segnati anche dalle note manie del regime fascista per larghi e sterminati vialoni.

Camminare sul lungomare su cui affacciava il suo albergo era stupendo. Nonostante l'età (fra tre anni sarò un cinquantenne, si diceva Cavenaghi, tra i miei capelli biondi ce n'è più di uno bianco), la vita d'ufficio, il pochissimo movimento e il peso notevole anche per una persona alta come lui si avvertissero in questa impegnativa passeggiata, non si sentiva veramente in difficoltà. Dolorini, fiatone e fatica svanivano quando si veniva investiti dall'aria salmastra, dolce, settembrina e ancora tiepida del Golfo. A Cavenaghi, tipico esempio di disperato milanese, l'atmosfera ricca di benzina che si respirava per le vie della città in cui era nato e dove per tanto tempo aveva abitato, non dispiaceva: «È il profumo del progresso.» Certe volte qualche protesta dei polmoni gli faceva dubitare di queste sue convinzioni. Esitazioni che solitamente duravano poco. Nonostante tale grave degenerazione, l'ingegnere si rendeva conto di come il sapore delle acque partenopee fosse un'altra cosa, anche rispetto a quella sensazione limacciosa trasmessa dal lago della Lugano in cui era finito a vivere.

Tutte le città italiane sono costruite dalla storia: mura romane sostituite da bastioni spagnoli fino ad arrivare alla circonvallazione milanese del tram 29-30. Ma Napoli era fantastica perché in due passi ti trasferivi da un quartiere spagnolo a uno piemontese, e poi a uno fascista, a quello lanciato da Achille Lauro e a quell'altro frutto dello scatenarsi edilizio ispirato da Antonio Gava. E tutto ciò mentre t'imbattevi continuamente nei segni della romanità classica, sparsi dappertutto, ancora ben visibili non proprio, ma quasi, come nella città Caput mundi.

Non potevi distinguere bene tra centro e periferia: eleganza e degrado, progresso e disperazione si inseguivano e si alternavano senza seguire quell'ordine che caratterizzava le città monocentriche, comprese quelle regolate dal corso di un grande fiume o, per tornare alla sua dimora del Canton Ticino, quelle costruite intorno a un lago.

Anche il traffico seguiva una logica particolare: in ogni piazza avevi la sensazione, almeno a certe ore del giorno, di trovarti in un ingorgo, uno di quelli che in tutte le aree metropolitane si esprimono solo episodicamente con tanto di clacson suonati a perdifiato. "L'effetto ingorgo" descriveva invece la normalità della vita cittadina napoletana; i veri e propri ingorghi partenopei, dalla loro, non avevano niente di simile a quelli delle altre grandi aree urbane, e ricordavano piuttosto una carica del Settimo cavalleggeri: decine di trombe, spari, urla, scalpitare di cavalli, tamburi di pellirosse.

Procedendo nel percorso, si accumulavano i segni del magnifico disordine della città. Ma lui non si scordava di quello che gli aveva insegnato il suo vecchio amico, Gus Rinetti, uno tra i più brillanti architetti milanesi del Secondo dopoguerra: «Non ti fare ingannare, Napoli ha una sua trama nascosta, definita, oltre che dal Golfo e dalle colline, dalla metropolitana-passante costruita nell'Ottocento, la vera struttura che consente alla gente di muoversi e lavorare. Come dicono sotto il Vesuvio: quando in Piemonte si andava ancora in carrozza, qui da noi c'erano già i treni.»

Mario non dimenticava la struttura nascosta, ma in lui il senso di caos era comunque fortissimo. E, assecondando la maledizione lanciatagli dalla Carla («Se torni in Italia il tuo vecchio mondo ti risucchierà»), non riusciva a non passare da queste sensazioni a considerazioni più generali. Insomma, a riflettere sul grande ordine in cui era vissuto, e dove ogni giorno, con la lettura obbligatoria di un bel mucchio di quotidiani, cercava di capire in quale direzione andasse il mondo e, dentro questo, l'Italia. E tale grande ordine a discendere conformava tutta la sua vita (tranne la piccola area di caos del suo amore per l'anticomunista Mazzarenti). Poi, con il 1989, il citato grande ordine era man mano scomparso, fino a evaporare con la fine dell'Unione Sovietica nel 1991, concludendosi infine nel piccolo ordine luganese: «Quante macchine idrauliche venderemo questo mese? Abbiamo i soldi per pagare quest'estate un corso d'inglese a Londra per Piero? Si va in vacanza nel Salento o nelle Cicladi? O come al solito a Milano Marittima?»

Il caos napoletano gli riproponeva in qualche modo il quesito: il senso di una vita si può cogliere solo all'interno di un grande ordine o ne basta uno piccolo, famigliare?

Rimasticando tale domanda, Cavenaghi entrò da piazzale Tecchio nella facoltà d'Ingegneria dell'Università Federico II, un edificio particolarmente interessante progettato prevalentemente da Luigi Cosenza, napoletano tra i protagonisti di quel razionalismo italiano che aveva conquistato grande fama in tutto il mondo e i cui segni venivano riconosciuti immediatamente da un milanese, per quanto questa tendenza architettonica aveva definito il panorama contemporaneo del capoluogo lombardo.

Come ogni progetto di grande respiro, la facoltà d'Ingegneria non era una cattedrale nel deserto, ma s'integrava perfettamente nel contesto, collegandosi in generale all'opera di riqualificazione di Fuorigrotta ed essendo, più particolarmente, terminale delle case popolari che affiancavano la sede universitaria, anche queste disegnate dal Cosenza.

Un ambiente ben costruito metteva sempre di buonumore Cavenaghi, che in questo stato raggiunse rapidamente l'aula magna, dove si teneva il congresso.

Dopo qualche saluto d'occasione di autorità pubbliche e accademiche, un professore che non conosceva (forse Avanzi di cognome) iniziò a illustrare i fenomeni di cavitazione nei getti. La monotonia dei temi e dei toni prese a diffondersi spietatamente sulla platea. Il nostro ingegnere proveniente da Lugano non era affatto dispiaciuto da questa pervasiva atmosfera di solido tedio. Sin da quando frequentava il Politecnico, era grato ai suoi docenti per le loro lezioni così concrete, così rigidamente legate alla realtà, così diverse dagli insegnamenti che non solo nelle facoltà umanistiche ma anche in molte di quelle scientifiche – si consideri quanto il pensiero matematico o lo studio della fisica si intreccino alle riflessioni filosofiche – suscitavano accalorate discussioni culturali. No, gli bastava l'impegno politico per dibattere principi e teorie; aveva bisogno invece di una forza che lo costringesse con i piedi ben fermi sulla terra, e questa forza aveva solo una forma possibile: quella di un'invincibile noia. C'era chi temeva che la noia intralciasse una vita interessante, il Cavenaghi pensava invece di avere una vita interessante alla quale era opportuno, per non esserne travolti, fissare dei confini. Noiosi, appunto.

Questo era stato lo spirito con cui aveva vissuto, durante il suo secondo anno di corso di studi, il mitico e incandescente 1968. E il fascino della noia, del confrontarsi su fatti pur complessi ma dai limiti dettati dalla pura tecnica, continuava a essere una vitale necessità per chi come il Cavenaghi di oggi doveva superare (dimenticare?) quel suo stare "politicamente" nel mondo a cui era stato abituato per decenni. Una sorta di indispensabile autodifesa era stata la ragione per non dismettere la propensione pro-noia anche quando la vita non era stata più travolgente, quando il suo ambiente era regolato da un piccolo ordine invece che da quello antico e grande. Solo una sistematica routine iperpragmatica lo poteva salvare dal perdersi nella ricerca di un ordine generale che non esisteva più o che, almeno, lui non riusciva più a intravedere.

Con questa disposizione d'animo l'ingegnere ormai luganese prendeva appunti sulle informazioni più interessanti che emergevano dal convegno, apprezzava il modo in cui un'attività in larga parte artigianale, e quindi pragmatica, veniva attraversata a tratti da sprazzi di creatività (pur talvolta vagamente preoccupato che questi sprazzi compromettessero l'effetto terapeutico della santissima noia) necessari per collegare nuove scoperte scientifiche ad applicazioni concrete, e si sentiva, con il dedicare alla concretezza la sua attenzione, protetto anche dai turbamenti che la sonora notte passata gli aveva provocato.

Immerso in questa sorta di nirvana politecnicista, sulle prime non notò la presenza di un suo antico amico e compagno. Quando però si accorse di Marino Polo, fu subito diviso tra due reazioni: guarda te, una persona con cui posso scambiare ricordi e impressioni adottando lo stile che ho usato per trent'anni. Ma dall'altra avvertì tutto il peso della maledizione che la Carla aveva lanciato sul suo viaggio: «Vedrai che ti risucchieranno e ti invischieranno come al solito in qualche inutile avventura.»

Non ci fu una vera lotta tra le due opzioni (salutare o far finta di non vedere l'amico): il richiamo di una chiacchierata con Polo fu invincibile. Sarò forte e non mi farò risucchiare, si disse Cavenaghi.

Il Marino non era proprio altissimo né magrissimo, aveva la statura e la solidità di un peso welter (appena appena sopra la categoria "mosca"), di quelli un po' tracagnotti. Aveva capelli tagliati corti ma riccioluti. Da una parte aveva occhietti furbi e una chiacchiera vivace da scugnizzo, dall'altra – e già da quando era ventenne, nel momento in cui lui e Mario si erano incontrati nella direzione nazionale della Fgci – lo sguardo rivolto tendenzialmente all'infinito, l'atteggiamento di un saggio, e di quelli più sperimentati, un saggio napoletano.

Marino era uno dei due Marini protagonisti della Fgci napoletana e dunque nazionale dell'inizio degli anni Settanta: l'altro era il Marino Ruggeri, che con la sua barba riccioluta, i capelli rossastri, alti e mossi, la "erre" moscia, rappresentava un'altra anima della capitale campana, quella romantico-risorgimentale.

Nel Pci, l'ala tendenzialmente riformista (termine peraltro proibito fino quasi a metà degli anni Ottanta e sostituito con "riformatrice", cioè pragmatica ma teoricamente ancora legata al leninismo) aveva a Napoli il rappresentante di maggior valore: Giorgio Amendola. Erano tempi in cui Togliatti considerava particolarmente utile nel partito (in realtà essenzialmente nella "direzione" del partito) la possibilità di avere vivaci scambi di idee e punti di vista diversi. Questa attitudine del "capo" aveva consentito ad Amendola di selezionare quadri vicini alla sua sensibilità, man mano promossi a ruoli dirigenziali. E una coppia partenopea (proprio come i due Marini) grazie all'atteggiamento togliattiano e alla determinazione amendoliana aveva avuto ruoli da protagonisti nel Pci: Napoleone Giorgianni e Ciro Geronte. La morte di Togliatti, però, e poi la grave malattia dell'altro leader carismatico del Pci, Luigi Longo, avevano reso più complessa la coesistenza di punti di vista nettamente differenziati nei vertici del partito.

Non c'era più un segretario generale che assicurasse senza problemi una sintesi politica. E dunque non c'era più neanche la possibilità di un Amendola che aiutasse i propri allievi ad affermarsi. Così i due Marini, tra i giovani più brillanti del comunismo italiano, erano stati sostanzialmente messi ai margini da coetanei più votati al conformismo o, nella fase finale del Pci, più orientati su quelle posizioni radicali che un partito il cui dna legato alla Rivoluzione d'ottobre andava via via dissolvendosi, tendeva ad assumere. Dei due, il Polo era quello che aveva accolto una certa progressiva emarginazione in modo più combattivo; il Ruggeri, invece, non per nulla allievo preferito del Giorgianni, aveva scelto le vie più diplomatiche.

Cavenaghi, da amendoliano milanese, conosceva le vicende dei due ormai ex giovani napoletani; si era informato accuratamente su di loro fino al 1989, poi molto approssimativamente nel suo rifugio svizzero. Ed era curioso (pur ripetendo come un mantra: «Non mi risucchieranno, non mi risucchieranno») di avere notizie più attuali ed esaurienti. Corse dunque ad abbracciare l'antico amico di Fgci, chiedendogli: «Ma che ci fai qui?»

«Ora lavoro alla Finmeccanica, sai che sono un ingegnere come te. E anche la mia impresa si occupa di tubi, più di quelli che servono per i siluri e i cannoni che per le macchine di irrigazione agricola, ma pur sempre tubi.»

«Niente più politica?»

«E come si fa a smettere, rimanendo qui in Italia? Beato te che ti sei rifugiato a Lugano. La situazione è allo sbando, credo che il governo Cazzaniga abbia già i giorni contati, ma la sinistra è una chiavica. Qui in città più di uno della sinistra del partito, che ora si chiama Pds, per farsi largo ha ispirato indagini della magistratura sui compagni che non la pensavano come lui.»

«L'anno scorso, a Milano, mi hanno raccontato storie analoghe.»

«C'è stata una caccia innanzitutto al mio gemello Ruggeri, in parte tesa a intimidire il nostro Giorgianni, quando era presidente della Camera.»

«Intimidire Giorgianni? Un compito non impossibile.»

«A voi milanesi vi voglio bene, ma siete sempre stati un po' *strunz.*»

«Non seguo molto la politica italiana, ma nel 1993, quando aveva un certo potere grazie soprattutto a Bettino Craxi, non ho visto una grande iniziativa del presidente della Camera al fine di impedire la dissoluzione di una forza fondamentale per la democrazia italiana come il Partito socialista.»

«Ripeto: *strunzett.* Napoleone è quello che ha sfidato il segretario nazionale sull'impoliticità della questione morale, pagando questa battaglia con l'esilio a Bruxelles. Si è speso per l'unità tra comunisti e socialisti fino all'ultimo, quando poi è stato necessario soprattutto salvare la democrazia dalla terribile deriva del 1992. E non dimenticare il suo gesto britannicamente bipartisan, da opposizione di sua maestà, quando si è votata la fiducia al governo Cazzaniga.»

Il Cavenaghi di una volta avrebbe ribattuto al Polo: «Perché Giorgianni ha appoggiato Papperi contro la direzione riformista della federazione di Milano? Perché non ha difeso il parlamento quando è stato attaccato frontalmente dal Palazzo di Giustizia milanese? Perché dopo il suo gesto bipartisan, quando è ripartita la canea giustizialista per liquidare una maggioranza scelta dagli elettori, Napoleone si è eclissato?» Ma il Cavenaghi del 1994 era inesorabilmente condizionato dalla profezia del "risucchio": era un osservatore svizzero, e si ritrasse dalla pur pacata polemica. «Vabbè, parliamo di tubi.»

Ma la sua ritirata non raggiunse lo scopo. Interrotta la discussione sui temi politici generali, il Polo, con un ammicco, disse: «Perdonami, Mario, sono venuto a questo convegno perché la mia impresa aveva un qualche interesse per alcuni prodotti di cui si parla qui, ma il motivo principale che mi ha spinto a partecipare è Leopoldo Rotelli: mi ha chiamato, mi ha detto che aveva saputo che tu saresti stato presente a questo convegno, e doveva farti avere un messaggio urgente.»

Oh, no, si disse l'ingegnere diventato luganese, con il suo vecchio amico l'ex senatore Rotelli di mezzo il risucchio diventava terribilmente pericoloso, e con aria molto preoccupata non seppe dire altro che: «Qual è il problema?»

«Forse è meglio se ne parliamo in un luogo meno affollato.» Molto riformista, ma il Marino saggio/scugnizzo si era formato in un ambiente dove la riservatezza era una regola insuperabile.

«Sia fatta la vostra volontà.» Replicò alla richiesta di riservatezza con un atteggiamento da martire ormai consapevole dell'incombente sacrificio.

«Pizza a fine mattinata?»

«E pizza sia», e Mario si avviò abbacchiato ad ascoltare la relazione successiva, consapevole che nessuna noia, per quanto potente, sarebbe riuscita a ripararlo dal futuro che lo minacciava in maniera implacabile.

Qualche tempo ancora a sentire relazioni su tubi e valvole, e poi i due vecchi amici si indirizzarono verso una vicina e famosa pizzeria, una di quelle che rendono Napoli un paradiso del cibo.

Il Polo le provò tutte pur di far tornare un po' di serenità all'amico: zucchine alla scapece, peperoni sciuè sciuè, l'insalata di rinforzo, mulignane a fungitiello. Dopo una splendida pizza con quel contorno alto che sanno fare solo sotto il Vesuvio (anche se qualche pizzaiolo egiziano copto sembra aver imparato questa magica arte), neanche un babà alla crema riuscì a far tornare il buonumore a Cavenaghi.

«Bene, e adesso beviamo l'amaro calice» si rivolse al Polo.

«Non so se hai sentito la notizia di un vecchio amministratore del Pci trovato morto in un depuratore nel milanese.»

«Sì, il povero Ettorri: da quel che ho capito dal telegiornale, sembra certo che si tratti di assassinio.»

«Rotelli dice che hanno ricevuto, per vie traverse, informazioni dal Palazzo di Giustizia sul ritrovamento di materiale compromettente nella casa del morto. Documenti che potrebbero sostenere un'accusa di omicidio che coinvolgerebbe addirittura un dirigente cooperativo, Alberto Rosci. Il nostro Rotelli mi ha detto che il Rosci è un tuo vecchio amico. Chi indaga ha preso tempo prima di una possibile incriminazione, anche perché non è molto convinto della provenienza del materiale accusatorio che è stato ritrovato.»

«Alberto? Assurdo. Se c'è un compagno che è sempre

stato ultrascrupoloso nel rispetto della legge, è lui. E che roba è mai questa, di magistrati che sospendono un'incriminazione?»

«Fa bene incontrare qualcuno che ancora si stupisce dei pasticci che possono combinare i nostri cari togati dopo il '92. Vedere tanto candore mi commuove. In questo caso però avere un po' di tempo per impedire l'ennesimo linciaggio giudiziario non è una cattiva notizia. Mentre mi pare di capire che non sia una buona nuova quella che, secondo Rotelli, solo l'ingegner Cavenaghi possa affrontare con successo il groviglio che ti ho illustrato.»

«Non hai idea dei problemi che mi può provocare seguire questo caso. Avevo giurato e stragiurato a Carla che non mi sarei mai più cacciato in simili avventure.»

«Ma il vecchio ex senatore milanese che mi ha chiamato mi ha detto che i tuoi rapporti con Rosci non sono solo quelli tra due ex militanti del Pci: dice che è una persona alla quale sei profondamente e personalmente legato.»

«Figurati, abbiamo studiato insieme al Poli dal '67 al '75. I figli di operai come noi si contavano sulle dita di una mano: sei, sette anni di studi, una preparazione di base che richiedeva buone scuole superiori, non quelle che avevamo frequentato noi. E poi, per quel riguarda la politica, nella sezione universitaria del partito c'erano solo tre studenti di Ingegneria. In facoltà prevaleva un cauto, e spesso inespresso, nel '68, moderatismo, mentre la parte più attiva, collegata alla ben più calda facoltà di Architettura, militava nei vari gruppi estremistici. Insomma, con Alberto ho vissuto spalla a spalla sia nello studio, perché dovevamo competere con ragazzi che avevano avuto tutte le occasioni per perfezionare la loro preparazione, sia in politica. In un certo momento eravamo gli unici non estremisti che riuscivano a parlare nelle assemblee e a far prevalere il senso di responsabilità contro le tendenze più avventurose. Alberto peraltro è sempre stato una persona straordinaria:

pacato, serio ma non serioso. Persino quella mangiacomunisti della mia ragazza, che poi è diventata mia moglie, lo adorava, e non aveva problemi ad andare in vacanza in sua compagnia. Naturalmente purché si parlasse di politica solo quando lei non era presente.»

«Mi pare di ricordarlo a una riunione di studenti d'Ingegneria delle sezioni universitarie nei primi anni Settanta.»

«Non si faceva notare molto, era un formidabile organizzatore ma un oratore timido. Mi ha detto che è stata durissima la sua esperienza di consigliere comunale a Buccinasco: serviva uno come lui, con forti competenze tecniche, per contrastare la penetrazione della 'ndrangheta nel settore costruzioni di quella zona, uno sforzo che poi non ha riscosso il successo necessario. Quando doveva intervenire nell'assemblea consigliare, s'impappinava quasi sempre. Alla fine degli anni Settanta è passato a lavorare alla Box coop, la struttura della Lega delle cooperative che si occupava di parcheggi sotterranei, e l'ultima volta che ci siamo visti di recente era ancora impegnato lì. A testimonianza del comportamento che aveva nel movimento cooperativo e nel partito, c'è il fatto che, pur occupandosi di cemento e licenze, non c'è stata alcuna inchiesta giudiziaria sul suo conto.»

«Avrà avuto al suo fianco altri compagni che si occupavano dei soldi per il partito.»

«Senza dubbio, allora le cose andavano così.»

«Insomma, un'ottima persona.»

«Pensa: quando me ne sono andato da Milano rinunciando al mio incarico nel partito, sono più o meno una decina i vecchi amici con i quali sono rimasto in rapporti stretti e che mi sono venuti a trovare. Tra questi forse solo Alberto veniva quasi ogni anno, con moglie e figli.»

«Bene, lasciatelo dire da un osservatore esterno: non vedo proprio come farai a liberarti dalla richiesta rotelliana.»

«Grazie del sostegno morale» disse amaramente il luganese acquisito.

Insieme, un po' silenziosi per le vicende di cui avevano preso atto, i due si avviarono a raggiungere i loro posti al convegno che molto ingegneristicamente, pur in terra di pennichelle, riapriva alle 14.45.

Cavenaghi non riusciva più a concentrarsi, pensava solo al suo vecchio amico, lo vedeva sia com'era da ventenne, quando erano sempre insieme, sia nel suo aspetto attuale, con l'onda ormai brizzolata, la chioma sempre meno nera e folta, il baffo stanco, i vestiti da decente ma non appariscente funzionario della Lega delle cooperative, gli occhi azzurri, e la sua parlata segnata da quella umbra del padre, operaio immigrato a Milano da Perugia negli anni Sessanta. È ineluttabile, non posso evitare di essere coinvolto in questo caso, si disse Cavenaghi. A parte la famiglia e un po' il lavoro, solo l'amicizia dà serenità alla mia esistenza, e non posso tradirla.

Come aveva imparato dalla sua vita precedente, una volta che si era presa una decisione bisognava impegnarsi subito ad attuarla. Perdere tempo significava esclusivamente accumulare ritardi che finivano per essere solo nocivi. Informò la segreteria del convegno che il giorno dopo non avrebbe potuto continuare a seguire i lavori, e dunque non avrebbe partecipato al gruppo di studio e discussione al quale si era iscritto. Telefonò all'albergo annunciando che sarebbe partito in serata e pregò che gli preparassero il conto. Chiese anche di trovargli un treno che da Napoli arrivasse a Milano il prima possibile. Poi passò al compito più difficile: telefonare alla Carla. Quando gli comunicarono che poteva partire da Napoli alle 20.00 e arrivare a Milano centrale alle 2.00 del mattino, dove sarebbe partito per Lugano alle 5, chiamò sua moglie per informarla del suo rientro e annunciarle che doveva parlarle di un'emergenza. «Come dovevasi dimostrare» fu l'acido commento algebrico di una che aveva preso trenta nel più terribile degli esami della facoltà d'Ingegneria: quello di analisi matematica 2.

Infine telefonò a Rotelli: «Ciao, come stai? Il Polo mi ha raccontato della situazione di emergenza che si è creata a Milano. Io prendo un treno alle 20.00, sarò a Lugano alle 6.30, dimmi che cosa vuoi che faccia.»

L'antico dirigente del Pci rispose: «Bisogna fare un salto a Roma e parlare con alcuni compagni informati della vicenda di cui ti ha accennato il Polo. Io sono qui con il tuo vecchio amico Fani, che potrebbe arrivare a Bologna in tempo per fare con te il resto del viaggio verso Milano, così t'informa a voce su quel che sta succedendo e ti fa leggere un po' della documentazione in nostro possesso.»

«Bene, farò come dite. E se poi mia moglie mi caccia di casa, verrò a dormire da te.»

«Non metterla giù così dura, si tratta di salvare un tuo amico, e dunque fa' ciò che è necessario.»

Cavenaghi scambiò un saluto anche con Cecco Fani e confermò l'appuntamento sul treno che partendo da Napoli alle 20 arrivava a Bologna a mezzanotte e un quarto per poi dirigersi a Milano.

Senza più paesaggi da gustare o arie marine da annusare, l'ingegnere luganese salì sul taxi e corse in albergo, fece le valigie e poi il check-out, e andò subito in stazione. Quella mattina non aveva neanche letto i giornali, una cosa che un tempo sarebbe stata per lui inconcepibile. Diede un'occhiata al *Corriere della Sera*, che in prima pagina annunciava: «I boss pronti a colpire.» È un messaggio per me?, si chiese. Poi vide un titolo sull'*Unità* che diceva: «Cazzaniga su Bossi: è folklore.» È vero dunque quel che dice Marino Polo: il governo si avvia alla disgregazione, si disse. Poi un cappuccino, una brioche, e arrivò l'ora della partenza. Pensò bene di appisolarsi. Con l'arrivo a Bologna del frenetico Cecco non ci sarebbe stata più l'occasione di dormire e la sua notte prevedeva un ulteriore viaggio verso Lugano, con arrivo praticamente all'alba.

Stava sognando pastiere e babà napoletani, quando il suo tarchiato e trasandato amico entrò rumorosamente nello scompartimento.

Qualche minuto per i convenevoli: come stavano moglie e figli?

«Come va il lavoro?»

«Tubi a levante e ponente, e tu?»

«L'agenzia investigativa funziona a fatica, il Pds, cioè il mio principale committente, fa acqua da tutte le parti. Meno male che Mariza ha trovato un impiego in una società di import-export. Timisoara è diventata la meta di tanti imprenditori italiani, e una rumena sveglia che traduca la lingua e spieghi l'ambiente è particolarmente ricercata.»

Era ora di passare alle questioni serie. Uscirono dallo scompartimento dove dormicchiavano due turisti tedeschi: apparentemente erano innocui, ma non si poteva mai sapere. Bisbigliando il Fani spiegò il caso a Mario: l'andamento delle indagini, la copia, misteriosamente rinvenuta, di uno scritto che incolpava il Rosci su tangenti per completare il nuovo depuratore, le perplessità del procuratore aggiunto De Mellis sul documento di denuncia.

Gli investigatori erano convinti che la morte di Ettorri fosse un omicidio. Non avevano ancora le conferme decisive, ma tutto andava in quella direzione. Lo scritto trovato a casa dell'ex sindaco di Corsico era una specie di lettera indirizzata alla segreteria della federazione del Pds e alla presidenza lombarda della Lega delle cooperative, dove si denunciavano richieste di denaro da parte di Rosci.

Le perplessità all'interno della procura di Milano nascevano dal fatto che la lettera non fosse firmata, che non vi fossero su di essa impronte digitali di Ettorri, che a casa e nei vari uffici frequentati dal morto non vi fosse una macchina da scrivere del tipo di quella usata per redigere il documento rinvenuto. Anche l'idea stessa che una vecchia volpe come l'ex amministratore comunista mettesse per iscritto una simile accusa appariva assolutamente improbabile.

Dal Palazzo di Giustizia per vie traverse erano giunti questi messaggi e indiscrezioni, insieme alla considerazione che alla fine, se non si fossero trovate spiegazioni per quella lettera misteriosa, un'inchiesta con automatica pubblicizzazione di un avviso di garanzia (e annesso linciaggio mediatico) a Rosci sarebbe inevitabilmente scattata.

«Immagino» commentò Cavenaghi, «che abbiate già iniziato a impostare un piano per salvare la vita ad Alberto.»

«Prima tappa a Roma, domani all'una. Sua maestà Velio Lorente in persona ci riceverà nei suoi uffici parlamentari, e mentre consumeremo un leggero pranzetto da lui offerto, ci racconterà che cosa vogliono i pm milanesi che ci hanno fornito le indiscrezioni di cui ti ho parlato, e ci spiegherà come si potrà lavorare con loro. Nel pomeriggio sentiremo un vecchio amico, Pietro Bullini, il già dirigente storico del partito che naturalmente ben conosci, per capire i risvolti politici delle mosse lorentiane: ormai tra ex Pci ci si deve muovere così, con la massima prudenza. Poi il lavoro investigativo si concentrerà su Milano. La prima cosa su cui dobbiamo riflettere e indagare è chi poteva avere motivo di avercela tanto sia con Ettorri sia con Rosci. Una motivazione tale che spinga non solo a organizzare un assassinio, ma anche una messinscena così elaborata.»

«Rapporti con il partito milanese?»

«Rotelli ne ha parlato con il nuovo segretario, quello che ha sostituito Mino Brambilla, passato a Rifondazione comunista ma ancora così influente da aver scelto il suo successore. Il "nuovo" è un trentenne, Iñigo Agirrezebala.»

«Non lo conosco.»

«Era nella Fgci di Monza nella seconda metà degli anni Ottanta, e dunque può non essere caduto sotto l'occhio vigilante di sua eccellenza il presidente dei probiviri lombardi Mario Cavenaghi. Un bravo ragazzo, con la cultura politica un po' radicale di quel berlinguerismo che piaceva a Brambilla.»

«Bene, e che rapporti dovrò avere con lui?»

«Il nuovo segretario ha detto che darà una mano ma senza apparire: non vuole che tu circoli per la federazione. Dovrai usare i tuoi legami personali e quelli che ti organizzerà Rotelli, non i canali ufficiali.»

«È interessante questo processo di donabbondizzazione degli ex comunisti.»

«Così parlò da Lugano il primo dei fuggitivi.»

Tra i due c'era un rapporto che permetteva qualsiasi tipo di battuta, anche se in Cecco non mancava una punta di critica per chi se n'era andato lasciando gli antichi compari a vedersela con il caos post '92.

Intanto il treno entrò in Centrale, e i due amici si diedero appuntamento a Roma. «Sempre che sopravviva alle incombenti tragiche proteste della Carla» precisò Mario che, rimasto solo, si piazzò nell'ampio e tetro bar della stazione bevendo senza sosta caffè e leggendo qualche altra notizia minore sui quotidiani del giorno. All'alba prese il diretto per Lugano.

2

Mercoledì 21 settembre

L'alba era livida, la stazione luganese era livida e la sua faccia più livida dell'alba e della stazione. Era da due notti che dormiva da cani: i fantasmi dell'*Internazionale*, di Ettorri e ora anche quello del pur vivo Alberto Rosci avevano danzato forsennati nel suo inconscio.

Era conciato da sbattere via. Per un momento sperò che la Carla potesse provare pietà e non lo costringesse a dibattere dettagliatamente le prossime mosse, spargendo disapprovazione come l'acqua di un'autobotte bucata. Poi si arrese all'inevitabile: il modo di amarlo di sua moglie consisteva nel tenerlo costantemente sotto pressione, impedendo che il passato tornasse a dominarlo, per aiutarlo a vivere nel presente. Nessuna compassione avrebbe cambiato un trattamento considerato terapeuticamente indispensabile.

Fino a un certo punto, l'essere messo in riga non dispiaceva a Cavenaghi: aveva vissuto per circa trent'anni in un'organizzazione con una disciplina più o meno militare. Va bene il centralismo, si disse, però che sia almeno un po' democratico. E con questa determinazione a difendere le proprie scelte si decise, alle ore 6.30 del mattino, a rientrare a casa.

Il primo istinto di Carla fu ispirato dalla preoccupazione: le sofferenze non solo fisiche ma anche psicologiche di Mario erano evidenti. Però, come il marito aveva previsto, non rinunciò all'impostazione pedagogico-repressiva: «Che cosa ti avevo detto? Hai capito perché devi stare lontano dall'Italia?»

«Non sono in condizione di discutere, so che hai tante ragioni, ma oggi mi trovo di fronte a un dilemma morale che non posso ignorare. Quando mi hai sposato sapevi come sono fatto. Ero pronto a seguirti ovunque, ma sempre salvando una coerenza personale. Ho costruito una vita diversa, come la volevi con buonsenso tu, ma ogni volta che c'è in ballo una questione che tocca la mia dignità, devi lasciarmi fare. Altrimenti ti toccherà fare i conti con un uomo svuotato che non potrà mai essere un esempio anche per i nostri figli.»

Ponendo (il Mario) con tanta drammaticità i suoi problemi all'istanza superiore (la terribile Mazzarenti), questa non poté non tenerne conto e arretrò su un: «Va bene, raccontami che cosa sta succedendo.»

Così l'ingegnere la mise al corrente del probabile assassinio di Ettorri e del surreale tentativo di incastrare il loro vecchio amico Alberto.

Nonostante il terrore che i suoi ex compagni di partito lo infilassero in qualche insensata nuova avventura, Carla comprese come Mario non potesse tirarsi indietro e abbandonare una persona cui era tanto legato. E commentò: «Ma che cavolo di paese sta diventando l'Italia.» Sottotesto: non metterti in testa di poterlo cambiare, stattene quieto qui in Canton Ticino, una landa civile.

«Dammi al massimo una decina di giorni, lasciami salvare Alberto» implorò il coniuge, confortato dal segno di cedimento nella controparte.

Ad aiutare l'ingegnere contribuì anche l'arrivo dei figli: di fronte a loro la madre cercava sempre di non sminuire l'autorità paterna, e attenuava, più che gli argomenti (sempre tosti), i toni, che diventavano, se non flautati, almeno tranquilli.

Grazie anche a un provvidenziale negozio nel Grand Hotel Vesuvio fornito di tutto ciò che gli era indispensabile, compreso uno splendido foulard per Carla (si sa che Napoli è la città più francese d'Europa dopo Parigi e Torino), a suo figlio aveva portato un vero tamburello dipinto a mano, perfetto per una tammuriata napoletana. Da qualche tempo Piero si dedicava a tutti gli aspetti del folklore italiano. Una reazione all'esilio luganese? Alla ragazzina portò invece un libro di ricette di dolci napoletani e tutti gli ingredienti (tranne naturalmente uova, farina e zucchero) per fare una perfetta pastiera: la ricotta, i canditi, il grano e gli aromi di cannella e fiori d'arancio. La sua piccola Francesca, anche per protesta verso la cucina trasandata della superimpegnata mamma, si stava avviando a diventare una cuoca raffinata. La distribuzione dei doni allentò ulteriormente la tensione.

Messe tra parentesi le occhiatacce – pronte a rispuntare se si fosse fatto risucchiare fuor di misura da quei "volponi" dei suoi ex compagni –, abbondando di baci e abbracci, tutta la famiglia Cavenaghi cominciò a preparare la valigia al "pater", che alle 8.30 partì verso l'aeroporto: destinazione Roma. Dove atterrò alle 12.00.

Ora, da affermato costruttore svizzero di pompe idrauliche quale era, l'ex presidente dei probiviri comunisti lombardi avrebbe potuto anche permettersi un taxi, ma il percorso in auto da Fiumicino al centro di Roma non gli piaceva. Le meraviglie della città, com'era inevitabile, a un certo punto esplodevano, ma prima c'era una sequela di trascurate periferie, vie minori e arredi urbani improvvisati (al fondo si leggeva anche la mancanza di un piano che collegasse la storica e superba città ideale a un intorno concretamente lasciato molto, ma molto andare) che lo mettevano di malumore. Scelse perciò il trenino che portava a Termini.

Da adolescente aveva fatto il suo primo viaggio a Roma per una riunione nazionale della Fgci: aveva preso una cuccetta per essere in via dei Frentani, di fianco all'università Sapienza, sede centrale dei giovani comunisti, intorno alle 10.00. Con qualche preoccupazione perché la federazione milanese gli dava uno dei biglietti gratuiti che erano a disposizione dei parlamentari comunisti, però supercancellato per nascondere le tracce dei viaggi precedenti. In realtà, nel rispetto della legalità, si sarebbe dovuto usarlo una volta sola, ma il trucco per risparmiare soldi al partito era coperto dai non pochi ferrovieri militanti della Cgil.

Ricordava ancora il primo arrivo a Termini risalente a qualche decina di anni prima. Non tanto la stazione in sé, pur un pregevole manufatto di architettura moderna (a partire dalla magnifica pensilina frontale), quanto il percorso da piazza dei Cinquecento a via dei Frentani o a via delle Botteghe Oscure, le due mete che solitamente lo interessavano. Era tutto uno sfiorare i segni della Roma imperiale, dai Fori alle Terme di Diocleziano, quelle che oggi vediamo sistemate dal sublime tocco di Michelangelo. L'aura della città l'aveva incantato con quella sensazione di camminare nella storia non di un singolo luogo, ma della civiltà. Era qualcosa che aveva provato anche visitando Londra e Madrid, o Venezia e Firenze, per restare in Italia, ma in quei casi ti confrontavi con vicende secolari, non con quel respiro millenario che tra impero e centro propulsore del cattolicesimo mondiale promanava da Roma. Arrivare nel cuore della capitale, senza le divagazioni da periferie malmesse, produceva l'impressione di entrare in sintonia con l'eterno. Magari talvolta un eterno caos, ma comunque eterno.

E anche il 21 settembre quell'emozione e quello stato d'animo funzionarono, e migliorarono prontamente il morale dell'ingegnere che con il suo trolley si mise in marcia per raggiungere piazza Montecitorio, dove l'aspettavano Rotelli e Fani per recarsi allo studio di Velio Lorente.

La Roma dei papi, quella rinascimentale e quella barocca di Gian Lorenzo Bernini (che aveva progettato fra l'altro anche il Palazzo Montecitorio, sede della Camera dei Deputati, poi un po' mediocremente completato all'inizio del Novecento da Ernesto Basile), era stata all'altezza del passato imperiale: né i piemontesi né i fascisti (nonostante i loro eccessivi sventramenti), né tantomeno i democristiani e i comunisti più volte alla guida del Comune dopo il 1975, ne avevano sfigurato il volto che si riconosceva anche negli edifici a disposizione dei deputati, in uno dei quali, al civico 78 di via di Campo Marzio, si trovava l'attuale vicecapogruppo del Pds.

Al terzo piano, Rotelli, Fani e Cavenaghi entrarono nell'ufficio di Lorente. Sul tavolo li attendevano un po' di spenti panini al prosciutto e qualche ingrigita bottiglietta d'acqua minerale tanto per confermare il ben noto stile spartano di chi occupava quell'ufficio.

Sul metro e settanta, con occhiali da miope, una pettinatura molto tradizionale – le frivolezze erano bandite –, appena ingrigito solo ai lati dei capelli castani tagliati corti ma non senza un ciuffo che ombreggiava la fronte, due orecchie notevoli e anche un naso con un suo carattere, infine l'aria concentrata di chi era rimasto, nonostante lo sforzo di un sorriso, un severo magistrato nell'animo anche se aveva abbandonato la toga da una decina di anni. Gli mancava il carisma di certi dirigenti comunisti di un tempo, con quel loro sguardo tranquillo (*ne abbiamo viste di ogni e abbiamo imparato a dominarle*), ma certamente non la postura seria di chi non ama scherzare sulle cose importanti.

L'incontro era un po' imbarazzante. Nasceva da una serie di iniziative non propriamente a norma di legge della

Procura di Milano, e prevedeva una chiacchierata con uomini legati al passato del Pci e alcuni ancora impegnati nel Pds ma senza rappresentare istanze di partito.

Però l'ex magistrato torinese era al corrente di quanto nel Palazzo di Giustizia di Milano si ritenesse drammatico il caso Ettorri-Rosci, e dunque da affrontare rapidamente. Volle subito sottolineare il principale fattore di emergenza: «La preoccupazione dei pm milanesi che ci hanno allertato, naturalmente in modo informale e, non c'è bisogno di dirlo, assolutamente riservato, deriva da una vicenda, quella del probabile assassinio del nostro amministratore, avvenuta in un'area dove opera il forte insediamento di una 'ndrangheta interessata a tutti i lavori di costruzione, soprattutto quelli che coinvolgono il trasporto di materiali inerti, ragionevolmente collegati al completamento di alcuni depuratori del milanese. Inoltre, l'operazione del quasi certamente falso documento che lo incastrerebbe penalmente, è diretta contro il compagno Rosci che, pur non conoscendolo io di persona, i magistrati interessati, compiutamente informati dalla polizia giudiziaria, ricordano essere stato protagonista del contrasto alla penetrazione della criminalità organizzata, nei settori edili e affini.» I milanesi, ascoltandolo, non mancarono di cogliere il tono da verbale giudiziario delle parole pronunciate dall'ex magistrato, che continuò: «Però ci sono anche settori della Procura che non condividono la scelta di sottovalutare il documento pur sostanzialmente anonimo trovato in casa Ettorri, e che vorrebbero avviare subito un'indagine su Rosci, a cui spetterebbe poi dimostrare la propria innocenza. Tra loro c'è chi cerca di spiegare come la lettera, che adesso vi leggerò, sia credibile. Ettorri l'avrebbe potuta dettare a un collaboratore non ancora individuato – né lui né la macchina da scrivere, a dire il vero – per avere un testimone. Avrebbe potuto portarla a casa in una busta, il che spiegherebbe l'assenza delle sue impronte digitali. Il tipo di denuncia in questione appare inusuale nel mondo frequentato da Ettorri – ammettono questi settori della procura milanese –, ma d'altra parte a essere inusuale è il Pds in sé, che ha sostituito il Pci. Per difendere le loro tesi sostengono poi che la bozza di una lettera come quella ritrovata potrebbe averla scritta solo una persona che abbia vissuto a lungo nel Pci. Per capire il loro punto di vista, vi leggo quel che c'è scritto.»

E passò alla lettura del testo trovato in casa di Ettorri che iniziava con un «bozza per una lettera ai compagni Gastone Guidi, presidente della Lega delle cooperative della Lombardia, e Iñigo Agirrezebala, segretario della federazione milanese del Pds», e proseguiva:

> Cari compagni, perdonatemi se invece di spiegarvi a voce la questione che sto per sottoporvi vi invio questa lettera, una copia della quale sarà depositata presso il notaio Marco Gaetani. Purtroppo viviamo in un periodo nel quale le inchieste della magistratura impongono, per evitare eventuali coinvolgimenti penali, il massimo di misure precauzionali. Fatta questa premessa vi spiego qual è la questione da esaminare: Alberto Rosci, attualmente presidente del consorzio cooperativo per la costruzione della parte edile del depuratore di Peschiera Borromeo, mi ha chiesto di proporre a un consorzio concorrente, quello guidato dall'impresa Montini, con cui sa che ho un rapporto di reciproca stima, di concordare le offerte in modo da favorire i privati citati, a scapito delle cooperative stesse da lui rappresentate, in cambio di una cifra intorno al cinque per cento dei lavori, circa trecento milioni di lire, da versare a lui e in parte a me stesso. Sono rimasto molto colpito da questa richiesta fatta da una persona dai comportamenti finora sempre trasparenti. Mi sono informato e ho appreso che questo nostro compagno ha oggi complicati problemi di salute che richie-

dono costose cure sanitarie. Considerata la situazione, ho ritenuto di dovervi informare dettagliatamente su quel che sta avvenendo per evitare che possano prodursi incidenti a causa della disperazione di un singolo nostro iscritto, per di più con ruoli da dirigente nel movimento cooperativo.

Quando Lorente ebbe finito di leggere il documento che la Procura di Milano irritualmente gli aveva fatto pervenire, commentò: «Tutti i controlli dei pm interessati al caso non hanno trovato alcuna verifica dei possibili reati denunciati in questa lettera, a parte alcuni problemi di salute del compagno Rosci, che tuttavia ha esaurientemente spiegato come affronta le sue cure, innanzitutto grazie al servizio sanitario pubblico. Io stesso, però, sono rimasto molto colpito da come è costruito questo documento, uno stile e un taglio che dimostrano una conoscenza non superficiale dei fatti, dei metodi e della psicologia del nostro mondo. Tutte caratteristiche che balzano immediatamente agli occhi e dunque sono utilizzate da quella parte della Procura che vuole indagare più a fondo sul dirigente cooperativo di cui discutiamo.» Anche gli ospiti milanesi convennero sulle considerazioni intorno allo stile della lettera illustrate da Lorente, che concluse: «Questa è la situazione, ve l'ho voluta esporre personalmente per dimostrarvi quanto mi stia a cuore. E mi preme soprattutto segnalarvi i tempi limitati di cui disponiamo per evitare che si aprano speculazioni su un compagno che tutti considerano particolarmente perbene.»

Insomma, le articolate considerazioni dell'ex magistrato lasciavano chiaramente intendere, a partire dal fatto che si stava compromettendo in prima persona, pur in sintonia con la parte prevalente della Procura di Milano, quanto grave giudicasse il caso. E con il suo comportamento, inoltre, compensava le prudenze sia della federazione di Milano sia della direzione nazionale del Pds, poco propense in quel periodo così tempestoso a esporsi su casi dai possibili risvolti penalmente rilevanti.

I milanesi gli chiesero come consigliasse di tenere i rapporti con i pm che avevano avvertito della probabile provocazione contro Rosci.

«Utilizzate Jacopo Lini, il cronista giudiziario dell'*Unità* che ha solidi legami con la Procura di Milano» rispose lui.

Dopo averli ringraziati per essersi sobbarcati una bella fatica per questo rapido incontro e dopo aver chiesto di essere informato sugli sviluppi del caso, l'ex magistrato diventato dirigente politico li salutò.

«Forse si poteva trovare un modo più semplice per scambiarsi informazioni» brontolò Rotelli che, ormai vecchietto, subiva il peso degli spostamenti. «D'altra parte in certi momenti ci si deve proprio guardare in faccia.» E aggiunse: «Ora alle 17.30 vedremo Bullini, che ci spiegherà qualcosa anche di quello che c'è dietro le scelte di Lorente. Da quando siamo immersi in questa palude che sta diventando il Pds, non ci si può più puramente affidare all'istanza superiore, ma bisogna sempre controllare, insieme a chi ti è affine per storia e sensibilità, quali eventuali trappole possano essere seminate.»

L'ennesima prova di come si stesse disgregando una comunità cresciuta in settant'anni di storia non colse di sorpresa Cavenaghi, ma non per questo mancò di amareggiarlo. Intanto Fani gli aveva raccontato che sua moglie Mariza disponeva, grazie al Pds, di uno spazietto da dedicare al suo lavoro di import-export con la Romania proprio dietro piazza San Silvestro, e nel retrobottega aveva anche un divano dove poteva farsi un riposino.

Uscendo dagli uffici dei gruppi della Camera e dirigendosi verso lo "spazietto con divano", l'ingegnere incontrò un vecchio amico milanese, Paolo Aquiloni, più giovane, ma anche lui laureato al Politecnico, ora responsabile dell'organizzazione nazionale della Cgil, che lo salutò con un «Che ci fa un idraulico svizzero a Roma?».

«Ho da riparare un paio di cose, ma non si tratta di tubi.»

«Con me, qui a Roma, abita anche Valentina Freddi, che adesso è segretaria nazionale dei tessili. Se sa che ti ho incontrato e non ti ho invitato a cena mi pianterà una grana.»

«Ho una prenotazione per il treno che parte all'una di notte da Termini e arriva alle 9.00 a Milano: magari facciamo un'altra volta.»

«Macché altra volta, poi tu te ne sparisci! Mangiamo alle 7.30 come i veri lombardi, e non come i sibariti locali che prima delle 9.00 non si mettono a tavola, così avremo tutto il tempo per una rimpatriata.»

Cavenaghi avvertiva nell'antico amico la voglia di scambiare qualche idea con un compagno ormai fuori dai giochi. Doveva essere un momento difficile, e non se la sentì di sottrarsi. «Vi dovrete prendere a tavola anche Fani, che mi scorrazza per Roma e dovrà pure portarmi in stazione.»

«Il vecchio cerimoniere rosso!» esclamò Aquiloni, che di Cecco ricordava bene il passato da responsabile per le accoglienze delle delegazioni straniere prima nella federazione milanese del Pci e poi a Botteghe Oscure. «Mi hanno detto che adesso è il detective privato preferito dal Pds.»

«Sì, e mentre lui crede di essere Sherlock Holmes, anche se non lo è proprio per niente, si è messo in testa di trattarmi come il suo dottor Watson.» Da questa battuta del "ticinese", il sindacalista comprese come l'ex presidente dei probiviri comunisti lombardi fosse impegnato in una sorta di missione, cosa che acuì la sua curiosità: gratta gratta un comunista, anche se ex, e trovi sempre un pettegolo.

«D'accordo, vi aspettiamo per le 19.30 nel nostro appartamento in via Marco Polo 35 alla Garbatella.»

«Adesso scusami, ma sempre Sherlock mi ha offerto la

possibilità di fare una pennichella nel retrobottega dell'ufficio di sua moglie, e non posso perdere questa occasione.»

In pochi minuti fu in piazza San Silvestro; dedicò qualche momento ad aggiornamenti ed effusioni con Mariza, che non vedeva dall'ultimo Natale, e dieci minuti dopo stava già dormendo.

Mezz'ora più tardi, venne svegliato. Ci si trasferiva dalle parti del Senato, in via della Maddalena 27, dove Pietro Bullini si era procurato una saletta per un rapido incontro.

Leopoldo Rotelli, Cecco e Mario andavano a trovare un anziano dirigente del Pci, nato nel 1915, iscritto al partito già da studente, uno dei più determinati organizzatori della Resistenza romana, poi segretario regionale del partito in Sicilia e infine consigliere, per la sua cultura e saggezza, tra i più vicini a Togliatti, e senatore dal 1963 al 1992. Non alto, spesse lenti ma con una leggerissima montatura, capelli molto bianchi e (da tanti anni) pettinati all'indietro con qualche increspatura e che lasciavano scoperta una fronte spaziosa, occhi e sorrisi con quell'elemento di vissuta malizia che si trova solo tra i nati a Roma.

Fu Rotelli, che era stato anche lui uno stimato senatore, a introdurre la conversazione. Raccontò quel che avevano raccolto sul probabile assassinio dell'amministratore milanese e sulla trappola montata contro un altro compagno assai considerato, e non solo tra i comunisti (o ex comunisti, quali erano diventati). Il quesito centrale posto dal vecchio comunista milanese era: «Fino a che punto possiamo affidarci a Lorente senza temere conseguenze da parte dei suoi amichetti in toga?» A Rotelli risultava che persino l'ex segretario del Pds appena liquidato, Ettore Papperi, e il suo giro si fossero chiesti se l'ex giudice istruttore torinese fungesse da ambasciatore del Pci (poi Pds) presso la Procura di Milano, o viceversa.

Come Lorente anche Bullini era imbarazzato. Solo qualche anno prima non avrebbe immaginato di dover analizzare informalmente insieme ad altri compagni le mosse del vicecapogruppo alla Camera del suo partito. Ma se c'era ancora, più o meno disperso, un popolo di ex comunisti, la vecchia organizzazione, invece, con le sue regole e il suo stile, non funzionava più.

Non c'era più quella sintesi politica che teneva insieme persone pur con punti di vista differenti. Nel Pds, non pochi, nuovi o rinnovati, leader del vecchio popolo si muovevano con una logica che qualcuno aveva definito "da cacicchi", capitribù che decidevano per proprio conto nel loro territorio. Si trattava quindi, per chi ancora vagolava negli ambienti dell'ex Pci, di premunirsi da trabocchetti o manovre che improvvisamente potevano scattare. E per "cautelarsi" non si contava neanche su una tradizionale solidarietà di tipo correntizio. Pesavano quasi solo i rapporti personali di stima e amicizia: il valore della politica stava regredendo anche in quello che era stato il più politico dei partiti italiani. La consapevolezza di muoversi appunto in questo paludoso ambiente imbarazzava Bullini, che però era cresciuto in un'organizzazione nella quale quando si era convinti che si dovesse agire, si agiva. E così mise subito, per così dire, i piedi nel piatto. «Ho molta stima per l'integrità morale di Lorente, ma ha una visione della politica che non corrisponde alla mia: non considera come il compito della politica consista innanzitutto nell'affrontare i nodi di fondo dello stato e della società. Reputa, e credo che su questa impostazione pesi la sua formazione in Magistratura democratica con quel mix di cultura giansenista-radicale che l'ha caratterizzata, che il problema principale sia affermare i principi e combattere quelli che considera i cattivi che ne ostacolano l'affermazione. Gli sfuggono le condizioni concrete in cui avvengono le battaglie politiche, non analizza a sufficienza gli scenari globali nei quali si colloca anche la lotta politica nazionale. E così alla fine le sue scelte influiscono pesantemente sul quadro politico, ma senza che vi sia una vera strategia a ispirarle. A meno che l'obiettivo finale non sia quello di svuotare la democrazia e approdare a un nuovo assetto dei poteri, sinteticamente definibile come "tecnocratico". Ma non credo che sia una meta soggettivamente elaborata. In realtà arriva a posizioni di questo tipo per l'astratta convinzione di realizzare gli obiettivi della Costituzione, grazie all'opera di una magistratura rinnovata e militante, quasi senza, se non contro, i partiti che agiscono in parlamento.»

«Mi pare di cogliere in questo approccio una qualche sintonia con quei circoli che riflettono sulle difficoltà della democrazia politica a funzionare in un nuovo mondo tendenzialmente sempre più globalizzato» osservò Rotelli.

«Certamente le idee alle quali ti riferisci circolano in tanti ambienti, ma io ritengo che la caratteristica prevalente in un certo posizionamento sia quella di un moralismo astratto. Naturalmente poi, mentre i moralisti testimoniano, non mancano altri soggetti più concreti che operano nella nostra società e nel mondo. In Italia si avverte particolarmente l'influenza dell'Fbi che, finita la lotta al comunismo, considera pericolosa una convergenza tra vecchie mafie come le nostre e quella nuova, la russa. Il che è senza dubbio positivo, purché nel collaborare con gli apparati polizieschi per contrastare il crimine organizzato non si dimentichi l'attività politica autonoma che deve accompagnare questo impegno. E in qualche modo un simile difetto, il trascurare l'autonomia della politica, segna anche le iniziative di Lorente, ben incardinate da principi e regole da applicare, ma prive di un'analisi su che cosa sia lo stato italiano oggi, su come si rapporti alla società e quindi su come si debba agire al suo interno.»

«La tua riflessione è molto interessante, ma il nostro vicepresidente del gruppo del Pds mi sembra tutto tranne che un profeta disarmato che non incide sull'attività dello stato» commentò ancora Rotelli.

«Sarebbe un grave errore confondere la miopia strategica di posizioni astratte con l'efficacia tattica dagli effetti dirompenti di scelte come quella di mobilitare sostanzialmente in modo politico ampi settori della magistratura. Talvolta mi pare che lo stesso Lorente si renda conto di alcune conseguenze indesiderate ma strabordanti delle sue iniziative: lui stesso credo si sia accorto che un qualche svuotamento strutturale dei partiti provocato da una disordinata azione giudiziaria non determina una nuova e maggiore consapevolezza, bensì un senso di sbandamento della società. D'altra parte, non può contare neanche su un gruppo dirigente pidiessino che lo aiuti a rimediare agli errori commessi: tutti ormai vivono alla giornata.»

«E secondo te qual è oggi il legame tra il nostro caso e l'iniziativa politica che ha in testa l'ex magistrato democratico?» interrogò ancora il vecchio senatore legnanese.

«Oggi mi pare che l'obiettivo del nostro sia quello di far pesare il più possibile iniziative giudiziarie articolate e mirate contro Cazzaniga, il presidente del Consiglio, in modo da far cadere il governo il più presto possibile. In questo senso, secondo me, anche l'attenzione al caso milanese che vi interessa nasce, almeno in parte, dalla necessità di impedire che si manifestino vicende che possano disturbare l'obiettivo principale.»

Questo inquadramento generale dei loro problemi fu tutto quello che i tre "milanesi" ottennero dall'incontro, e finita la "lezione" si raccolsero un momento in un caffè di piazza Navona, un ambiente che li rasserenava nonostante il senso di disfacimento che l'anziano senatore aveva loro trasmesso; si misero a fare quello che nel vecchio linguaggio si chiamava la "quadra", il punto della situazione. Il primo a parlare fu, come voleva l'anzianità politica, Rotelli: «Al fondo, quel che abbiamo appreso dal nostro vecchio amico è che l'interesse di Lorente a risolvere positivamente il caso Ettorri-Rosci è fortemente motivato dall'attenzione a impedire che nuovi fattori indeboliscano un attacco giudiziario al governo Cazzaniga. Insieme mi pare che ci abbia fatto intendere che in caso di qualche svolta politica imprevedibile, ma niente affatto impossibile, non vi sarà per noi alcun tipo di protezione sostanziale.»

«Se fossi ancora dirigente di un partito con una grande visione e responsabilità nazionale, sarei particolarmente scosso dalle analisi che ho sentito. Da vecchio amico di Alberto Rosci, e da idraulico svizzero quale sono, posso dire che c'è lo spazio per fare un buon lavoro coperti dagli amici in toga di Lorente» commentò Cavenaghi, e concluse: «E allora al lavoro!»

«E alla lotta penseremo eventualmente dopo» aggiunse Rotelli in memoria del vecchio slogan "*e ora al lavoro e alla lotta*" con cui molti dirigenti dello scomparso Pci concludevano i loro comizi.

Per Mario e Cecco era venuta ormai l'ora di recarsi alla Garbatella. Il quartiere nel quale risiedevano Aquiloni e la Freddi era uno di quelli tradizionalmente "rossi" della capitale, abitato da ceti laboriosi da quando l'illuminato prefetto napoleonico di Roma Camille Philippe Casimir Marcellin, conte di Tournon-Simiane, tra il 1809 e il 1814, vi aveva insediato oltre duemila artigiani modificando le caratteristiche di un quartiere che in precedenza era stato abitato per lo più da mendicanti assistiti.

Vi avevano oggi la residenza molti operai, già impiegati in attività produttive lì localizzate, attività che però, dagli anni Ottanta in poi, tendevano a trasferirsi altrove. In gran parte costruito subito dopo la Prima guerra mondiale, aveva una sua grazia e un suo stile con più di un esempio di barocchetto romano che contribuiva a impreziosire l'ambiente. C'era chi aveva definito questo quartiere un piccolo specchio di Roma perché tre componenti tipiche della città ne segnavano ogni luogo: i paesaggi botanici, l'intonaco "ferrigno e terrigno", e la presenza di ruderi, nel caso specifico la base tufacea che caratterizzava tante costruzioni.

Al 35 di via Marco Polo, accanto a una farmacia, abitavano Aquiloni e la Freddi, che accolsero con festosa allegria gli ospiti in un appartamento piccolo ma ben organizzato, ricolmo, come capitava spesso a persone che provenivano dalla militanza comunista, di libri (e con qualche inevitabile matrioska portata da questa o quella delegazione sovietica).

Con grande sorpresa di Cavenaghi, al tavolo già apparecchiato per una rapida cena fredda – Valentina non era proprio una regina della cucina – sedeva pure Claudio Serrati, il segretario nazionale della Cgil, alto, snello, i capelli brizzolati e non lunghi, gli occhi un po' a mandorla, tanto che lo chiamavano anche il Cinese.

Il luganese si chiese se quell'accoglienza fosse dovuta al ricordo dei vecchi tempi milanesi o fosse invece frutto, come aveva già immaginato prima, anche della voglia di chiacchierare con uno fuori dai giochi, per sentire un parere non condizionato dalla complicata dialettica in atto nel "nuovo/vecchio" partito.

Le chiacchiere che aprirono la cena iniziarono con il solito «ti ricordi questo», «ti ricordi quello».

Poi proprio Serrati accennò a come si stesse sviluppando la situazione politica intrecciando le manovre parlamentari ai processi sociali: «Il quadro politico è segnato dal disgregarsi della maggioranza di centrodestra grazie a una forte pressione giudiziaria – ma anche a un costante distinguersi dalla maggioranza – da parte della Lega Nord. Il defilarsi di questo movimento/partito ha due cause: da una parte è una risposta a un certo atteggiamento cazzanighiano arrogante che pensa di poter inglobare i seguaci di Umberto Bossi, dall'altra ha una radice sociale. La riforma delle pensioni impostata dal ministro del Tesoro in carica colpisce un'ampia fetta di lavoratori più anziani che in questi ultimi anni sono diventati elettori del Carroccio. Gli scioperi che le confederazioni hanno annunciato sollecitano prese di distanza dall'azione del governo anche nell'elettorato leghista.»

«Sì, ho sentito questa storia degli operai che votano per Bossi, anche in Svizzera circola la battuta sulla Lega costola della sinistra.»

«Si tratta di una delle tante arguzie sprezzanti del nostro nuovo cosiddetto leader, che invece di educare il partito all'analisi punta solo sul sarcasmo e sulla semplificazione dei problemi. La fine poco elaborata del movimento comunista ha lasciato una parte di lavoratori senza un punto di riferimento ideale, e allora prevalgono le pulsioni immediate, l'insofferenza per un certo assistenzialismo e fiscalismo che colpisce piccoli imprenditori molto legati ai loro operai. Così come più in generale la crisi della sinistra ci ha privato di una guida capace di saldare i principi alle condizioni concrete dei lavoratori in carne e ossa. Un tempo si governavano le questioni di emergenza, la costruzione di un campo rom vicino a un insediamento popolare, un'improvvisa ondata di immigrazione. Quando nasceva un problema, si rispondeva con iniziative politiche articolate che partivano dalle concrete condizioni dei ceti popolari interessati. Ora ci si limita ad affermare principi giusti senza calcolare i loro effetti nella realtà. E così la costola della sinistra, come quella di Adamo con Eva, diventa l'occasione per costruire un movimento separato e alternativo rispetto al nostro, non più legato a una logica ugualitaria e di classe, bensì a una tendenzialmente protezionistica e territoriale.»

«Be', però come per il risanamento delle acque stagnanti il rimedio decisivo è una ripresa dello scorrimento di quelle stesse acque, così alla vostra situazione può dare un bel contributo un ritorno di lotte e manifestazioni operaie» osservò l'osservatore svizzero, momentaneamente coinvolto.

«Noi facciamo e faremo il nostro dovere, ma la situazione è molto complicata. Mentre noi combattiamo le posizioni del governo, è apparso un appello a riformare le pensioni esattamente come chiede Palazzo Chigi, e tra i firmatari di quest'appello c'è anche Patrizio Rodi, di cui si mormora che sarà l'uomo che metterà d'accordo ex sinistra Dc ed ex Pci nell'immediato futuro. Mentre Confindustria fa grandi proclami sulla necessità della riforma delle pensioni, il suo presidente si incontra ogni giorno con uomini della sinistra. In molti sostengono che il suo interesse consista più nel partecipare al banchetto delle privatizzazioni, magari da presidente di qualche banca, che nell'impegnarsi realmente in quel patto tra produttori al quale tanti si appassionano. Infine, l'ultima l'ho sentita in questi giorni: mi dicono che l'attuale ministro del Tesoro, che oggi è il nostro principale avversario, potrebbe essere il primo ministro di un governo tecnico apprestato per liquidare quello di centrodestra in carica. La diffusa sensazione tra i lavoratori è che il nuovo partito sia impegnato solo in giochi di potere.»

«E allora?»

«E allora magari ci sarebbe bisogno del tocco di un idraulico svizzero anche per rimettere a posto quello scombinato mondo che la sinistra italiana è diventata.»

«Mi dispiace, mia moglie mi proibisce di prendere impegni di riparazione fuori dal Canton Ticino.»

Aquiloni colse come la serata si stesse intristendo e cercò di spostare l'attenzione su altri temi: «Allora ci vuoi dire qual è il vero obiettivo della tua gita romana?»

«Niente di misterioso, il mio amico qui presente, Cecco, mi ha chiesto di dargli una mano in un'indagine sulla morte del vecchio sindaco di Corsico, Ettorri, e anche di aiutare il nostro Alberto Rosci a smontare una provocazione contro di lui» rispose Cavenaghi, e rivolto al responsabile dell'organizzazione della Cgil aggiunse: «Te lo ricordi al Politecnico quando era uno dei tre iscritti alla cellula di Ingegneria?»

«Certo che me lo ricordo, un compagno così caro.»

«Dalle prime chiacchierate che abbiamo fatto su questa indagine emerge una forte infiltrazione delle 'ndrine nella zona del Sud milanese dove è morto il vecchio amministratore pubblico comunista di cui si parlava. Anche di questo fenomeno dovremo cercare di capire l'entità.»

«Ricordati delle cose che ti dicevo prima» intervenne di nuovo il segretario della Cgil. «Mentre vecchi lavoratori innanzitutto settentrionali si orientano verso la Lega, ci sono, soprattutto tra i meridionali che hanno perso il lavoro, non pochi disperati che cercano protezione da parte della criminalità organizzata.»

Insomma non ci fu verso di indirizzare la cena verso argomenti meno melanconici, e dunque con un qualche sollievo a mezzanotte il già presidente dei probiviri comunisti lombardi si congedò, e all'una partì per Milano.

In un comodo vagone letto che il nuovo status sociale gli consentiva, l'ingegnere luganese ripensò alla giornata: all'utilità della protezione che Lorente garantiva nel caso Ettorri-Rosci, alla precarietà di questa protezione che dipendeva dagli esiti di una lotta politica gestita senza una vera strategia come aveva spiegato Bullini. Infine, alla disgregazione sociale che accompagnava quella politica, come l'aveva descritta Serrati.

Salviamo Rosci a tutti i costi, si disse, ma evitiamo insieme di essere risucchiati in una situazione allo sbando come quella che sta vivendo l'Italia. E così, quasi tirando le conclusioni – peraltro più o meno sulla linea della Carla –, come in un'antica riunione di partito tipo quelle dei comunisti prima degli anni Novanta, Cavenaghi riuscì a prendere sonno.

3

Giovedì 22 settembre

Tra i patti che Mario aveva fatto con Carla c'era anche questo: a Milano, nel paio di settimane di libera uscita, sarebbe andato a dormire dall'altra sorella Mazzarenti. «Così almeno a fine serata e di prima mattina non dovrai chiacchierare con quei tuoi vecchi storditi compari, e non rischierai di farti intortare finendo a partecipare a chissà quale altra nuova disgraziata avventura.»

Eseguendo gli ordini, il luganese, ancora un po' rimbambito dal viaggio in vagone letto – che sarà comodo, ma sempre fino a un certo punto –, dalla stazione Centrale prese un taxi per andare al civico 6 di via Domenico Berra, a casa della Ines.

Stava per suonare il campanello quando vide uscire dall'appartamento un muscoloso quarantenne.

«Hai incontrato Enrico? È un bidello del Molinari venuto a portarmi delle carte. Il preside vuole che le legga prima di andare a scuola.» La nostra professoressa era una cinquantenne ancora piacente. Leggermente arrossita sia dalla nottata sia dall'inutile bugia che regalava al cognato.

Era solo da Natale che non si vedevano, eppure il luganese notò qualche importante cambiamento in lei: invece dei capelli lisci privi di personalità, sfoggiava un taglio corto e quasi sbarazzino che non stonava con la sua altezza – era lunga quasi come Mario – e copriva le sue non piccole orecchie. Invece delle maglie rigorosamente grigie o blu che dovevano servire a rafforzare la sua autorità sui terribili studenti del Molinari, portava un golfino addirittura rosso. Forse c'è qualcosa di nuovo oltre ai soliti amorazzi, si disse, indagherò un po'. Carla è ghiotta di notizie riguardanti la sorella.

«Questi presidi hanno sempre delle pretese assurde.»

«È vero.»

«E anche questi poveri bidelli, sottoposti a sforzi di tutti i tipi.» Non dispiaceva a Mario prendere appena appena un po' in giro questa coraggiosa signorina tenacemente non sposata, ma tenacemente non disposta a rinunciare ai piaceri della vita.

«Fai poco il furbo» gli rispose, «guarda che la mia sorellina mi ha incaricato di stendere un rapporto quotidiano su di te, e in primo luogo su quante guardie rosse vedi ogni giorno.»

Finiti gli scherzi, i due si abbracciarono e si misero d'accordo: chiavi, letti, stanzetta comoda seppur priva di finestra, bagno in comune, regole d'uso, nonché carta igienica, saponi e salviette personali, orari ed eventuali pranzi da consumare insieme. Poi Cavenaghi venne raccolto da Cecco Fani e si diresse verso Corsico, nel Sud-Ovest del milanese.

Da Crescenzago imboccarono via Palmanova, piazzale Loreto, poi entrarono in viale Abruzzi e da lì seguirono la circonvallazione esterna detta del 91-92 per via degli autobus che vi passavano e disegnata dal piano regolatore di Cesare Beruto nel 1884 (incredibile la visione della città che c'era dietro quel progetto), finché arrivarono sui navigli, precisamente in quello "Grande", e seguendo la strada che lo affiancava (e che man mano cambiava nome: da un lato Alzaia Naviglio Grande, via Alzaia Trento, e dall'altro via Lodovico il Moro, via Vigevanese, via Milano) arrivarono alla città di cui Ettorri era stato sindaco.

Nel periodo che aveva preceduto la costruzione del primo naviglio, circa a metà del tredicesimo secolo, l'area di Corsico ospitava numerose cascine agricole che si erano insediate nel Sud di Milano, intorno alla linea dei fontanili e alla via romana "gallica", che da Gradum arrivava ad Augusta Taurinorum (a quei tempi i corridoi europei non solo si progettavano, ma si realizzavano). Per parecchio tempo, più che questa area a sud-ovest, era stata quella a sud-est ad avere la preminenza nella produzione agricola necessaria alla città d'Ambrogio. I monaci cistercensi dell'Abbazia di Chiaravalle avevano, con bonifiche dei terreni e opere idrauliche, preparato il supporto fondamentale per lo sviluppo economico della bassa milanese. Poi con i Visconti e gli Sforza (Corsico era stato anche uno snodo della guerra tra i Visconti e i Torriani per il controllo di Milano) alla direttrice fondamentale verso Roma si era man mano accompagnata quella altrettanto rilevante verso Pavia, il Ticino e Genova, ponendo le basi anche per uno sviluppo industriale oltre che agricolo della zona. A lungo, fabbriche e fabbrichette si erano preferibilmente insediate nell'area settentrionale del milanese, quella prealpina, contrapposta a quella dei fontanili. La forte disponibilità di aree coltivate, definite con un terribile aggettivo (terribile sia stilisticamente sia semanticamente) "urbanizzabili", rispetto al tessuto degli strutturati municipi al Nord, compatto soprattutto nella Brianza, aveva consentito nel Sud-Ovest milanese una massiccia politica di insediamenti industriali e residenze popolari da Corsico a Rozzano, nella stagione della grande immigrazione che durante gli anni Cinquanta aveva accompagnato l'ultima straordinaria fase di sviluppo economico di Milano.

Antiche cascine, navigli, strutture agricole e magazzini per il commercio dei suoi prodotti, manufatti costruiti dallo sviluppo industriale, case per la impetuosa immigrazione: non era difficile leggere la storia di quel territorio venendo da Milano mentre, lungo il Naviglio Grande, ci si avviava verso Corsico.

Il giorno prima, Lorente gli aveva spiegato come in Procura a Milano si ipotizzava che potesse essere la 'ndrangheta il mandante dell'omicidio – pur ancora da appurare – di Ettorri: c'erano in ballo appalti dei quali i criminali calabresi, ben insediati nel Sud milanese, avevano sempre fame, c'era il tentativo di incastrare un Rosci, che aveva combattuto aspramente le 'ndrine a Buccinasco, c'era la meccanica dell'omicidio-manipolazione delle prove che faceva pensare a un'organizzazione complessa, e non a un piano concepito da un dilettante.

Ma ora si doveva passare dalle intuizioni alle prove. Cavenaghi aveva preso per prima cosa appuntamento presso un circolo cooperativo della città (tra via Palmiro Togliatti e via Pietro Nenni) con Pino Genovesi. Questo suo vecchio amico era stato scelto, in sostituzione di un altro ex comunista, Sergio Arcangeli, per correre alle elezioni municipali del 1995 come candidato sindaco di una sinistra che dal 1945 era egemone (lo si deduceva anche dal nome stesso delle strade prima citate) nella guida del Comune.

Nella seconda metà degli anni Ottanta, Genovesi era stato responsabile del lavoro di massa (così nel Pci si chiamava il settore della segreteria che seguiva le fabbriche e interloquiva con le organizzazioni appunto di "massa" come la Cgil o la Lega delle cooperative, in qualche misura controllandole). Perito meccanico, operaio qualificato dal 1968 in produzione, aveva avuto un ruolo rilevante nelle lotte alla fabbrica di camion dell'Om negli anni Settanta, poi era entrato nell'apparato del partito. Alto più di un metro e ottanta, robusto (più di cento chili di peso), un volto pacioso cui corrispondeva una pazienza infinita, piccoli occhi molto scuri, un po' cisposi e assai vivaci, largamente brizzolato sin da trentenne, cosa che prima lo aveva reso vecchio nell'aspetto quando tutti avevano i capelli scuri e poi giovanile quando tutti li avevano bianchi. Aveva molte caratteristiche delle genti del Sud milanese: benché fosse entrato in fabbrica da ragazzo, non aveva dismesso certi tratti, gusti, gesti e gerghi derivanti dalle sue origini contadine.

Nell'ultimo periodo in cui lavorava in federazione, Mario aveva spesso avuto rapporti con il Pino che, per le sue doti d'insuperabile sopportazione, veniva non di rado usato per risolvere le liti tra compagni, fondamentale materia dell'impegno dei probiviri e del loro presidente regionale. Non fu, quindi, complicato organizzare l'incontro anche senza la benedizione di una federazione che voleva tenersi lontana dalle rogne.

I due di fronte a un bicchiere di spuma scura – una specie di Chinotto o Coca-Cola dei poveri, scelta come ricordo di un antico sapore che li affratellava, e che era custodita quale reliquia da modernariato solo in alcuni circoli cooperativi – sapevano di poter contare sulla riservatezza della loro conversazione e, finito il Partito comunista, quando "l'istanza inferiore" non poteva avere segreti rispetto a quella "superiore", contavano sulla reciproca stima personale, e non più sull'antico senso di partito, per scambiarsi liberamente informazioni e opinioni. Con questi sentimenti fu semplice passare rapidamente a esaminare le questioni in ballo a partire dalla morte di Ettorri. E Cavenaghi, pur non citando le fonti e ribadendo la necessità del massimo riserbo, rivelò tutto quello che sapeva, compresa una dettagliata informazione sulla misteriosa lettera di accuse rivolte ad Alberto Rosci.

Genovesi non ebbe dubbi: non poteva essere stato Ettorri a scrivere quella denuncia. La sua regola era non lasciare mai niente di scritto, e poi il tipo di tangente formulato nella lettera era bislacco. Si trattava di una provocazione. «Guarda, di quel che ti dico sono sicuro al cento per cento: nel preparare la prossima campagna elettorale ho sentito spesso il sindaco uscente, l'Arcangeli, ma soprattutto il povero Paolo, che conosceva praticamente quasi ogni famiglia della città, almeno quelle insediate da più tempo. Mi ha parlato della grana dell'appalto per il completamento del depuratore di Peschiera Borromeo, dell'impegno gravoso che si era assunto per presiedere il consorzio pubblico che coordinava l'operazione, mi ha ricordato tutti i drammi scoppiati con l'appalto per il depuratore di Nosedo bloccato nel 1992 con devastanti strascichi giudiziari, ma mi ha anche detto che dormiva sonni tranquilli perché Rosci guidava un consorzio cooperativo per i lavori in muratura dell'opera, e questa era una garanzia di trasparenza. Poi ha aggiunto pure dei particolari su certi problemi di salute del nostro amico cooperatore, dicendo che gli sembravano sotto controllo e che comunque i compagni della Lega delle cooperative si erano dati da fare perché l'Unipol coprisse eventuali spese non garantite dal servizio sanitario nazionale.»

«Bene, ero certo dell'innocenza di Alberto, ma quel che mi racconti mi toglie ogni più piccolo dubbio» commentò Cavenaghi. «Resta però il fatto che lo scritto di cui parliamo ha un suo linguaggio, e dimostra una conoscenza della psicologia di noi ex comunisti molto peculiare: per appellarsi, poi, alla paura della federazione a fare i conti con un'inchiesta penale, non basta una generica furbizia manipolatoria, ma si deve poter contare su precise informazioni interne.»

Il probabile futuro sindaco corsichese concordò con quelle considerazioni: «Sì, mi pare che abbiamo a che fare con qualcuno che ci conosce particolarmente bene.»

Anche sul coinvolgimento della 'ndrangheta, considerato molto plausibile da chi seguiva la vicenda Ettorri nella Procura di Milano, Genovesi convenne: «Si sono proprio radicati nel nostro territorio, e quando devono proteggere affari a cui tengono particolarmente non esitano a ricorrere alla violenza.»

«A chi posso chiedere di aiutarmi a capire come si muovono queste bande criminali di cui parliamo?»

«Dovresti fare due chiacchiere con Paride Rizzeddu, che ha seguito la zona Sud del Pci dal 1987 al 1992, quando poi è uscito dal partito.»

«Rizzeddu ha lasciato il Pci?»

«Credo che abbia fatto in tempo a lasciare il Pds, ma comunque qualche anno fa si è dimesso dall'apparato.»

«Che cos'è successo?»

«Un costruttore ha detto a un pubblico ministero che il nostro compagno l'aveva messo in contatto con l'amministrazione del partito. Su questa base è stato arrestato, e la federazione gli ha ritirato la tessera: una sospensione cautelare, gli hanno detto. Lui li ha salutati con amarezza e adesso lavora per la Compagnia delle opere, sai quell'organizzazione di società perlopiù cooperative costituite su iniziativa di persone legate a Comunione e liberazione?»

«I ciellini hanno dimostrato più solidarietà di noi?»

«C'entra quella cosa del peccato e del peccatore, questi cattolici dicono che pur combattendo il peccato non si deve distruggere il peccatore. Mentre nel nostro "nuovo partito" prevale solo l'ansia di prendere le distanze da tutto ciò che può creare una qualche tensione con la magistratura militante, forse per paura, o forse anche per un po' di gratitudine verso chi ci ha fatto l'ottimo regalo di radere al suolo tutte le forze politiche concorrenti.»

«Attento a quel che dici, che ti devono eleggere sindaco.»

«Qui tutti mi apprezzano politicamente e umanamente, e i tempi in cui la federazione poteva fare il bello e il cattivo tempo sono, nel bene e nel male, finiti.»

«Dove posso trovare Paride?»

«Lavora in una cooperativa di pulizie legata alla Compagnia delle opere impegnata in tutto il Sud milanese. Ha sede a Trezzano, se lo cerchi ora, lo trovi», e gli diede il numero di telefono.

«Un'ultima cosa» chiese ancora Cavenaghi. «Avete già seppellito il povero Ettorri?»

«Sì, ieri pomeriggio, una cerimonia deprimente. C'erano tanti vecchi compagni, alcuni ancora iscritti, altri usciti da posizioni riformiste e garantiste, e altri ancora oggi militanti in Rifondazione. Quando ho visto le antiche bandiere, spesso di seta, e non di rado ricamate, ricche di storia e di passione, mescolate a quelle di plastica del Pds con su una quercia che sembra quella di Cip e Ciop, mi è venuto freddo al cuore.»

Con questa ultima nota di tristezza, si salutarono.

Anche Rizzeddu era una vecchia conoscenza dell'ex presidente dei probiviri comunisti lombardi: sardo, di Olmedo in provincia di Sassari, era emigrato nel 1974; per un periodo aveva lavorato in un caseificio di San Giuliano, poi era passato a fare il funzionario del sindacato alimentaristi della Cgil e infine era entrato nell'apparato del partito, diventando verso la metà degli anni Ottanta responsabile della zona Sud della federazione del Pci di Milano.

Non aveva bisogno di dire di essere sardo: la carnagione olivastra, il ciuffo nero-carbone che gli copriva larga parte del volto (un po' butterato), il corpo compatto da uomo dei campi, uno sguardo straordinariamente furbo e un sorriso sornione che solo un popolo di allevatori di ovini poteva avere prodotto, oltre a una lingua che non rispettava perfettamente le doppie di cui è ricco il lessico italiano, rivelavano a prima vista (e parlata) le sue origini.

Anche con il rifugiato nella Compagnia delle opere, l'ingegnere luganese non ebbe bisogno di sforzi per fissare un appuntamento, che venne concordato per mezz'ora dopo la telefonata, al bar Verdi in via Verdi a Trezzano, a un tiro di schioppo da Corsico, comune al quale era stato unificato per poi esserne separato nell'Ottocento.

All'ex responsabile della zona Sud della federazione milanese del Pci l'ingegnere spiegò per sommi capi i problemi e soprattutto chiese un parere sul possibile ruolo della 'ndrangheta nelle vicende sulle quali stava indagando. Naturalmente qualche parola fu spesa, prima di entrare nel merito dei casi specifici, sul comportamento della federazione verso l'ex comunista sardo e le questioni del finanziamento illecito di cui gli aveva parlato Genovesi.

«I pm non mi hanno trovato in tasca un solo soldo preso da qualche tangente, nessuno ha potuto dire che mi aveva offerto denaro per questa o per quella opera pubblica, io mi sono limitato a presentare un imprenditore all'amministratore della federazione. Per questo mi hanno tenuto in carcere tre mesi, volevano che gli parlassi di alcuni esponenti del Pci che stavano cercando d'incastrare. Il nuovo segretario della federazione era preoccupato delle reazioni dell'opinione pubblica rispetto alla mia incarcerazione e alle accuse che mi erano rivolte: non mi sfuggiva e non mi sfugge il clima che si era creato a Milano. Allora ho compreso certi suoi atteggiamenti. Però poi mi hanno fatto sapere che non sarei mai più stato riaccettato nel partito. Se avessi voluto vendicarmi, avrei potuto fare qualche nome che sarebbe finito subito nei guai, ho preferito mandarli a quel paese e ho trovato questi della Compagnia delle opere che già conoscevo per il mio lavoro politico precedente, pronti a darmi una mano, anche perché sono molto amato da tanti amministratori di sinistra che di me sanno di potersi fidare.»

«Ma che cos'è successo al nostro vecchio partito che, con tutte le dissimulazioni necessarie, non abbandonava mai gli uomini che si sacrificavano per lui?»

«Si è come disarticolato, non trova una chiave per rinnovarsi, così quel che resta si chiude nella difesa della propria sopravvivenza, che in molti casi è esclusivamente personale. Operazione, quest'ultima, che diventa possibile perché la forza residua degli ex comunisti, ancora consistente nonostante tutto, senza più un progetto che le dia una base per essere autonoma, è utile per servire ogni gioco di potere.»

«Mamma mia! Dà un certo conforto essere emigrati in Svizzera. Ma scusami se torniamo alla concretezza delle questioni che devo affrontare, che fondamentalmente consiste nel salvare il nostro comune amico Alberto.»

«Credo che anche scoprire chi ha assassinato un compagno al quale eravamo così affezionati come Ettorri sia un impegno d'onore che non possiamo trascurare.»

«Sì, ovviamente. E veniamo dunque a quello che una parte importante della Procura di Milano considera il probabile regista dell'omicidio e della manipolazione anti-Rosci, cioè la 'ndrangheta, specie quella che opera nella vostra zona tra Buccinasco e Corsico.»

«È un fenomeno cresciuto sotto i nostri occhi. Tutto inizia verso gli anni Settanta quando passò la disgraziata idea di inviare in alcune località della Lombardia, in domicilio coatto, esponenti della criminalità organizzata siciliana, ma anche calabrese. Si pensava che, in un ambiente così socialmente e culturalmente strutturato, gli esiliati sarebbero stati comunque isolati e magari in alcuni casi recuperati e indirizzati verso una vita normale. Invece si radicarono e man mano, come una metastasi, si diffusero. La prima stagione fu quella dei sequestri, nella quale criminali di origine siciliana e calabrese giocarono un ruolo decisivo. Poi venne la stagione dell'eroina e, in parte, della marijuana, per finire con il diffusissimo spaccio di cocaina. La nostra area del Sud-Est milanese divenne un epicentro di questo radicamento. Arrivavano da Platì, dalla Locride, si insediavano a poco a poco con attività formalmente non criminali, come innanzitutto la gestione del trasporto dei materiali inerti. Questo serviva loro per costruirsi una base sociale, dalla quale poi sviluppare, con i loro metodi criminali, attività economiche e anche quelle trame finanziarie che sempre più erano nelle loro disponibilità.»

«Per fare un'ipotesi sulle nostre vicende avrei bisogno di approfondire il fenomeno 'ndrangheta in modo articolato, hai qualche suggerimento da darmi?»

«Verso la fine degli anni Ottanta come zona del Sud milanese della federazione abbiamo organizzato un seminario, dove un professore, un sociologo che insegna nella facoltà di Scienze politiche della Statale, ha fatto una serie di considerazioni particolarmente interessanti. Parlo di Natalino Paoletti, con cui sono rimasto in contatto e che se vuoi posso chiamare per scambiare qualche idea. Poi c'è Indy Aglietta, il presidente della Compagnia delle opere, che sulla 'ndrangheta ha un rapporto costante con la Procura di Milano. Infine, per quel che riguarda la dinamica dell'omicidio di Ettorri, ti consiglierei di sentire Federico Massa.»

«Il Massa, quel compagno che era assessore ai Lavori pubblici al comune di Milano?»

«Sì, proprio quello, anche lui è uscito dal partito dopo il '92 più o meno nei giorni e per i motivi per i quali anch'io me ne sono andato, e pure lui collabora con la Compagnia delle opere.»

«Uno non fa in tempo ad andarsene a Lugano per un paio di anni che voi ne combinate di tutti i colori.»

«Proprio così.»

Rizzeddu fissò a Cavenaghi un appuntamento con Paoletti, con Aglietta e con Massa, poi si salutarono e il luganese con il fido Cecco, che aveva partecipato silenzioso a tutti gli incontri, si avviò verso Milano. Aveva un appuntamento con Rotelli in una gelateria all'aperto in viale Papiniano verso piazza Cantore, collocata in un bello spiazzo e ricca di alti cespugli verdi, per fare il famoso "punto" sulla situazione prima della cena che lo stesso Rotelli aveva organizzato con Rosci e il suo avvocato Iannis Rutsos, un comunista calabro-greco-albanese diventato nella tempesta di Mani pulite il principale difensore dei comunisti riformisti milanesi, assolutamente diffidenti dei legali scelti dalla Federazione, spesso al servizio di settori del partito contro altri compagni.

In venti minuti furono sul luogo dell'incontro, dove li aspettava l'ex senatore comunista.

Cavenaghi riferì tutte le notizie raccolte e spiegò quali erano le sue prossime mosse. Alcune informazioni che gli aveva dato Genovesi, soprattutto su Rosci, andavano rapidamente riportate a chi nella Procura di Milano – osservò Rotelli – era scettico sulla ormai famosa "lettera" manipolatoria; era utile quindi attivare il canale di collegamento che Lorente gli aveva indicato. «Magari, oltre a quello che mi dirà stasera Rosci, è meglio se sento prima le persone che mi ha indicato Rizzeddu» replicò Cavenaghi.

«Fissa un appuntamento con Jacopo Lini per domani verso sera, così avrai più elementi da far arrivare ai pm che collaborano con noi. Poi mi pare che per capire quel che è successo bisogna avere qualcuno che ci aiuti ad analizzare meglio la realtà della 'ndrangheta. Come si muove, quali sono le sue logiche e i suoi interessi. Ci ragiono su, sento qualche opinione, poi ti faccio sapere. In linea di massima ci rivediamo domani qui, dove fanno tra l'altro anche un ottimo gelato, alle 19.00.» Rotelli era – e ancor più appariva – sempre più stanco, da alto e paffuto era diventato curvo e magro, la sua rossa zazzera tagliata come con una scodella era sempre più rada e grigia. Era morta anche la sua seconda moglie. Alla fine si era ancora impegnato per un suo infinito senso del dovere (e di appartenenza), ma quando poteva, evitava pranzi e cene come quella da Rutsos.

Una rapida telefonata a Lini, un appuntamento per il

giorno dopo alle 18.00 al circolo Arci di via Altezza, e Cavenaghi con il fido Cecco si indirizzò verso via Savona, dove al numero civico 23 trovò il citofono di Rutsos e salì al secondo piano.

Non conosceva l'avvocato, se non di nome. Lo accolse un cinquantenne sul metro e settanta, circa un quintale di peso, vestito un po' sbadatamente (senza giacca, la camicia per un tratto gli usciva dai calzoni, la cravatta era slacciata), sostanzialmente (fatta salva un po' di peluria) calvo, con una mascella sporgente e tanti denti affastellati soprattutto nella fila inferiore: aveva un'aria quasi da Gambadilegno, se non fosse stato per gli occhi sorprendentemente celesti, sorridenti e amichevoli. Al suo fianco c'era la moglie Angelina, che sembrava una di quelle fanciulle vermeeriane che versano acqua da una brocca, pettinata con uno chignon anch'esso da quadro olandese, pure lei con candidi occhi celesti e solo leggermente sovrappeso. Com'era d'uso, quando ancora esisteva una "comunità" comunista, tutti si trattarono subito con familiarità. Portarono i due ospiti (c'era anche Fani) in salotto, dove trovarono Rosci. Cavenaghi abbracciò il vecchio amico, verificò come il male e le cure lo avessero ancora logorato, ma meno di quel che si aspettava. Lo preoccupò invece lo sguardo smarrito. Anche se era comprensibile. Essere al centro di un assassinio e di un tentativo di attribuirtelo avrebbe fiaccato pure una persona in perfetta salute. Non era da tanto che si erano visti, il cooperatore con la famiglia era stato a Lugano anche la Pasqua precedente. Non avevano quindi particolari aggiornamenti di cui riferire e poterono così subito iniziare a esaminare il caso.

La testimonianza di Genovesi sulle ultime parole di Ettorri era preziosa, notò anche Rutsos, ed eliminava qualsiasi dubbio residuo. Cavenaghi li informò che il giorno dopo avrebbe fatto conoscere alla Procura di Milano questa ulteriore prova a discarico, però aggiunse: «È bene che risolviamo il caso per impedire qualsiasi nuova speculazione e anche per individuare l'assassino di un caro amico come Ettorri e gli autori di questa trama criminale. Tu, Rutsos, come avvocato difensore, immagino abbia un po' di materiale da esaminare, e su questo credo dovremmo concentrarci.»

«Sì» rispose il greco-albanese-calabrese, «abbiamo ricevuto insieme a un avviso di garanzia, una volta tanto assolutamente riservato e dunque veramente a protezione dell'indagato, la fotocopia di un'agenda del telefono dell'antico sindaco di Corsico, e di un'altra che registrava tutti i suoi appuntamenti. Le abbiamo esaminate e a prima vista appaiono poco utili. I numeri di telefono non ci dicono molto, non ne abbiamo trovati di sorprendenti, si tratta dei soliti collegamenti che un uomo pubblico tiene con il suo partito e gli interlocutori istituzionali. La segretaria Berenice, che l'ha seguito in tutti i suoi più recenti incarichi fino a quello della presidenza del consorzio per completare il depuratore di Peschiera Borromeo, dice che Paolo aveva anche una rubrichina più particolare, portata sempre con sé e mai più ritrovata. Dall'agenda per gli appuntamenti si ricava assai poco. Venivano registrati in modo criptico: tipo "19 settembre ore 17 SA, CC", che abbiamo interpretato e poi verificato con l'attuale sindaco come Sergio Arcangeli comune di Corsico. Oppure "15 settembre ore 15 IAFP", letto e poi verificato come incontro con il segretario della federazione Iñigo Agirrezebala, presso la sede del partito, o ancora "13 settembre ore 11 ARLC", cioè Alberto Rosci Lega delle cooperative. Di un po' di questi appuntamenti criptati siamo riusciti a comprendere a cosa si riferissero. Ma solo per il mese di settembre ce ne sono una decina che non riusciamo ancora a decifrare. Uno ci sembra molto rilevante anche perché Berenice l'ha collegato a una telefonata ricevuta da lei e passata a Ettorri, ed è questo: "17 settembre ore 10 BMF P con SC." "B" potrebbe corrispondere ad Alfred Bercke della MW Hydraulik Maschinenwerke di Francoforte, persona che aveva incontrato il nostro compagno assassinato il 12 settembre. Ma che cosa significa la sigla "P con SC"? Peraltro, i magistrati hanno fatto cercare questo Bercke a Francoforte dalla polizia giudiziaria, e pare che non sia in organico nella società citata. Il che rende la notizia ancora più importante ma non aiuta a risolvere il rebus dell'altra sigla. Gli altri elementi d'indagine che ci ha fornito la Procura non hanno un particolare interesse. Secondo chi investiga è probabile che l'assassinato sia stato spinto nella vasca di depurazione senza che fosse consapevole del pericolo cui stava andando incontro, però non ci sono ancora prove irrefutabili del fatto che si sia trattato di un delitto e non di un incidente. Questo è lo stato delle cose per ciò che è a nostra conoscenza.»

«Bene» osservò il luganese, «tu che ne pensi, Alberto?»

«Per quel che riguarda il mistero del tedesco, è probabile che sia stato utilizzato per preparare la trappola fatale. Paolo stava cercando un esperto che lo aiutasse a valutare rischi e pericoli delle vasche di depurazione, mi ha detto che pensava di rivolgersi a uno straniero che fosse fuori dai giochi italiani. Se riuscissimo a trovare chi lo ha indirizzato su un personaggio che poi si è scoperto essere inventato, avremmo fatto un passo in avanti decisivo. Per il resto, innanzitutto sulla sigla misteriosa, dobbiamo lavorare di fantasia, una cosa che in questi tempi di depressione mi manca, ma menti brillanti come la tua, Mario, possono aiutare. Poi andrebbe ricostruito il motivo dell'operazione di disinformazione nei miei confronti.» Così intervenne, con un tono molto fioco che corrispondeva al suo stato fisico e psicologico, il presidente del consorzio cooperativo per la costruzione edile del depuratore di Peschiera Borromeo.

«Della tesi della Procura sul ruolo centrale delle 'ndrine di Corsico-Buccinasco, che cosa pensi?» domandò Mario ad Alberto, che rispose: «Quella banda di criminali non si tira indietro di fronte a niente, li ho studiati bene quando ero in consiglio comunale a Buccinasco. Non riesco ancora a capire però che convenienza abbiano a compiere azioni che tutti attribuiranno a loro, e che quindi renderanno ancora più difficile ritagliarsi spazi per le aziende controllate, spazi che cercano dovunque ci siano dei lavori di costruzione nel Sud milanese.»

«Chi ci può aiutare a capire meglio la psicologia di questa banda criminale di cui ci stiamo occupando?» osservò ancora Cavenaghi. «Rizzeddu mi ha detto di rivolgermi a un politologo, Paoletti, al nostro vecchio amico Massa e ad Aglietta della Compagnia delle opere. Ti viene in mente qualche altra persona che potrei sentire?»

«In un seminario sempre della zona Sud di Milano, un altro politologo che si sta affermando anche come opinionista, Rodolfo Lucchini, ha detto cose particolarmente interessanti sull'espansione della 'ndrangheta in Lombardia. Non so se possono essere utili per questa indagine» rispose Rosci, al quale Cavenaghi chiese comunque di fissare un contatto con l'opinionista-sociologo. «Per risolvere questo delitto, dobbiamo in primo luogo capire quale realtà ci troviamo di fronte, e se c'è una persona intelligente da ascoltare perché possa illuminarci su questo argomento, è la benvenuta.»

Il dirigente cooperativo, che aveva mantenuto un contatto con il Lucchini, lo chiamò subito e fissò un appuntamento per i giorni successivi.

«Permettetemi un'ultima osservazione: ma perché mai il nostro amico Paolo cifrava così i suoi appuntamenti? Aveva paura della Cia, della Digos, dell'ex Kgb?» chiese ancora il luganese.

«La spiegazione è semplice» intervenne Rutsos. «L'agenda degli appuntamenti la portava spesso a casa, sia perché non di rado lavorava da lì, sia perché voleva che le cose riservate restassero tali, e la sua segretaria, che ho sentito, ci ha spiegato che preferiva che chi avesse letto la sua agenda trovasse una sigla come "MFSD ore 18", piuttosto che "Motel Fiordaliso San Donato".»

Superato il leggero imbarazzo di questa rivelazione, la dolce padrona di casa annunciò che la cena era pronta. Casa Rutsos era rinomata per ciò che offriva ai suoi ospiti: s'incrociavano alcuni esperimenti calabresi dell'avvocato con i piatti della triestina Angelina, secondo alcuni non molto forte sui primi. Tanto che aveva dovuto consentire al marito, che si piccava da mago dei fornelli, di presentare i suoi scialatielli: una pasta fresca che aveva qualche raro estimatore, commentò poi il sofistico e poco esotico Cavenaghi con Fani, e, aggiunse, peggiorata dalla 'nduja, una salsa piccante ficcata, forse a sua insaputa, in un sugo di pomodoro.

L'ingegnere luganese peraltro non era famoso per la sua curiosità culinaria. Angelina si mostrò, poi, imbattibile nella preparazione di un eccezionale stinco di maiale arrosto (area mitteleuropea ma più di tendenza trentina) con le necessarie patate e, per finire, di uno strudel con tanto di pinoli che risarcì gli ospiti di tutte le amarezze raccolte tra politica e vicende giudiziarie, per non parlare degli scialatielli.

La conversazione che seguì il pasto fu, sia pur lievemente, mesta come avveniva ormai normalmente tra i naufraghi dell'antica stagione.

Alle 11.00 Mario fu a casa, dove la Ines in suo onore aveva, pur con qualche rimpianto, interrotto le sue ginnastiche con nerboruti bidelli. Chiamò Carla – già sommariamente informata da quella spiona di sua sorella – e la aggiornò sugli ultimi avvenimenti. Quando sentì parlare di 'ndrangheta si allarmò e commentò: «Ma non ti bastavano gli ex comunisti?»

Agli inevitabili rimproveri della moglie si accompagnarono caute ma sostanziali, e alla fine prevalenti, espressioni di affetto: tenere la guardia alta era il motto delle Mazzarenti, ma non bisognava scordarsi di motivare il compagno di una vita. Furono l'opportuno viatico per un dolce sonno.

4

Venerdì 23 settembre

A casa della Ines Mazzarenti ci si svegliava alle 7.15. Alle 8.00 la professoressa doveva essere al suo posto di combattimento di fronte a ben ventitré assai poco docili studenti del Molinari.

Non era un grande problema per Cavenaghi, abituato ad alzarsi presto, nonostante scontasse la stanchezza accumulata nei giorni precedenti.

Il primo appuntamento l'aveva alle 9.30 con l'ex assessore comunale Massa. Si vedevano da Coin in piazza Cinque Giornate, al bar, con spettacolare terrazzo, inaugurato l'anno precedente, che si trovava all'ottavo piano. Era insieme a Fani, che l'avrebbe accompagnato per il resto della giornata: l'appuntamento era alle 9.10 in piazza della Repubblica, alla fermata della M2, il più comodo mezzo di collegamento con Crescenzago. Un caffè, un saluto alla padrona di casa e un altro telefonico alla Carla, e arrivò l'ora di andare. In metropolitana, un po' pressato nell'ora di punta, poi più comodo nella Panda faniana, poté leggere il *Corriere* e *l'Unità*: proseguiva il balletto volto a indebolire il governo.

Lo stabile dei grandi magazzini della nota dinastia veneta aveva anche un comodo parcheggio. Ciò contribuì alla puntualità di Cavenaghi e Fani.

Massa aveva una decina di anni meno del luganese, ma tra i due c'era un ottimo rapporto, durato per tutti gli anni Ottanta. L'ex assessore aveva un volto da persona buona, sorridente sin dagli occhi marroni con riflessi dorati, capelli castano-rossicci, una pettinatura corta ma con la frangetta, una grande barba, un fisico da orso per uno e ottantacinque d'altezza. Pur essendo laureato alla Bocconi, vestiva con uno spezzato di velluto (pantaloni color cachi e giacca marrone) che faceva molto studente fuoricorso della Fgci.

Anche con Federico la conversazione non poté che iniziare dalla sua uscita dal partito, con motivi più o meno coincidenti con quelli di Rizzeddu: un'accusa senza prove decisive, qualche settimana a San Vittore, una sospensione/espulsione dal partito, e un proscioglimento al quale però non era seguita alcuna riabilitazione politica. «Sì, sono stato terribilmente deluso dal comportamento dei compagni con i quali avevo lavorato spalla a spalla fino all'ultimo momento. Ora sono concentrato sul mantenere la mia famiglia, e sono grato agli amici della Compagnia delle opere che mi hanno trovato un'occupazione. Peraltro, vengo da una famiglia di vecchi socialisti poi comunisti e partigiani dell'Oltrepò, e conto di tornare a militare nella sinistra quando questa terrificante sbornia giustizialista si sarà esaurita. Comunque sono anch'io tra quelli che non hanno ben chiaro che cosa capiterà in questo nostro paese.»

Era finito il tempo in cui si discuteva di politica, se non con allegria, sempre con passione: oggi affrontare "la situazione", come si diceva un tempo, italiana, e peraltro anche quella internazionale, comportava innanzitutto sofferenza.

Memori dello stoicismo bolscevico nel quale erano stati entrambi allevati, i due misero da parte le reciproche tristezze e si concentrarono su – altro termine da vecchi tempi – "l'ordine del giorno": come salvare definitivamente Rosci – che era anche un ottimo amico di Massa, con il quale aveva a lungo interloquito ai tempi in cui seguiva in comune i lavori pubblici – e come trovare l'assassino dell'altro comune amico, l'Ettorri.

Cavenaghi gli raccontò più o meno tutto quello che aveva saputo negli ultimi due giorni e lo pregò di dargli un parere sui punti che gli interessava particolarmente chiarire: Ettorri avrebbe potuto cadere accidentalmente nella vasca di depurazione? Che ruolo poteva avere la 'ndrangheta nell'assegnazione dei futuri lavori per la costruzione definitiva del depuratore di Peschiera Borromeo? Poteva avere avuto quest'organizzazione criminale qualche motivo per assassinare il presidente del consorzio pubblico? Magari quello di difendere i propri spazi nel business delle costruzioni? Chi aveva presentato un ingegnere con il nome falso a Ettorri, probabilmente preparandogli la trappola fatale?

Il luganese non chiedeva solo le sue opinioni, voleva anche i nomi di nuove persone da interrogare.

Massa rispose con ordine: «Pur occupandoti di lavorazione delle acque, forse non hai mai visto una grande vasca di depurazione con i suoi sistemi di sicurezza per evitare gli incidenti, con l'ampiezza e l'altezza dei bordi del contenitore di fanghi per impedire infortuni. C'è almeno il novanta per cento di possibilità che il nostro vecchio amico sia stato assassinato. Sul ruolo della 'ndrangheta, ho le stesse perplessità che, mi hai detto, nutre Rosci: perché un omicidio che attira l'attenzione su un soggetto che ha tutto l'interesse a non mettersi in mostra? Forse l'unica motivazione potrebbe essere una vendetta, o magari un'intimidazione per altri lavori difficili da conquistare. In questo caso si tratta di capire che cosa concretamente abbia fatto Ettorri per provocare questo tipo di reazione, oppure bisogna informarsi se c'è un altro appalto così grande da richiedere di essere preceduto da una violenta intimidazione. Come capirai, sono tagliato fuori da quello che era il mio mondo, quello che mi permetteva, tra l'altro, di raccogliere il tipo di informazioni che oggi ti sarebbero utili. Mi pare che nel Pds milanese allo sbando non vi siano tante persone che possano darti una mano. Magari senti Berto Giustino, il presidente dell'associazione delle cooperative di produzione lombarde, qualche idea sui progetti di lavori oggi in circolazione ce l'avrà sicuramente. Per quel che riguarda il misterioso ingegnere, ti consiglio di parlare con Memmo Perri del gruppo Idro, non so se te lo ricordi.»

«Era quel compagno che aveva un ruolo da dirigente nella Regione Lombardia all'inizio degli anni Ottanta?»

«Sì, ed era anche capogruppo del partito in consiglio comunale a Varese.»

«Un bell'uomo, alto e poderoso.»

«Più o meno poderoso come me: gli effetti del famoso podere del vino e dello spaghetto.»

«Taci, non sai che cosa mi tocca fare per restare sempre almeno sotto i cento chili.»

«Comunque Memmo è proprio quello che ricordi tu: anche lui ha avuto le sue belle traversie in questi anni. Il gruppo industriale in cui lavorava aveva un rapporto di antica amicizia con ambienti del centrosinistra ed è stato sottoposto a uno sviscеramento totale dei suoi bilanci e dei suoi affari, con annessi guai: non erano proprio, come tanti peraltro, del tutto vergini. Il Perri si è anche fatto tre mesi di carcere preventivo. Lui dice che gli è servito molto a migliorare il suo scopone scientifico.»

«Ripeto quello che ho detto anche a Rizzeddu: non mi dispiace essere stato, in questi anni, a Lugano.»

Dopo avergli fissato un appuntamento con Perri, Massa salutò con sincero calore Cavenaghi, che era in marcia verso il successivo appuntamento: ore 11.00 alla pasticceria Bastianello in via Borgogna.

Il locale dove Natalino Paoletti aveva chiesto d'incontrare il luganese era vicino alla sede della facoltà di Scienze politiche in via Conservatorio, ed era anche un luogo storico d'incontri milanesi, non solo per la bontà delle sue torte ma anche perché si trovava a fianco della Casa della Cultura. Così, negli anni Cinquanta, in quel posto potevi trovare Arianna Arossa a un tavolino a bere un tè con Jean-Paul Sartre, o Mario Spinella che si intratteneva davanti a una cioccolata con Bertolt Brecht e Paolo Grassi. Si avvertiva anche lì il tramonto della sinistra? Se l'atmosfera, i tendaggi, le sedie di velluto, i tavolini di ferro battuto restavano quelli di un tempo, alcuni dolci parevano tendere alla standardizzazione, perdendo molta della loro originalità: forse perché non più incalzati dai gusti di una certa *intellighènzia*?

Devo smetterla di farmi influenzare da questo clima di declino, si disse Cavenaghi mentre entrava e scorgeva una persona di altezza media, capelli bianchi, barbetta curata e un'indubitabile aria da professore di Scienze politiche.

«Buongiorno, sono Mario Cavenaghi. Come sa, il nostro comune amico Rizzeddu ha promosso questo incontro. Avrei bisogno che lei mi facesse una lezione storica sulla 'ndrangheta in Lombardia: nostri amici sono stati oggetto di aggressioni e provocazioni probabilmente perpetrate da questa organizzazione criminale, e ci servono informazioni per capire come e perché questo possa essere avvenuto. Infine, è opportuno che la informi su di me e sul mio amico Cecco, che mi accompagna: qualche anno fa ero presidente dei probiviri comunisti della Lombardia, e nell'esercizio delle mie funzioni mi toccava anche svolgere indagini su episodi più o meno oscuri che coinvolgevano gli interessi del Pci. Ora sono qui in veste di collaboratore di Fani, che ha un'agenzia d'investigazione perlopiù utilizzata dal Pds o da persone legate a quel partito. Mi perdoni la lunga presentazione, ma era necessaria per inquadrare i temi da discutere e spiegare chi siamo e il contesto di questa nostra richiesta.»

«Ho molta stima di Rizzeddu, rimasta intatta anche dopo le penose vicende che ha vissuto, e mi sarebbe bastata la sua raccomandazione. Però poter avere a che fare con autorevoli naufraghi del vecchio mondo italo-comunista mi fa comunque piacere.»

«Quel che vorremmo comprendere meglio è la qualità dell'insediamento territoriale delle 'ndrine nel Sud milanese, il rapporto tra questo radicamento, che non può non avere una facciata più o meno legale, e le attività criminali vere e proprie. Le spiego la ragione di questa domanda: la cosa che ci interessa capire è se oggi i criminali si sentono protetti dal rapporto con aree della società e dunque non hanno problemi a ricorrere alla violenza o ad altre operazioni delittuose particolarmente spericolate.»

«Un vecchio dirigente del Pci che è stato anche presidente dell'antimafia ha spiegato la differenza tra le caratteristiche della criminalità in Sicilia, Calabria e Campania, e quelle che si riscontrano in Lombardia. Nelle regioni di antico insediamento delle organizzazioni mafiose, queste possono esprimere in certi momenti una concreta egemonia su strati veramente ampi della popolazione, apparendo come gli unici protettori e in qualche misura vendicatori di settori popolari contro uno stato non di rado avvertito come un nemico. In Lombardia questo non avviene. La vera e propria penetrazione criminale rimane circoscritta al rapporto con settori dell'immigrazione meridionale, e un'eventuale influenza più ampia, talvolta persino significativa, è frutto di legami corruttivi o di intimidazione, non di egemonia. Detto questo però il radicamento, sia pure nella sua forma limitata che spiegavo, in aree come quelle del Sud milanese è stato consistente e nasce a mio avviso anche dai fenomeni di deindustrializzazione che la sinistra non è stata in grado di gestire. Lavoratori e, ancora di più, loro figli che vedevano nel sindacato, e in buona misura nel partito, la garanzia dei diritti fondamentali, la base su cui speravano di costruire un futuro migliore nella società, si sono sentiti abbandonati e hanno ritrovato terribili legami, antichi ma in qualche misura mai scomparsi, con le varie mafie. Per l'organizzazione criminale contare non più solo su una ristretta rete di delinquenti affiliati, arruolati o complici, ma anche su gente semplice che si sente tradita e quindi ti appoggia, magari senza essere coinvolta in specifici delitti, è stato molto importante perché ha prodotto un'area grigia dove le forze di repressione dello stato hanno più difficoltà a penetrare, e questo ha offerto lo spazio per allargare le iniziative criminali. Basta considerare l'acquisizione di locali pubblici funzionali all'attività di riciclaggio delle risorse ricavate dalle attività illegali, cioè dai soldi presi per le "protezioni", dalla prostituzione, dallo spaccio di droghe e altre analoghe attività. Per quel che riguarda la domanda più specifica su quale interesse abbia la 'ndrangheta del Sud milanese a esercitare forme di violenza rilevanti, bene: ciò è determinato essenzialmente da quanto l'organizzazione si sente in pericolo. Di fatto si mettono a sparare solo se c'è un problema grave da risolvere, e peraltro gli assassinati sono per lo più criminali della 'ndrangheta stessa che non obbediscono alle gerarchie calabresi, o rivali tipo albanesi o turchi che vogliono entrare in mercati illegali già controllati da qualche 'ndrina. Si cerca di evitare, se proprio non è necessario, assassinii di autorità, di civili estranei alla criminalità, insomma tutti gli atti che potrebbero far crescere il consenso verso forze dello stato che già oggi tengono sempre sotto tiro il nucleo dirigente dei criminali.»

La lezione del professor Paoletti valeva largamente la cioccolata con fetta di torta alla panna che il luganese gli aveva offerto: la descrizione della zona grigia intorno alle 'ndrine di Corsico-Buccinasco era convincente, così come l'analisi della sua funzione di contenimento dell'azione repressiva dello stato e dunque la connessa strategia dei criminali, che dovevano evitare crisi di egemonia sull'area di complicità a bassa intensità che avevano costruito. Tutto ciò convalidava i dubbi di Rosci sull'interesse della 'ndrangheta del Sud milanese a compiere assassinii eclatanti.

Cavenaghi ringraziò e con il fido Cecco si avviò verso il nuovo appuntamento: a pranzo nella birreria Stalingrado, dove avrebbe incontrato Indy Aglietta.

Il presidente della Compagnia delle opere aveva invitato i due – che personalmente non conosceva – raccomandati da Rizzeddu in un locale in via Ezio Biondi 4, dietro via Cenisio, sia perché quella mattina si trovava in Fiera a Milano per una riunione e dunque il posto gli era particolarmente comodo, sia per una certa malizia verso gli ex comunisti, sfotticchiati, e per il nome del pub, e perché si trattava di un ambiente storico della sinistra extra-parlamentare. Il nome stesso del locale, Stalingrado, veniva dalla canzone di un complesso musicale legato al movimento studentesco della Statale, gli Stormy Six.

Comunque l'atmosfera era ben costruita, la birra decente, l'hamburger non male, e soprattutto si poteva parlare, anche all'ora di pranzo, abbastanza riservatamente.

Aglietta aveva quell'aria di gioiosa serenità – appena appena paffuta – che spesso si coglie nei cattolici più religiosi, occhietti neri e vispi che rivelano un'intelligenza vivace niente affatto disposta a essere subalterna a interlocutori più mondani (c'era in quella vivacità anche un qualche lascito della sua verve meridionale), un fisico abbastanza massiccio di cui si avvertiva lo sforzo per non perderne il controllo (insomma da "Stalingrado" al massimo una birra e solo una mezza porzione di patatine fritte), un vestire (blazer blu, cravatta regimental, pantaloni grigi) autorevole come i capelli tagliati corti a spazzola e opportunamente brizzolati. Rizzeddu e Massa avevano preparato il terreno per un incontro il più cordiale possibile e assolutamente fattivo, dunque s'iniziò subito con l'affrontare le questioni sul tavolo, che Cavenaghi riassunse per l'ennesima volta concentrandosi sul possibile ruolo della 'ndrangheta nelle varie operazioni criminali da esaminare: dall'assassinio di Ettorri alla provocazione ai danni di Rosci.

Anche il presidente della Compagnia delle opere non aveva dubbi sul peso della mafia calabrese, e per affrontarli fece una proposta interessante: «Noi, sia come esponenti della Compagnia sia come singole persone appartenenti alla nostra fraternità, abbiamo frequenti contatti con Billa Iacoboni, la coordinatrice del Dipartimento antimafia della Procura di Milano. Un magistrato particolarmente spigoloso, già assai legata a Giovanni Falcone, spesso in cattivi rapporti con i vertici della Procura milanese che non ne apprezzano il suo stile anarchico, poco rispettoso del lavoro collettivo. Mi ha detto Paride che tu ormai vivi a Lugano e forse non conosci bene i vari pubblici ministeri milanesi che stanno sconvolgendo la nostra città. Tra questi la Iacoboni non è certamente la più tranquilla, e su di lei e i suoi metodi ho raccolto lamentele da parte di tanti esponenti politici di destra, di centro e di sinistra. Però è un formidabile segugio antimafia, ha sul suo taccuino un numero spropositato di 'ndranghetisti, mafiosi e camorristi che operano a Milano, già arrestati o da arrestare. Per le sue indagini sulla concentrazione innanzitutto della 'ndrangheta, spesso in comuni del Sud e in qualche caso del Nord della Lombardia, lei ha bisogno di interloquire anche con politici, ma che siano al di sopra di ogni sospetto, e per questo non di rado fa riferimento a persone della nostra fraternità, nati in Brianza o nella Bassa del milanese, non a rischio di essere infiltrati dalla criminalità organizzata. E mentre i suoi colleghi non mancano di metterci nel mirino, lei, pur dicendoci in faccia che chiunque oggi, in Italia, sia impegnato in politica meriterebbe una qualche indagine, conta sulle osservazioni e le documentazioni che le passiamo. Una così, che nella sua frenetica attività ha in testa un vero e proprio archivio sui misfatti della 'ndrangheta in Lombardia e che ogni settimana si ascolta decine di ore di conversazioni registrate di criminali calabresi, potrebbe fornirci un'analisi meno approssimativa – intorno alle ipotesi sull'assassinio di Ettorri e sulla provocazione anti-Rosci – degli sforzi che possiamo mettere in campo noialtri ragionando induttivamente. Se siete d'accordo, la consulto informalmente sulla base dei fatti che mi avete riferito e poi vi metto al corrente delle sue valutazioni.»

«Dovresti lasciarmi solo il tempo di sentire quelli con cui abbiamo rapporti nella Procura di Milano, per evitare fraintendimenti. Se loro sono d'accordo, quello che proponi sarebbe preziosissimo» disse Cavenaghi.

«Tempi?»

«Sento il nostro collegamento con la Procura nel pomeriggio, spero di poterti chiamare in serata.»

Quasi del tutto ripuliti dai residui di ketchup, abbondante sui buoni hamburger che erano stati serviti, Aglietta, Fani e il luganese si salutarono e ripartirono per i loro successivi impegni.

Mario e Cecco si diressero verso il circolo di via Altezza, dove avevano un appuntamento con la star della giudiziaria dell'*Unità* di Milano: Jacopo Lini.

Anche nell'aura di un circolo storico dell'Arci come l'Altezza, pur rimesso un po' a posto, si annusava la diffusa depressione della sinistra milanese. Non c'era neanche la spuma, toccò puntare su un tè. Il pieno di birre allo Stalingrado sconsigliava di insistere sulla bionda bevanda alcolica, pena la perdita di una già non sovrabbondante lucidità. Si rassegnarono dunque a bere un po' di acquetta calda appena ingiallita, servita con una certa supponenza da chi apprezzava scelte più rudi. D'altro canto l'acquetta gialla faceva perfettamente pendant con lo sdrucito grigio impermeabile del giornalista dell'*Unità*. Non se lo tolse neanche quando fu seduto con Cavenaghi e Fani.

Non ci fu un grande scambio di opinioni politiche prima di entrare nel merito della vicenda Rosci-Ettorri: il Lini, come Cavenaghi sapeva anche dalle chiacchierate fatte con lui l'anno precedente, era un convinto sostenitore dell'azione della magistratura mirata a "ripulire" la politica, e pensava che questa iniziativa avrebbe aperto una nuova fase nella quale i valori sociali e democratici della Costituzione avrebbero potuto trionfare. Naturalmente era indispettito dalla parentesi del governo Cazzaniga e dal voto dell'aprile del 1994 che l'aveva preparata, ma era convinto che anche in questo caso le toghe – quelle milanesi in testa – avrebbero rimosso ogni ostacolo alla marcia trionfale della giustizia costituzionale. Il suo entusiasmo non era particolarmente apprezzato da Cavenaghi, che peraltro ormai si considerava un osservatore svizzero, né da un Fani che, pur non molto predisposto alla discussione politica (aveva sempre avuto compiti essenzialmente tecnici quando lavorava nell'apparato del partito), era comunque legato alla malandata area riformista del Pds, percorsa da rigorosi sentimenti garantisti.

Evitata dunque una riflessione più generale, ci si concentrò sulla vicenda Ettorri/Rosci. Cavenaghi lo informò dettagliatamente sulla conversazione con Genovesi, che ulteriormente scagionava il dirigente cooperativo. Poi gli chiese di capire come la Procura si stesse muovendo sull'agenda di appuntamenti e sulla rubrica telefonica dell'amministratore assassinato: discutendo con l'avvocato difensore del dirigente cooperativo messo di mezzo con una falsa lettera, aveva avuto la sensazione che non si fosse trovato ancora alcun bandolo della matassa, a cominciare dall'individuazione del misterioso ingegnere che aveva attirato Ettorri nel depuratore in cui era morto. Lo invitò poi a informare i vertici della Procura della richiesta di Aglietta di avere un parere da parte della Iacoboni sul ruolo della 'ndrangheta in tutta la vicenda, su un coinvolgimento calabrese che ormai da più parti veniva messo in dubbio. Infine gli domandò se quelli della cronaca nera milanese del quotidiano del partito potevano aiutarlo a farsi un quadro dei delitti compiuti dalla 'ndrangheta negli ultimi anni nel Sud milanese, per capire come tra questi si poteva inquadrare la morte dell'ex sindaco di Corsico.

Quello che era considerato uno dei principi della cronaca giudiziaria prese nota delle questioni poste dal luganese, e spiegò come i pm più impegnati d'Italia avessero difficoltà a concentrarsi totalmente su un caso pur drammatico, ma ancora confuso. Disse che aveva un appuntamento telefonico verso le 16.00 con Venanzio De Mellis e dunque avrebbe potuto dare qualche risposta così, a occhio, verso le 23.00. Cavenaghi l'avrebbe potuto cercare all'*Unità*, dove rimaneva fino a mezzanotte.

Mario e Cecco, dopo rapidi saluti, si misero subito in moto. Nella gelateria all'aperto di viale Papiniano-piazza Cantore li aspettava Rotelli.

Con il vecchio dirigente comunista si passò a esaminare i fatti della giornata. Innanzitutto i dubbi crescenti sul ruolo dei criminali calabresi. Poi la mancanza di passi avanti sull'analisi dell'agenda e della rubrica telefonica di Ettorri.

«Vediamo se possiamo contare sul parere della Iacoboni, potrebbe esserci molto utile. Cerchiamo qualche altra pista come ci ha suggerito Massa, per acquisire informazioni. Poi ci serve qualcuno ricco di informazioni e fantasia per tentare di strappare ai documenti di Ettorri messici a disposizione da Rutsos alcuni dei segreti che vi si trovano custoditi. Informazioni e fantasia? Ci serve qualche giornalista di serie A, abituato a leggere la realtà tra le righe magari anche di un'agenda. Mi è venuta in mente la persona giusta: Cochi Salvadori.» L'ex senatore commentò così le notizie ricevute.

«Salvadori, l'ex capo della mitica cronaca del *Corriere* degli anni Settanta?» chiese Cavenaghi.

«Proprio lui; da un po' è in pensione, fino a qualche anno fa ha lavorato per periodici culturali legati al regionale del Pci. È ancora una delle persone più sveglie e curiose che ci siano in circolazione, in città. È il nostro uomo.»

«Certo che questo della rubrica di Ettorri è un bel mistero. Perché mai, al di là della paura che la moglie potesse scoprire i suoi amorazzi, cifrava così i suoi appuntamenti?»

Invece di rispondergli, Rotelli tirò fuori la sua agendina, dove segnava gli incontri che doveva tenere: era tutta una sigla. Per esempio, la giornata di oggi era registrata così:

g P/ F e C ore 16

E poi aggiunse: «Uno dei miei compiti, quando ero segretario della federazione milanese del Pci, era sorvegliare la squadretta di vigilanza che ogni notte, alle 11.00, locale per locale, controllava che non ci fossero appunti, anche accartocciati, nei cestini per i rifiuti vicino alla scrivania, e che sui tavoli non ci fossero agende con nomi e cognomi di chi si sarebbe dovuto incontrare. Era la fine degli anni Sessanta, ma un certo stile che ci portavamo dietro fin dalla clandestinità, dalla Resistenza e poi dal fare opposizione nel clima della Guerra fredda, continuava a essere applicato con cura. L'ex sindaco di Corsico si è formato così e ha continuato a comportarsi in questo modo.»

La spiegazione fu chiara ed esauriente; non restò che chiamare l'ex corrierista prima evocato e fissare un incontro a cena alle 20.00 del giorno dopo.

Il fido Cecco riportò in via Berra il luganese, che entrando in casa provocò più chiasso possibile, facendo volontariamente cadere il portaombrelli messo dalla premurosa Ines accanto alla porta: voleva evitare che apparisse un qualche bidello in mutande mettendo tutti in imbarazzo.

Appurato di essere solo, si mise al telefono per completare i compiti della giornata. Chiamò l'avvocato Rutsos per sapere se avesse novità dalla Procura e fu informato che i pm impegnati sul caso avevano mobilitato gli agenti della polizia giudiziaria perché telefonassero ai nomi che apparivano sulla rubrica di Ettorri e analizzassero con più cura anche l'agenda degli appuntamenti, pure questa trovata nell'ufficio del defunto amministratore comunista-democratico di sinistra. La chiacchierata con Lini iniziava a dare i suoi frutti.

Diede finalmente un'occhiata ai quotidiani del giorno (gli mancava l'anestetizzante *Corriere del Ticino*). Mentre sul quotidiano di via Solferino si sottolineavano ancora le rotture della maggioranza sulla televisione pubblica con il titolo «Maroni, sulla Rai si rischia», *l'Unità* invece puntava in prima pagina sul «Match delle pensioni». Come aveva previsto il segretario della Cgil, dopo la Rai, la seconda banderilla con cui un ampio schieramento di forze (più dell'establishment che politiche) feriva il governo Cazzaniga era quella sociale.

Scrisse poi un appunto per la padrona di casa con baci e ringraziamenti, informandola che sarebbe tornato un po' tardi perché a cena dalla sorella di sua madre, la zia Marinella, al Casoretto.

Due passi a piedi furono quel che ci voleva per smaltire tutti i vari pasticci che aveva ingurgitato in quella giornata: brioche con cappuccino, torte con panna, birre, tè acquoso con biscotti raffermi del circolo Arci Altezza, e infine il gelato di piazza Cantore.

Alle 20.00 era in piazza San Materno, al civico 9. Gianni, il marito di Marinella, era riuscito ad andare in pensione, dopo i travagli vissuti all'Innocenti, dove aveva a lungo lavorato, mentre la zia continuava a gestire la sua drogheria. Il clima di incertezza che caratterizzava il suo viaggio nella città di Ambrogio venne confermato anche nella conversazione che accompagnò un buon risotto allo zafferano accoppiato al necessario bollito, un cibo un po' impegnativo per chi aveva già mangiato di tutto. La prima cosa che notò fu il clima di scarsa simpatia verso il nuovo sindaco leghista Marco Formentini: «Parla, parla, ma non si capisce che cosa il *voer*» disse lo zio. Ma il malumore toccava anche la Cgil, che non aveva affiancato con saggezza le lotte delle fabbriche smantellate nell'area Est di Milano. Naturalmente in una famiglia dalle profonde radici di sinistra non poteva esserci simpatia per il governo Cazzaniga. Però non c'era neanche grande passione nel sostenere una sinistra che si affidava più a manovre di palazzo e a tintinnii di manette che a iniziative popolari. «Nonostante io sia contento della mobilitazione in difesa delle pensioni, questi del sindacato mi danno l'impressione di fare un po' di chiasso, senza sapere dove andare» sostenne ancora lo zio.

Insomma, quel senso di malumore che si manifestava in ogni sua chiacchierata venne largamente confermato.

Sapeva che, da buona bottegaia quale era, zia Marinella doveva alzarsi verso le 6.30 per preparare l'apertura della drogheria, prevista per le 7.30, quindi alle 23.00 Mario salutò e si avviò, sempre a piedi, verso casa della sorella di Carla. In una cabina telefonica, a metà strada, chiamò il Lini. Il giornalista dell'*Unità* gli confermò che i pm impegnati sul caso Ettorri avevano dato un'accelerata alle indagini e non avevano problemi circa il fatto che si ascoltasse la Iacoboni. Gli annunciò pure che quelli della "nera" gli avrebbero fatto avere una loro nota sulla 'ndrangheta nel Sud milanese. Poi l'ingegnere telefonò ad Aglietta – lo aveva autorizzato a chiamarlo fino a mezzanotte – e lo informò che c'era il via libera per sentire la loro "amica" pm sulla 'ndrangheta del Sud milanese e il caso Ettorri. Infine chiamò la Carla: due rimproveri e due coccole, e l'ingegnere-investigatore si preparò così a un sereno riposo.

5

Sabato 24 settembre

L'indagine doveva ancora prendere forma. Ma dopo aver trovato, nonostante tutto, così larga collaborazione da parte di tanti compagni, si sentiva rincuorato, e dunque aveva dormito abbastanza bene. Il programma della giornata era fitto.

Due chiacchiere con la Ines, un ultimo saluto telefonico a Carla, e si mise in movimento.

Continuò a usare la linea 2 della metropolitana, che era proprio sotto casa. Non aveva bisogno che Fani lo portasse in macchina. Si sarebbero incontrati alla fermata Moscova alle 9.00, poi avrebbero bevuto un altro caffè. Magari al bar Metternich, lì di fronte. C'era sempre bella gente.

Infine via verso l'albergone tra via Moscova e corso Garibaldi, dove gli aveva dato appuntamento il professor Rodolfo Lucchini, firma torinese del *Corriere della Sera*, impegnato quel giorno in un incontro supermattutino nella vicina via Solferino. Il posto in cui era diretto sembrava un enorme garage, e anche al suo interno aveva l'aria della sala di attesa di una gigantesca stazione poco rifinita nei particolari. Un brutto ambiente confermato da mediocri pavimenti, sedie e tavolini mise di malumore Cavenaghi. Se ne fece una ragione.

Vide avanzare una persona minuta, con occhi particolarmente intelligenti, una testina quasi priva di capelli su un lungo collo, con un'aria un po' da lemure, una giacca di velluto, una camicia gialla, una cravatta rossa e pantaloni di fustagno castani: *un professore!*

Si presentarono. Lucchini accennò alla sua amicizia con Massa, Cavenaghi gli raccontò, come aveva fatto con Paoletti, chi era e che cosa voleva. Il nuovo interlocutore apparteneva a una sinistra più liberale che marxista, ma era un interlocutore aperto e curioso. La storia accennatagli dal luganese lo interessò, e si affrettò a offrire le risposte che poteva dare: «C'è un aspetto culturale e morale, oltre a quello sociale, che accompagna la crescita della criminalità organizzata nella nostra regione. Noi siamo giustamente preoccupati dall'invasione di una rete di spacciatori sempre più ampia, organizzata e aggressiva, che non solo minaccia la nostra sicurezza, ma anche il nostro sistema finanziario, con enormi capitali in circolazione, frutto di attività criminali. Però la questione non può essere considerata solo dal punto di vista dell'offerta, non si può fare a meno di interrogarsi anche su come si è formata una così incredibile domanda innanzitutto di cocaina, ma anche di marijuana e, sia pur oggi molto meno, di eroina. Siamo di fronte a una catastrofe morale prima ancora che legale, e se non ragioniamo anche su questo lato della faccenda il nostro tentativo di contrastare il peso di mafia, 'ndrangheta, camorra e quant'altro, sarà simile a quello di chi tenta di svuotare il mare con un cucchiaino.» Prese fiato e proseguì: «Il movimento operaio tra la fine dell'Ottocento e l'inizio del Novecento accompagnò la sua crescita con la mobilitazione contro l'alcolismo e lo smodato consumo di vino in Italia e di gin in Gran Bretagna. Dei proletari ubriachi non sarebbero mai stati protagonisti della costruzione di una realtà simile a quella che si espresse attraverso i movimenti socialisti e laburisti. Lei oggi vede qualcosa di simile a questo sforzo? C'è un dirigente della Cisl che mi ha illuminato su un aspetto della psicologia della 'ndrangheta: l'impegno di questa organizzazione in Calabria nel sabotare i progetti di sviluppo industriale, perché con le fabbriche arriva anche un ceto sociale che si organizza, crea e difende una morale. Se vuoi costruire un hub della cocaina per l'intera Europa, non puoi che contrastare tutto ciò che può determinare una resistenza morale. Non so se queste riflessioni le siano utili, ma credo che in un punto possano servirle: la 'ndrangheta nella zona Sud di Milano ha un solido insediamento, è un'organizzazione tribale ma è dotata di un elevato grado di furbizia. Perché mai dovrebbe compiere un delitto che suscita una ripulsa morale nel proprio territorio, quando il suo ben presente interesse è esattamente l'opposto, e cioè quello di crescere nell'indifferenza?»

La lezione di Lucchini lo colpì. Cavenaghi non era in grado di capire fino a che punto fossero concretamente utilizzabili le riflessioni del professore (la 'ndrangheta che volendo evitare rivolte morali che la indebolissero non commetteva al Nord un certo tipo di delitti), ma erano senza dubbio suggestive. Erano anche concrete? In ogni caso da quella grande scuola di pensiero pratico che era stato il Partito comunista aveva imparato che i problemi specifici, per poter essere realmente compresi, avevano sempre bisogno di essere sottoposti anche a una seria analisi astratta e Lucchini gli aveva dato del materiale che compensava largamente l'acquosa spremuta d'arancia offertagli da lui e Cecco.

Era ora di passare al secondo appuntamento. Dovevano incontrarsi all'Hotel Cavalieri in piazza Missori, uno degli alberghi per uomini d'affari nati subito dopo la Seconda guerra mondiale: grandi spazi, arredamento moderno e un po' freddo, ma comodo. Perri era seduto al bar ad aspettarli. Si erano già incontrati negli anni Ottanta durante le riunioni del comitato regionale, ma non si erano mai frequentati.

Memmo era proprio poderoso come lo ricordava: alto più di un metro e ottanta, decisamente sopra il quintale, capelli scuri ma molto stempiato, occhi neri e vivaci su una faccia essenzialmente facciosa, qualche difficoltà a chiudere un'elegante giacca blu su ottimi pantaloni grigi di flanella, il colletto della camicia slacciato come chi ha rinunciato da tempo a lottare con le cravatte, e quel colorito scuro che ricordava origini meridionali intrecciate a quelle veronesi: su tutto, però, prevaleva la "varesità", che si manifestava innanzitutto nella cadenza della parlata, tra l'ariosa lingua meneghina e quella chiusa delle vallate ticinesi, identica a quella di un varesotto famoso come Renato Pozzetto.

I due, insieme al silenzioso Fani, entrarono subito in argomento; Cavenaghi pose tre questioni a Perri: la morte di Ettorri era sicuramente un omicidio? la 'ndrangheta che vantaggio poteva avere a uccidere un amministratore pubblico del Pci/Pds? e chi era l'ingegner Bercke con il quale Ettorri aveva fissato un appuntamento per la sera in cui fu ucciso?

Sulla morte di Ettorri, Perri non aveva incertezze: era impossibile scivolare per sbaglio nelle grandi vasche piene di veleni della depurazione prodotta da impianti giganteschi come quelli. Gli ripeté le cose che gli aveva detto Massa.

Sul ruolo della 'ndrangheta sollevò invece un solo dubbio: in tutto il caso che stavano esaminando, l'unica ipotesi credibile che potesse avvalorare un eventuale ruolo della criminalità calabrese era quella del tentativo di infangare Rosci, che sin dai tempi in cui era consigliere comunale a Buccinasco era stato un nemico acerrimo delle 'ndrine insediate nell'area Sud di Milano e che, se avesse vinto l'appalto per le opere murarie del depuratore di Peschiera

Borromeo, avrebbe sicuramente vigilato perché le società di trasporto di materiali inerti controllate dalla 'ndrangheta fossero escluse da qualsiasi lavoro. Però c'era una evidente sproporzione tra l'obiettivo criminale immaginato e un'operazione così complessa e clamorosa.

Infine, su Bercke, Perri spiegò che Ettorri, con il quale aveva avuto un lungo e solido rapporto, lo aveva cercato perché, mentre sulle opere in muratura era coperto dall'esperienza di Rosci, sulla parte tecnologica aveva bisogno di qualche supporto, e cercava un ingegnere che non fosse invischiato nelle strategie di questa o di quella impresa italiana. «Io gli feci due nomi: Thomas Winterwook della Hidrocalifornia, e Gilles Darnier della Générale des Eaux. E poi gli organizzai l'incontro con i tecnici che gli avevo suggerito. Qualche giorno dopo, Paolo mi informò che una persona che stimava gli aveva suggerito Alfred Bercke della MW Hydraulik Maschinenwerke di Francoforte, e disse che me lo voleva presentare. Poi c'è stato il suo assassinio: alla fine non l'ho incontrato, e successivamente ho saputo che a Francoforte nessuno conosceva questo Bercke.»

Cavenaghi gli chiese anche qualche lume sugli appunti cifrati che la vittima annotava nella sua agenda. Perri rise, mestamente perché si parlava di un amico morto, delle tecniche per sviare più che la Cia sua moglie su chi doveva incontrare, e rilasciò un commento finale: «Eravamo un po' strani noialtri comunisti, finché è durata.» Aggiunse però che non aveva idea di come si potessero risolvere i rebus da agenda di appuntamenti che gli aveva presentato.

Era ora di partire per il Nord-Est della città, verso via Palmanova, dove c'era un ristorante che affettuosamente veniva chiamato "il canile" da quelli della Lega delle cooperative, i quali avevano la sede lì accanto e andavano in quel locale a mangiare: precisamente si trovava in piazza Sire Raul al 4, Da Enzo.

«Scusatemi, avrei voluto invitarvi in un posto più adatto a due autorità come voi» scherzò Berto Giustino, il presidente delle cooperative di Produzione e lavoro, imprese perlopiù operanti nel settore delle costruzioni e molto spesso filiali di società emiliane, i colossi del settore, «ma avevo una riunione alle 12.00 e ne ho un'altra alle 14.30.»

Tutto vero, ma era vero anche che il Giustino, un tipo elegantemente curato, snello e scattante, biondo e dall'aria di chi la sa lunga, non era interessato tanto al cibo quanto al vino che faceva portare al ristorante dall'enoteca Lambrate in via Teodosio – un ottimo rosso, il Barzemì Doc di Capriano del Colle: il che rivelava anche una manifestazione di orgoglio bresciano da parte di Berto – e al dolce, che invece faceva arrivare dalla vicina pasticceria Grosso di piazza Udine, in particolare una deliziosa bavarese alle fragole.

Insomma, ai commensali toccò una pasta non tanto al dente e condita con un sugo acquoso, una cotoletta dal sapore un po' stantio e dell'insalata vecchina: tutti cibi che Berto assaggiò appena, concentrandosi sul vino e sul dolce.

A parte il cibo, fu una tipica conversazione da vecchi amici, senza alcuna reticenza, con quello sforzo di collaborare che in Giustino era moltiplicato dalla volontà di aiutare in tutti i modi possibili Rosci, l'Alberto, uno dei dirigenti del movimento cooperativo lombardo a lui più vicini.

Dopo le solite riflessioni sull'assassinio di Ettorri e sul ruolo della 'ndrangheta, la conversazione si concentrò intorno al tema per il quale il presidente dell'associazione delle cooperative di produzione e lavoro poteva dare il maggiore contributo, e su cui Cavenaghi gli aveva chiesto di prepararsi: c'erano lavori appaltati o da appaltare in quei mesi che potevano aver spinto i criminali calabresi a uccidere Ettorri per intimidire i committenti di altre opere?

«Ecco un elenco» disse il Giustino, e mostrò il foglietto che aveva preparato per l'occasione. «Puoi vedere da te di che cosa si tratta: qualche edificio per delle case popolari, una caserma dei carabinieri, due microstazioni verso Pavia, la ristrutturazione di un ospedale e poco altro. Questi i progetti che ci sono in ballo nei prossimi mesi per i quartieri Lorenteggio, Gratosoglio, Ripamonti e l'asse Corsico-Rozzano. Niente che giustifichi un delitto da parte della 'ndrangheta. Comunque ti ho preparato anche un dossier con tutte le informazioni che ti servono», e gli passò una cartellina, aggiungendo: «Io adesso devo andare; c'era il nostro nuovo presidente lombardo della Lega delle cooperative, Gastone Guidi, che quando ha saputo che c'incontravamo mi ha chiesto se passavi a salutarlo.»

Cavenaghi si avviò verso l'alto edificio che ospitava la Lega delle cooperative lombarde al 22 di via Palmanova. Si avvertiva anche in quell'organizzazione qualche sintomo del declino che segnava tutta la sinistra e i suoi movimenti. Presto si sarebbero trasferiti. Salì al settimo piano, la segretaria lo introdusse a Guidi.

Incontrò così il vecchio amico con cui aveva lavorato nella Fgci di fine anni Sessanta e che aveva rivisto nel 1993 per l'inchiesta sulla scomparsa dei fondi riservati del Pci/Pds milanese. Ancora un po' più rugoso, gli occhi persino più strizzati di un tempo (*miopia?*), il ciuffo sempre più grigio, e quei vestiti da operaio toscano emigrato a Milano: era stato sei mesi alla Coop Lombardia, poi era passato a guidare il comitato regionale del movimento.

«Allora, come la va?» gli chiese Guidi.

«Di corsa per ora, ma poi riposerò facendo l'idraulico in Svizzera» rispose lui.

«Mi ha raccontato Berto che hai trovato un po' di prove per scagionare il nostro Rosci.»

«Pare che almeno questo risultato sia stato raggiunto.»

«Troverai l'assassino di Ettorri? Quando ho fatto il capogruppo del partito in consiglio comunale a Rozzano, è stato un maestro per me: gli ero ancora molto affezionato, anche se era un destro come te.»

«Non è facile, ne avete ospitati di criminali nel Sud milanese, e orientarsi non è semplice.»

«Un po' avevamo la sensazione che crescesse un clima pericoloso. Il Rosci si era dato molto da fare a Buccinasco per combatterli. Poi però deve esserci sfuggito qualcosa; siamo in presenza di un problema destinato a durare a lungo.»

«Secondo diversi pareri che ho raccolto in giro, la crisi della sinistra ha aiutato la crescita delle organizzazioni criminali.»

«La federazione ti sta dando una mano?»

«Veramente minima, hanno paura di rimanere coinvolti, temono di irritare questo o quel magistrato. Credo di aver capito che quando voglio qualcosa da loro, devo farglielo chiedere dalla Procura di Milano.»

«Che invece ti appoggia?»

«Grazie al legame con Lorente, innanzitutto.»

«Potevamo immaginare che saremmo finiti così negli anni Settanta, quando ricostruivamo la Fgci?»

«È crollata l'Unione Sovietica, non era imprevedibile che crollasse anche la Fgci.»

«Scusali quelli di via De Castillia, Iñigo anche se ha un cognome impronunciabile, tutti lo chiamano "Agirre", è un bravo ragazzo: è cresciuto con Brambilla e con me. Il Pds non ha assorbito la sconfitta con Marco Formentini. Farsi battere da un leghista a Milano! Un trauma. E poi molti quadri se ne stanno andando, uno dopo l'altro: anch'io non mi sono più iscritto. Secondo me questa legislatura finirà presto, e io, messa un po' a posto – se ci riesco – la Lega delle cooperative, raggiungerò Brambilla in Rifondazione.»

«Testimoniare l'amore per il proprio passato è nobile, ma ha senso farlo in politica?»

«Finché vivrà Borrutta avremo un leader che ha molto più senso pratico della maggior parte dei dirigenti del Pds.»

«Comunque non contare su di me per avere qualche opinione politica, sono un osservatore svizzero. L'unico obiettivo che ho in questa missione milanese è salvare un caro amico e vendicarne un altro.»

«Avrai tutto il mio appoggio, personalmente, a differenza di altri compagni, non sono diventato un coniglio. So che il tuo principale suggeritore è Rotelli, una persona formidabile, un indimenticabile dirigente del Pci; magari dovresti consigliargli di sentire qualcuno di quelli che si occupavano di vigilanza all'interno del partito: quando si ha a che fare con la criminalità organizzata, è utile guardarsi alle spalle.»

Cavenaghi fu contento della chiacchierata nonostante l'ormai abituale vena mesta che l'aveva caratterizzata. Cercò Fani al bar sotto la sede del movimento cooperativo e lo trovò che giocava a briscola chiamata con alcuni vecchi compagni, impiegati in via Palmanova 22. Lo richiamò ai suoi doveri: era ora di andare all'Hotel Marriott, in via Washington.

L'edificio dove avrebbero incontrato il successivo interlocutore era stato appena aperto. Alto, largo e massiccio, in linea con lo stile consolidato della catena di cui faceva parte aveva un'aria molto confortevole. Marriott era il marchio di centinaia di alberghi negli Stati Uniti e in tutto il mondo, un'impresa avviata nel 1927 e poi cresciuta impetuosamente.

Aglietta era lì per curare una convention della Compagnia delle opere che si sarebbe tenuta la settimana dopo in una delle nuovissime sale per convegni dell'albergo. Si riunirono in una stanzetta assegnata alla Compagnia per i suoi lavori e Indy poté raccontare quel che gli aveva detto la Iacoboni. «Riferisco le sue esatte parole» iniziò Aglietta, «“quei bietoloni dei miei colleghi continuano a blaterare sul ruolo della ’ndrangheta nel caso Ettorri: è solo la loro inefficienza a farli parlare. Ho un pacco di registrazioni dei carabinieri che lavorano per la direzione antimafia presso la procura di Milano: dimostrano che le ’ndrine di Corsico e Buccinasco sono impazzite per l’assassinio di Ettorri, e alludono a quei mascalzoni che cercano di incastrarli per nascondere i loro giochi. Non ho ancora capito chi sono i protagonisti dei delitti su cui mi chiedi, ma non sono criminali calabresi.” Così mi ha detto.»

«Ma ieri ho parlato con la persona che tiene i collegamenti con De Mellis, il vicecapo della Procura, e mi ha detto che la pista calabrese era ancora calda.»

«Sai com’è la nostra pm: prima di passare le sue informazioni, vuole che quelli che l’hanno trattata sempre con sufficienza dimostrino tutti i loro limiti.»

«E io in queste liti come mi devo comportare?»

«Le ho spiegato, prima che rivelasse le sue informazioni, che tu avevi contattato la Procura per avere il via libera a una sua consultazione, quindi sa che riferirai ai suoi capi. Credo che al suo ego basti che risulti, e che si sappia in giro, che i colleghi hanno seguito un sacco di bufale finché non è intervenuta lei.»

«Allora non siamo solo noi ex comunisti a essere allo sbando.»

«Se resterai qui per qualche tempo, vedrai in quante cose allo sbando potrai ancora imbatterti.»

«Sono un osservatore svizzero, non posso fare commenti sulla situazione interna di voi italiani, posso solo dichiarare il mio nome e il mio numero di matricola.»

Con questa battuta, salutò.

Fani nel frattempo aveva ricevuto l’appunto che quelli della cronaca nera avevano preparato per Lini. Lo lessero insieme.

Nella nota scritta dai cronisti della nera dell’*Unità* interpellati da Lini si partiva dalla relazione approvata il 13 gennaio del 1994 dalla Commissione parlamentare d'inchiesta sugli insediamenti e le infiltrazioni di organizzazioni di tipo mafioso in aree non tradizionali, le principali regioni del Nord e del Centro Italia. La relazione si riferiva ai più recenti risultati delle operazioni di polizia, "Wall Street" e "Nord-Sud", molto efficaci contro i boss calabresi insediati al Nord, e spiegava come la 'ndrangheta fosse la più potente tra le associazioni criminali operanti a Milano e dintorni, anche grazie a una «strutturazione familistica di tipo orizzontale» predisposta per ricomporre l'organizzazione grazie a «figli e famigliari» anche dopo i numerosi arresti e condanne subiti dai capi delle 'ndrine nei processi dei primi anni Novanta.

Sempre la "relazione" affermava che la Lombardia era da lungo tempo il retroterra strategico dei più importanti sodalizi criminali calabresi con i primi insediamenti che risalivano agli anni Cinquanta e quelli più consistenti riconducibili agli anni Settanta, quando le 'ndrine furono protagoniste della stagione dei sequestri, conclusasi addirittura nel 1988 con il rapimento di Cesare Casella, un diciottenne tenuto prigioniero per due anni prima a Buccinasco e poi nell'Aspromonte.

Negli anni Ottanta il fulcro degli affari criminali calabresi si era spostato dai sequestri alla distribuzione e allo spaccio di cocaina, con un'ampia intesa siglata con le organizzazioni criminali colombiane, che facevano arrivare la loro merce attraverso l'Olanda.

Lo spaccio di cocaina, unito ad altre attività illegali collaterali – dalle estorsioni agli esercenti fino al traffico di armi –, aveva prodotto un enorme afflusso di capitali che poi venivano investiti anche in attività, almeno formalmente, legali: dalla gestione dei locali notturni ai bar e ristoranti, fino alle società cooperative come quelle controllate da cosche e 'ndrine presso l'Ortomercato di Milano.

Anche se le attività preferite gravitavano intorno al settore edilizio (comprese la movimentazione dei materiali inerti e le iniziative immobiliari), il che consentiva, tra l'altro, di presidiare il territorio, servendosi di mano d'opera a bassa specializzazione, e promuovendo e controllando fenomeni quali il caporalato delle braccia e le intimidazioni ai danni della concorrenza: proprio l'attività legata alle costruzioni aveva spinto le diverse 'ndrine operanti in Lombardia a cercare di influenzare le amministrazioni locali.

L'attività dei criminali calabresi è sempre stata accompagnata dalla violenza, sia interna (con una vigilanza costante contro chiunque avesse velleità autonomistiche, vigilanza che si è intrecciata con le complesse "faide" delle famiglie originali) sia esterna (innanzitutto contro rivali: cruentissima fu la guerra a Milano e in Lombardia tra 'ndrangheta e camorra nel '90, quando l'organizzazione napoletana si rivolse ai turchi per l'importazione dell'eroina; ricorrenti furono poi le uccisioni di spacciatori che intervenivano nei mercati controllati da qualche 'ndrina; così come aspri furono gli scontri con albanesi e serbi che alla fine degli anni Ottanta cercarono di radicarsi nel mercato milanese).

Gli anni Ottanta in particolare sono seminati di delitti (che talvolta arrivarono anche a oltre cento all'anno, in Lombardia) sia "interni" (figlie e fidanzate che non obbediscono a padri e fidanzati) sia intimidatori ai danni di chi si organizzava contro la 'ndrangheta: l'esercente che s'impegnava a contrastare le estorsioni, l'organizzatore democratico che chiamava alla lotta contro le 'ndrine commercianti e piccoli imprenditori, l'operatore carcerario che organizzava il pentimento in galera di membri della 'ndrangheta. Alcuni attentati, sebbene non mortali, sono stati indirizzati verso sindaci e assessori di comuni lombardi che infastidivano criminali calabresi.

Non sono mancati incendi in cantieri o danneggiamenti di attrezzature, soprattutto nell'hinterland. Tuttavia, persino le minacce estorsive non sono state necessarie quando, come per esempio nel triangolo Buccinasco-Corsico-Trezzano, non è stato nemmeno pensabile che qualcuno con offerte o iniziative proprie "portasse via il lavoro" alle organizzazioni calabresi e alle loro imprese ormai diffuse sull'intero territorio.

Verso l'inizio degli anni Novanta è prevalsa una sorta di inabissamento della violenza 'ndranghetista, anche se nel ricambio generazionale per un qualche periodo "i figli" hanno cercato spazio talvolta contrapponendosi alle scelte di "pace" fatte da quegli "anziani" che per anni avevano dominato il territorio.

Però alla fine le 'ndrine sono state in grado di recuperare il terreno perduto grazie a una strategia operativa che ha evitato – pur non mancando singole aggressioni – eclatanti manifestazioni di violenza, tali da attirare l'attenzione e finire per essere controproducenti, attuando piuttosto un'infiltrazione ambientale anonima e mimetica, così da destare un minore allarme sociale, facendo assumere alle 'ndrine e ai loro capi le forme rassicuranti di gestori e imprenditori di attività economiche e finanziarie del tutto lecite.

In tal modo si è realizzato un controllo ambientale che, in sentenze già passate in giudicato, è stato definito "selettivo", e cioè strettamente funzionale, nel suo "stile", al raggiungimento degli scopi del programma criminoso in un'area geografica considerata "strategica".

In queste ultime righe, si sosteneva nella nota dei cronisti di nera dell'*Unità*, si raccoglie il succo della relazione prima richiamata. E proprio queste righe risultarono a Cavenaghi coincidenti con tante delle analisi e considerazioni che stava raccogliendo in quei giorni. Prima dell'ultimo appuntamento, chiese a Cecco di accompagnarlo un momento a casa della Ines. Gli era venuta un'idea: il giorno seguente poteva fissare i successivi impegni in tarda mattinata, così avrebbe potuto fare un'improvvisata a Carla, Piero e Francesca e tornare a Milano verso mezzogiorno. Arrivato in via Berra, trovò la cognata che si apprestava a uscire (con il bidello, immaginò); la informò della sua decisione, che lei approvò (anche perché così facendo avrebbe liberato la casa della sua presenza), giurando di aver capito che doveva interrompere la sua opera da spietta, per consentire a Mario l'effetto sorpresa.

Raccolti quattro capi di biancheria per portarli a lavare a casa, si apprestò ad andare al ristorante dove doveva incontrare l'ex capo della cronaca del *Corriere*, Cochi Salvadori, che essendo anche un rinomato scalatore aveva voluto fissare l'incontro in via Ferruccio, al ristorante di specialità trentine la Bazina, nome derivato dalla padella che, alla frontiera con l'Austria, si usava per cucinare le torte.

Arrivò per primo. Subito dopo si presentò Rotelli, seguito da uno scattante settantenne, ancora castano di capelli (pur macchiati di grigio) e di occhi, molto stempiato, non alto, vestito con lo stile sobrio di chi sa che esibirsi è la via maledetta che porta a diventare cafoni. Aveva un'aria non solo intelligente – se ne coglieva l'origine napoletana – ma anche arguta. Cavenaghi, a suo tempo impegnato all'interno del partito e non nelle relazioni esterne dei comunisti milanesi, non l'aveva conosciuto nei giorni della sua gloria, quando faceva la cronaca più bella che il quotidiano di via Solferino avesse mai avuto, anche se poi era inciampata in un incidente politico che costrinse l'allora direttore Dino Franchelli a sostituirlo, però portandoselo appresso come caporedattore centrale.

Cochi si aspettava una bella discussione politica – come gli succedeva sempre quando in passato incontrava dirigenti del Pci –, che di solito partiva dall'esame della situazione internazionale per arrivare ai compiti del partito, ma rimase deluso perché "l'osservatore svizzero" passò subito a esaminare la questione Ettorri, non solo perché doveva prendere un treno a mezzanotte, ma pure perché non aveva proprio voglia di discutere di politica.

Al vecchio capocronista fu concessa solo un'invocazione contro il presidente del Consiglio Cazzaniga: «Secondo me porta le scarpe a punta.» Il massimo dei rimproveri.

Quando gli fu descritto il quadro, soprattutto il progressivo esaurirsi della pista legata alla 'ndrangheta, intorno alla quale gravitava l'indagine innanzitutto della Procura, l'antico giornalista invitò ad allargare la cerchia delle persone da coinvolgere: «Sentirei il nostro vicesindaco degli anni Ottanta, Renaioli, uomo dalle mille relazioni anche con la questura; tramite lui arriverei pure al mio ex direttore, Franchelli, che è stato grande amico del generale Giulio Cesare Nandi; poi sentirei Franco Raffaelli, quel simpatico agitatore di via Solferino molto legato ad alcuni studiosi di questioni riguardanti la criminalità organizzata. Per decifrare quelli che mi hai descritto come i rebus che Ettorri avrebbe lasciato nella sua agenda, infine, penso sia utile consultare un mio allievo, il più brillante risolutore di misteri che abbia mai conosciuto.»

Rotelli approvò il piano proposto da Salvadori e invitò a non indugiare: gli chiese di telefonare subito a Renaioli per fissare un incontro la mattinata seguente.

«Tarda mattinata» precisò Cavenaghi, «perché devo avere il tempo di tornare da Lugano.»

Se non si parlò di politica, non mancò però una ricognizione su dove stava quello (purtroppo più di uno dei citati si trovava ormai al cimitero) e cosa faceva quell'altro, con chi scopava quell'altro ancora e così via: un gioco che tra ex comunisti e giornalisti, due tra le categorie italiane più ossessivamente impiccione, era inevitabile.

Alle 23.40 Cavenaghi, con il fido Fani, abbandonò il tavolo. Il treno per casa sua partiva a mezzanotte.

All'1.47, silenzioso come un ladro, s'infilò nell'appartamento di via Molinazzo 53 a Lugano. Costatò che entrambi i figli non erano ancora rientrati: il gatto latita, i topi ballano. Testona di una Carla: sa essere severa solo con me, pensò. Entrò nel letto coniugale con il maligno piacere di spaventare quella torturatrice di sua moglie, ma lei era sveglia, e lo aspettava. Quella maledetta spietta di sua sorella non era stata zitta. Comunque tutto fu cancellato dal piacere di ritrovarsi, dal sollievo di chi costatava di persona che suo marito non era stato ancora rovinato dai suoi terribili ex compagni o dalla 'ndrangheta, e dall'infinita sensazione di sicurezza che Cavenaghi provava riabbracciando quella che nell'Ottocento si sarebbe chiamata "la madre dei suoi figli" e alla fine del Novecento "la sua socia in lavori idraulici".

6

Domenica 25 settembre

Ancora inteneriti dalla notte passata, a sorpresa, insieme, i coniugi Cavenaghi non si svegliarono alle 7.00 come al solito. D'altra parte era domenica. Pur prendendosela comoda, furono comunque in piedi mezz'ora prima che i loro ragazzi si alzassero. La piccola aveva fatto tardi a una festa di compleanno: a tredici anni già tornava a casa dopo la mezzanotte. Piero, più grande, era stato invece impegnato in una dura partita di hockey su ghiaccio, che lo aveva stremato.

Nel breve intervallo tra il ricordo delle precedenti passioni e l'accoglienza della prole, i due coniugi si scambiarono qualche notizia: la moglie fornì informazioni sull'impresa idraulica di famiglia, che dalla sua assenza non aveva subito contraccolpi (ma severamente aggiunse: «Per ora»), mentre lui raccontò alcuni particolari dell'indagine, soprattutto quelli che non la spaventavano, il che non gli risparmiò in ogni caso una serie di inviti a essere prudente.

Entrambi i figli accolsero con gioia la scappata che Mario aveva fatto a Lugano: nonostante l'adolescenza incombente, mantenevano con i genitori un ottimo rapporto. Che fosse una semplice solidarietà tra emigrati?

Gus, il grande architetto milanese appena scomparso,

la sua principale guida intellettuale, gli aveva spiegato che per educare i propri ragazzi bisognava fargli leggere libri adatti a un'età superiore alla loro: «Così crescono più in fretta» aveva detto. Molte delle cose che gli diceva il suo vecchio amico avevano un evidente lato paradossale, ma lui le applicava sempre alla lettera: soprattutto ora, dal momento che oltre a una saggezza doveva rendere omaggio pure a una memoria. E poi, esaurito il leninismo, uno doveva pur appigliarsi a qualche principio autorevolmente ispirato.

Così nella sua libreria di riferimento, collocata in corso di Porta Nuova all'angolo con via Moscova, dove poteva affidarsi a librai non arresi a mode e puri interessi commerciali, aveva comprato *Branchie* di Niccolò Ammaniti, scritto con uno stile particolare e provocatorio, forse un po' duro come impatto per il figlio, e *Tutti giù per terra* di Giuseppe Culicchia, divertente e forse non adattissimo a una tredicenne. A Carla aveva invece portato un altro romanzo raccomandato dai librai suoi sapienti suggeritori: *Va' dove ti porta il cuore* di Susanna Tamaro. Regali maggiormente impegnativi contava di farli, poi, alla fine del suo soggiorno milanese.

Coccole, scambi di informazioni sugli studi. Francesca andava in seconda media, mentre Piero aveva fatto il primo anno delle superiori: tutti e due avevano buoni voti, e sul loro conto gli insegnanti avevano espresso giudizi positivi. «Ma mi fanno studiare cose molto strane» diceva suo figlio, «quando vado al mare durante le vacanze, amici e parenti mi prendono in giro perché non so neanche chi è Giuseppe Mazzini.» Qualche commento sui libri regalati ed era venuta l'ora di tornare a Milano.

Sto diventando un po' troppo casalingo?, si disse Mario guardando i suoi due figli, che aveva lasciato solo da cinque giorni. Sedicenne uguale a lui per capello biondo e fisico robusto, il maschio aveva il carattere puntiglioso della mamma. Mentre la ragazza, tredicenne, bruna e angolosa come Carla, aveva l'indole pacifica del padre. *Trattasi dei famosi scherzi dei geni?*

In treno si dedicò alla lettura dei quotidiani: fu rasserenato dal *Corriere del Ticino*, che illustrava con passione l'imminente riforma dell'Iva svizzera, mentre il *Corriere della Sera* informava che «Abete aveva chiesto di risanare i conti», e *l'Unità* sottolineava «L'alt di Scalfaro» agli interventi sulla Rai. Insomma, la crisi del governo Cazzaniga era alle porte e la manovra per prepararla aveva tutte le necessarie coperture dell'establishment.

Alle 11.00 Salvadori e Renaioli lo attendevano in via Carlo Porta al civico 5, dove presso la Fondazione Corrente c'era anche una stanzina per gli Amici della casa di Ghilarza (associazione che prendeva il nome dal luogo nel quale era nato Antonio Gramsci), di cui era presidente Alfio Renaioli.

Lugano, Centrale, via Turati, affannosa ricerca di un parcheggio. Alle 11.00 arrivarono, con la Panda di Fani, trafelati ma puntuali.

Anche con l'ex vicesindaco di Milano l'atmosfera fu piena di nostalgia, condita però da un qualche imbarazzo. Non che per Salvadori e Cavenaghi fosse un problema il fatto che il vecchio dirigente del Pci non avesse aderito al Pds; era piuttosto quest'ultimo a sentirsi un po' in colpa per aver scelto di testimoniare, quando per tutta la vita aveva predicato contro le decisioni basate, per così dire, sulla coscienza personale. «La politica è una cosa seria che riguarda la vita di milioni di persone» spiegava l'antico Renaioli, «non puoi permetterti il lusso di anteporre la salvezza dell'anima all'imperativo di agire concretamente.»

Eppure adesso il fastidio per un partito che non si curava di avere una visione costringeva uno che era stato anche condirettore dell'*Unità* a questo peccato gravissimo che consisteva nel testimoniare le proprie convinzioni anche rispetto a quel che consentiva "il quadro generale", il tutto condito, peraltro, con una delle sue abituali battute opportunamente esagerate: «Meno male che c'è quel vecchio filibustiere di Cazzaniga a dare sostanza al dibattito pubblico. Può non piacere, e a me non piace, ma rappresenta qualcosa, magari volgare, che però esiste, si muove, parla alle casalinghe e ai pensionati e agli industrialotti brianzoli; non è uno di questi esangui fantasmini del Pds, innamorati del proprio cicisbeismo.»

Il Cochi, che nella sua vita non aveva mai vissuto davvero il partito dall'interno, concependolo piuttosto come un monolite al quale rivolgersi per cercare sostegno senza tanto guardare per il sottile, dava segni, come il giorno prima, di essere seriamente disorientato: come uno cui era venuta meno una certezza.

Per fortuna c'era un caso preciso sul quale ci si poteva applicare e che stava a cuore pure al malmostoso "non aderente" al Pds, innanzitutto per il rapporto molto solido che in passato aveva avuto con Ettorri. Dalla sua, anche l'ex corrierista era pronto a sospendere la crescente delusione per "il partito che non c'era più" con il suo non spento istinto per la caccia alla notizia.

Così esaminarono insieme il caso, punto per punto, e anche Renaioli riconobbe che una chiacchierata con l'ex direttore del *Corriere* Dino Franchelli avrebbe potuto rivelarsi utile. Lo chiamò al telefono. Era abbastanza libero e pronto a vedere il suo amico ex comunista e il suo cronista ex corrierista, nonché Cavenaghi&Fani (che non conosceva), alle 18.00, sempre presso gli Amici della casa di Ghilarza.

Venne l'ora di trasferirsi a casa Rutsos, dove oltre a Rosci, che ormai si riteneva quasi a domicilio dal suo avvocato difensore, e all'angelica moglie che, una volta tanto esonerata dal cucinare cibi calabresi imposti dal consorte, aveva preparato un pranzo largamente mitteleuropeo, con zuppe di piselli e luganeghe di Cragno – *kranjska klobasa* –, appositamente importate dalla Slovenia insieme a crauti di qualità e dall'aria bavarese. Oltre al duo di detective improvvisati, Salvadori e Rotelli, c'era anche un cronista dal grande fiuto e dal grande peso, ancora in servizio permanente effettivo al *Corriere della Sera*: Saul Centonze.

A fare da cerimoniere dell'incontro toccò a Salvadori, sia per i suoi legami con il partito sia perché aveva invitato il giornalista citato, sulla cui fresca fantasia e pignola conoscenza dei fatti si contava molto.

Venne ancora una volta riassunta la vicenda sulla quale s'indagava e poi la parola passò a Rutsos, che aveva avuto un recente scambio di informazioni con i pm milanesi impegnati nelle indagini: «Finalmente, grazie anche all'insistenza che in modi variegati abbiamo messo in campo, gli uomini della polizia giudiziaria hanno iniziato ad approfondire due delle piste più interessanti tra quelle percorribili, partendo dalle carte lasciate dall'Ettorri, e cioè essenzialmente la rubrica telefonica che teneva in ufficio, mentre quella tascabile non è stata trovata, e la sua agenda degli appuntamenti, anche questa consegnata dalla sua segretaria agli inquirenti. Nella rubrica telefonica per così dire "ufficiale" c'erano circa duecentocinquanta numeri di telefono – non tantissimi, in realtà, tenuto conto del fatto che era stata aggiornata sei mesi prima –, nell'agenda degli appuntamenti, tra le date che ci interessano maggiormente, cioè dopo martedì 31 agosto, quando Ettorri torna dalle vacanze e prima di sabato 17, il giorno in cui muore, erano invece registrati circa un'ottantina di appuntamenti cifrati con quel tocco di paranoia tipico degli ex funzionari del Pci che non si sono ancora arresi al fatto di essere diventati dei "democratici di sinistra". Un bel gruppetto di uomini della guardia di finanza che stanno seguendo le indagini per conto dei pm che ho citato hanno telefonato, nel giro di tre giorni, a tutti i numeri segnati sulla rubrica, partendo dalla cugina Alberta e finendo con il questore Zimarra Ruggero. Riassumo per fare in fretta: hanno chiesto solo, a coloro che hanno interpellato, se avessero avuto un appuntamento con il nostro tra il 31 agosto e il 17 settembre, o se comunque potessero fornire qualche indizio per scoprire possibili complici del peraltro ancora presunto omicidio. Tra le duecentocinquanta persone che sono state contattate, solo una sessantina hanno detto di aver incontrato Ettorri nel periodo che ci interessa, e hanno indicato il giorno e l'ora dell'appuntamento, il che ci ha consentito di sciogliere il mistero di alcune sigle: "A" era il segretario provinciale del Pds e "f" stava per federazione. "GvH2" era la cugina Giuseppina, che abita in via Hayez 2 a Trezzano sul Naviglio, e così via per sindaci, imprenditori, nipoti. Altre cinque sigle di appuntamenti sono state svelate dalle malignità della segretaria: quando scriveva "MFSDC" intendeva il Motel Fiordaliso di San Donato, mentre la "C", consultando l'alberghetto per coppie clandestine, corrispondeva a Caterina Pizzetti, vicecomandante dei vigili di Corsico. Così "MLRPBL" voleva indicare il Motel La Rosa di Peschiera Borromeo, dove insieme al nostro era registrato un passaggio di Laura Zoppi, preside della scuola media di Cesano Boscone. Di cifre svelate per appuntamenti non dedotte dalla rubrica telefonica, insieme alle due prime citate, ne sono state complessivamente trovate cinque. Restano quindici sigle ancora avvolte dal mistero. C'è un "WHPhB", un "DGhPdSP". E poi un "IBM" particolarmente interessante perché sembra ricordare il Bercke della MW Hydraulik Maschinenwerke di Francoforte. Mentre la "I" è un vero e proprio enigma. "BM" ritorna poi collegato anche alla sigla "CS", che appare diverse volte sull'agenda: "CACS", "CSvM4" – due volte: alle 18.00 del 14 settembre e alle 21.00 del 16 –, "CSBMP". Altre sigle riguardano poi un paio di appuntamenti fissati alle 9.00 del mattino di due giorni successivi, e potrebbero essere collegati all'automobile del nostro: c'è una "G" che potrebbe stare per garage, come pensano gli investigatori della guardia di finanza. La segretaria ha riferito che a Paolo si era rotto il cambio della macchina: tra qualche giorno dovremmo saperne di più da chi sta interrogando le autofficine che si trovano nei pressi dell'abitazione e dell'ufficio dell'assassinato. Così è molto probabile che una sigla che appare tre volte e contiene una "D" indichi un dentista consultato ripetutamente – tre volte tra il 7 e l'11 settembre – per un forte dolore gengivale: non si sa però di quale dottore si tratti, perché quello che lo aveva da sempre in cura era morto a luglio. Sempre secondo la segretaria, la sigla "VB" legata a un incontro del 12 settembre alle 15.00 dovrebbe corrispondere a una veterinaria di nome Beatrice, da lei intravista e alla quale il nostro portava un gatto randagio appena raccolto, per corteggiarla con la scusa di farglielo visitare: anche questa malignità, però, non ha ancora trovato un riscontro preciso. La sigla "GF", poi, dovrebbe corrispondere a un fisioterapista consultato per un improvviso mal di schiena, un'altra ipotesi non ancora verificata e confermata. Anche su un'ultima sigla, "MrT", non abbiamo riferimenti che possano aiutarci a trovare una soluzione. Questo è il quadro, e ora avremmo bisogno di tutta la fantasia a nostra disposizione per trovare le risposte indispensabili che ci permettano di fare un passo nelle indagini.»

Cavenaghi intervenne: «Per due di quelle sigle credo di avere una soluzione: "WHPhB" dovrebbe essere Winterwook della Hidron California, presentato da Memmo Perri all'hotel Brunelleschi, mentre "DGhPdSP" dovrebbe essere Darnier della Générale des Eaux, sempre alla presenza di Perri, la "P", incontrati, credo, all'hotel Principe di Savoia.»

Quasi fosse un torneo organizzato dalla *Settimana Enigmistica*, tutti si scatenarono in ipotesi, soprattutto sulle sigle "CS" e "BM", che apparivano pure in un intreccio. Alla fine, con la sua aria sorniona appena mascherata dietro una barbetta alla Cavour, Centonze tirò fuori un dischetto e chiese: «Avete un computer? Ho qui con me l'archivio del *Corriere della Sera*, e forse scorrendo le notizie sulla vita cittadina riportata in cronaca troveremo qualche spunto utile per risolvere i misteri di cui stiamo discutendo.»

L'idea in effetti diede subito un risultato interessante: il 2 settembre alle 16.00 si era tenuta una conferenza ("C") sullo stato delle acque lombarde ("A"), nella quale la principale relatrice era Sandra Carlini ("CS"), professoressa ordinaria di Idraulica al Politecnico ("P"?).

Sempre con i potenti mezzi di cui poteva disporre un giornalista del *Corriere*, in cinque minuti scoprirono anche il numero telefonico di casa della Carlini. Il simil detective luganese la chiamò subito: erano ormai le 15.30 di domenica, c'era qualche buona probabilità di trovarla. La Carlini rispose e, imbarazzata, ammise di aver incontrato diverse volte, a settembre, l'Ettorri; lei abitava in via Mozart 4 ("vM4"), e qui si era incontrata con l'ex sindaco di Corsico, dopodiché aveva visto anche Bercke al Politecnico ("P"), tecnico tedesco su cui l'amministratore corsichese le aveva chiesto un parere. *Bingo!* Cavenaghi fissò subito un incontro con la professoressa la mattina seguente. «Possiamo vederci presto?» chiese la studiosa d'idraulica. «Ho lezione alle 10.00, le va bene di venire prima da me in via Mozart, oppure dopo al bar Giuriati, dietro piazza Leonardo da Vinci? Conosce la zona?» «Sono un ingegnere» rispose Mario con la voce che fanno i topi muschiati quando incrociano un altro tipetto della loro specie.

Alla fine, il pranzo con enigmi lasciò tutti soddisfatti: si era fatto un grande passo in avanti. Intanto Cochi aveva già fissato un appuntamento con Raffaelli, altro storico giornalista di via Solferino nonché intimo amico di Steno Corradi, cupissimo narratore di cose di mafia con il quale solo il corrierista prima citato riusciva ad avere un dialogo senza (quasi mai) essere insultato per cedimenti al fronte del "male". Si sarebbero visti alle 21.00 dall'ex Oreste in piazza Montebello, dov'erano sempre pronti a offrire un luogo riservato al vecchio amico Cochi.

Intanto Fani aveva trovato sulla sua segreteria telefonica un messaggio di Rizzeddu che chiedeva a Cavenaghi di richiamarlo: l'ex responsabile della zona Sud del Pci milanese informò il luganese dello strano omicidio di tale Antonio Lo Pesce, detto il Mannuzza, che veniva considerato il punto di riferimento della mafia siciliana a Corsico, più o meno un ambasciatore presso la 'ndrina di Platì, che controllava il territorio.

Dopo aver fatto su e giù da Lugano a Milano, e poi ingozzato di zuppa di piselli – con molta pancetta affumicata e crostini ricchi di burro, ben poco alleggerita dalle susseguenti *kranjska klobasa* –, Cavenaghi ottenne di poter far un pisolo su un divano che Fani gli mise a disposizione nella casa di suo fratello, dove alloggiava temporaneamente. Successivamente passarono da Porta Tenaglia a tirar su il Cochi per recarsi all'appuntamento con Franchelli.

Non ci fu tensione nell'incontro tra persone che si conoscevano bene da una vita, e che avevano maturato un'esperienza del mondo invidiabile. Attitudine che evitò anche qualsiasi tipo di imbarazzo. Però, nell'aria, si avvertiva qualcosa di irrisolto.

Franchelli aveva un ottimo rapporto con Renaioli, tanto che quando il primo fu "dimesso" dal ruolo di direttore del *Corriere* per la sua appartenenza alla loggia P2, il secondo disse "quasi" pubblicamente che non capiva perché i comunisti si infilassero dentro tradizionali liti di massoni, al di là dei provati atti criminali commessi da Licio Gelli. Però, a parte mantenere qualche rapporto personale, il vicesindaco di Milano non aveva potuto fare niente per contenere la condanna morale di chi aveva diretto il *Corriere* fino al 1981. Anche con Salvadori i rapporti erano stati sempre corretti, nonostante la sostituzione dai risvolti politici alla testa della cronaca. Del vecchio militante comunista il "direttore" conservatore diceva: «Senza di lui il giornale sarebbe stato disordinato.» Naturalmente, al momento dello scandalo P2, Franchelli sapeva che Salvadori non avrebbe potuto che prendere politicamente le distanze da lui: da uomo di mondo quale era, non gliene faceva una colpa, ma neanche un motivo di gratitudine. Con questi vecchi fantasmi che aleggiavano sull'incontro, la chiacchierata ebbe comunque inizio.

Il vecchio direttore aveva un'idea abbastanza precisa sui fatti che interessavano coloro che lo avevano invitato: «La logica della 'ndrangheta – fatevelo dire da uno il cui padre viene da Tropea – non coincide con quella dell'assassinio e della connessa provocazione.» Lui ipotizzava piuttosto un possibile coinvolgimento della mafia siciliana, di cui era grande esperto per la lunga amicizia che lo aveva legato al generale Giulio Cesare Nandi. «Naturalmente i siciliani non si metterebbero a fare un'operazione così complicata per un qualche appalto: non è un'ipotesi da prendere in considerazione. Se si lanciano su un terreno tanto intricato e non privo di pericoli, deve esserci in ballo qualcosa di grosso. Io tendo a credere, anche per quel che mi ha insegnato il Cappellone, che la prima motivazione per iniziative di un certo livello, sia interna: e cioè che riguardi delle mosse tese a determinare gli assetti del comando in Cosa nostra. Se trovaste una spiegazione del perché la Cupola considerava l'assassinio di Ettorri e la manovra di demolizione morale di Rosci un contributo utile per definire degli equilibri interni che dopo l'arresto di Totò Riina si sono messi in movimento, questo probabilmente ci permetterebbe di capire la logica di quel che è successo.»

Renaioli si affrettò a spiegare ai presenti che con il nomignolo Cappellone Franchelli indicava il suo vecchio amico Giulio Cesare Nandi – tragicamente assassinato a Palermo nel 1982 – e le larghe visiere del suo berretto da ufficiale dei carabinieri.

La conversazione naturalmente andò avanti, e non poté non toccare – sia pure con la delicatezza di persone che la pensavano in modo radicalmente opposto – anche la situazione politica generale, le previsioni – concordi – di una prossima caduta del governo, le acute anticipazioni sugli sbocchi di un'eventuale crisi. «Vedrete» disse l'ex direttore del *Corriere*, «che finiranno per fare presidente di un governo tecnico Lamberto Dini.» «Anche se ora è il nemico principale?» chiese un po' ingenuamente Cavenaghi: una domanda da svizzero. «Proprio perché *è*, dopo Cazzaniga, il nemico principale» commentò Renaioli, invitto esternatore del suo brillante cinismo e lieto di poter insultare un Pds che detestava. «Quando entra in campo il fiuto di Dino, io mi inchino sempre» concluse Salvadori.

Fu poi spesa qualche altra chiacchiera, ma i tre – Cochi e Mario, più Fani – che guidavano le indagini sul caso erano ormai più che soddisfatti dell'analisi franchelliana, e quindi con grandi saluti e, non sicuri, impegni a rivedersi, si lasciarono.

Un'altra pausa a casa del fratello di Fani in via Bergognone, poi alle 21.30 ci si ritrovò dall'ex Oreste con il nuovo corrierista convocato da Salvadori.

Raffaelli, a lungo leader del comitato di redazione di via Solferino, era un bel tipo, alto, magro, con un'onda di lunghi capelli che mascherava l'incipiente vuoto di capigliatura, due occhi celesti da *Mr Smith va a Washington*, un volto napoletanamente scavato quasi quanto la sua prosa, un mix d'ispirazione da libero spirito americano e di gusto molto partenopeo per l'arzigogolo, non senza qualche influenza sessantottina. Dopo alcune posizioni di rottura che contribuirono alla fine della direzione di Piero Ottone al *Corriere*, il nostro s'impegnò ad ascoltare di più i vecchi giornalisti legati al Pci come Salvadori e i quadrati tipografi comunisti alla testa del consiglio di azienda: un equilibrio che aveva pesato su quel che era stato il giornale della borghesia milanese sino agli inizi degli anni Novanta.

Da sempre generoso e disponibile, Raffaelli colse al volo le questioni sulle quali si chiedeva un suo contributo: sentire il parere del poco avvicinabile Corradi, e capire se ci poteva essere un interesse mafioso a motivare l'organizzazione di una complessa operazione nel milanese. «Ascolto il mio amico, mi faccio insultare quel che basta perché il mio spirito libero non è più quello di una volta, e vi riporterò il tutto. Va bene domani a pranzo? Magari al ristorante la Tegola, che poi devo passare al giornale?»

Con quest'ultimo incontro, terminò il lungo giorno di Cavenaghi, peraltro opportunamente interrotto dai riposini sul divano del fratello di Fani. Erano le 23.30 quando tornò a casa della Ines. Sua cognata era fuori casa. Utilizzò il telefono domestico per chiamare Carla volendo ancora approfittare del clima sereno creato dalla sua visita improvvisa. Trovò la moglie straordinariamente dolce. Ne fu felice, con solo un'ombra di preoccupazione: forse c'è una parte masochista della mia psiche che vuole essere sempre rimproverata, pensò. Comunque, si consolò dicendosi che a questa sua immaginaria "parte" non sarebbe mancato materiale nel prossimo futuro, per essere soddisfatta. Naturalmente non fece neanche cenno alla possibile matrice mafiosa del caso su cui stava indagando. Alla fine, per una della Bovisa come sua moglie, la 'ndrangheta era quasi più uno scioglilingua che un'organizzazione criminale, ma la mafia no; aveva visto troppi film sull'argomento per non essere informata: sapere che c'era di mezzo nelle indagini del marito, l'avrebbe terrorizzata.

7

Lunedì 26 settembre

Si svegliò presto. Un po' anche per l'ansia di incontrare la Carlini, la persona che forse poteva risolvere i misteri del caso Ettorri. Fu attento a non trasmettere qualsiasi tipo di emozione sia a quella spietta di Ines sia, ancora meno, alla committente della spietta stessa, cioè alla Carla: evitare ogni motivo di agitazione era la rigida linea di condotta da tempo adottata verso chi non tollerava incertezze. Nella Mazzarenti-Cavenaghi, probabilmente, agiva in parte la formazione da ingegnere con annessa paura del non misurabile. Chiamò sua moglie verso le 7.30 e fu di una serenità così esagerata che la indusse più al sospetto che alla rassicurazione. Nel frattempo, aveva già pensato da oltre un'ora alle domande da fare alla professoressa d'idraulica, quando Fani passò a prenderlo e lo portò per le 9.00 in via Mozart al civico 4.

L'ex presidente dei probiviri spiegò all'ex cerimoniere rosso di voler salire da solo. Era opportuno tranquillizzarla, dato che forse le sarebbe toccato rivelare questioni confidenziali: Cecco avrebbe aspettato Mario nel bel bar che si trovava tra corso Venezia e via Senato.

Al terzo piano gli aprì la porta un'alta cinquantenne, con una folta chioma di capelli rossi apparentemente naturali, un naso affilato, due occhi castani, un fisico coltivato dall'attività sportiva: i lunghi polpacci muscolosi rivelavano chilometri e chilometri di corse nei vicini giardini di via Palestro. Tante rughe, frutto sicuramente di duri studi e di probabili amori contrastati, non cancellavano una singolare bellezza di fondo.

Anche gli ingegneri, come i cani e i comunisti, si annusano prima di entrare in confidenza: «Quando si è laureata?» «Due anni prima di me, per questo non ci siamo incontrati.» «Che bravo il professor Lauretti!» «Come insegnava bene la matematica la Sordelli.» «Lei era amica di Chicco Forti? Eravate insieme in Avanguardia operaia?» «Lei lavora nel partito?» «Non più, sono impegnato in una società di produzione di macchine idrauliche a Lugano.» «Che sarebbe?» «La Fzmc.» «La conosco, siete veramente bravi.» «Grazie.»

Confermato da molteplici particolari come entrambi fossero ingegneri idraulici, subentrò un clima di assoluta fiducia reciproca. E da qui, una confessione non priva di pathos.

«Un po' mi vergogno a riconoscerlo, ma per l'Ettorri mi sono presa proprio una sbandata, come una diciottenne» disse la Carlini, conquistata dall'atmosfera regolo&tubi che si era creata. E proseguì: «Da un paio d'anni sono una divorziata. Ho lasciato mio marito quando ho scoperto le sue relazioni con certe allieve del Poli. Non pensavo proprio di impegnarmi di nuovo, neanche con la leggerezza con cui l'ho fatto con Paolo. Poi in un convegno sulla gestione delle acque in Lombardia mi sono imbattuta in questo affascinante amministratore. Lo conoscevo di nome ma non di persona. Mi ha chiesto qualche consiglio per la gestione di un appalto su un depuratore da completare. Abbiamo iniziato a chiacchierare e, arrivata l'ora di pranzo, mi ha portato a mangiare una pizza. Alla fine mi ha detto: "Secondo me lei ama ballare il tango." Non so da che cosa l'avesse intuito. Forse c'è un tipo di falcata che permette ai tangheri di riconoscersi tra di loro. A dire la verità era da almeno dieci anni che non andavo a ballare. Non so come, ho trovato irresistibile questa sua avance. La sera stessa mi ha portato in un ristorante argentino, El Paso, in via Lazzaro Palazzi, dove a mezzanotte chi si trova ancora nel locale può lanciarsi in sfrenati casqué. Così dal 10 settembre in poi abbiamo iniziato a vederci frequentemente. A parte tutto il resto, che non è stato certo secondario, Paolo mi ha chiesto anche qualche parere professionale e mi ha fatto incontrare l'ingegner Bercke della MW Hydraulik Maschinenwerke, con il quale abbiamo discusso di alcuni problemi riguardanti la parte tecnologica necessaria affinché un depuratore sia veramente efficiente. Poi è arrivata la notizia della sua morte. Ne sono stata sconvolta. Una persona così vitale... Mi sono chiusa in me stessa.»

«Come lei saprà, anche grazie al suo impegno da studiosa, gli incidenti con le vasche di depurazione sono assai improbabili, e per di più il cosiddetto ingegner Bercke non risulta essere un professionista impegnato nella MW Hydraulik Maschinenwerke. Ci sono decisivi indizi che lo indicano come il responsabile della trappola preparata ai danni di Ettorri.»

«Mio Dio, che orrore!» gridò la Carlini. «Che cretina, dovevo subito andare alla polizia. Il dolore mi ha frastornato e non ho proprio pensato che potesse trattarsi di un omicidio, anche se, a mente fredda, avrei dovuto sapere che morire accidentalmente in una vasca di fanghi depurati è praticamente impossibile. Forse, però, posso rimediare alla tragica disattenzione di cui sono stata colpevole. Quei pazzi di informatici che oggi imperversano nel nostro Poli hanno allestito un sistema di registrazione che a loro insaputa riprende coloro che usano i computer della facoltà. Questo impostore che fingeva di essere Bercke si è chinato sul mio pc per esaminare certi disegni tecnici, così abbiamo una ripresa del suo viso.»

«Speriamo di poterlo incastrare. Bisognerà passare il materiale a chi si sta occupando delle analisi sull'assassinio del nostro amico. Le dispiace, però, se prima le chiedo di compiere una piccola forzatura, permettendomi di mostrare le schermate di cui stiamo parlando a un mio amico che lavora in un'industria di macchine per la depurazione e che proprio per questo conosce molti ingegneri del settore, anche stranieri? Potremmo organizzare un incontro a mezzogiorno e poi informare subito dopo le autorità impegnate su un caso cha ha molti legami con il mondo ex comunista. Tra l'altro, sono stati proprio gli ex comunisti a chiedermi di svolgere un'inchiesta autonoma sul caso Ettorri. Anche perché sono in atto alcune provocazioni mirate a coinvolgere nell'assassinio di Paolo altre persone di sinistra.»

«Credo che si possa fare. Io ho lezione fino a mezzogiorno, poi ci vediamo in quel punto di ristoro che c'è al Cremlino, che lei conoscerà bene; andiamo nel mio studio e le faccio vedere tutto il materiale che ci interessa. Dopodiché lo passerò alla polizia giudiziaria.»

Cavenaghi sapeva che con Cremlino s'intendeva l'eccessivo edificio che ospitava rettorato e facoltà di Ingegneria; conosceva il posto di ristoro degli studenti, così concordò sul programma che gli era stato proposto e andò a informare Fani. Cercò subito anche Perri: fu fortunato, lo trovò a Varese – tra un'indagine e un processo, in attesa che si chiarisse il suo destino, passava molto tempo a casa –, e gli chiese il sacrificio di fare un salto al Poli a mezzogiorno. C'era la possibilità di individuare il probabile assassino di Ettorri, il fantomatico ingegner Bercke.

Pure Cochi e Rotelli erano a casa: si eccitarono per le novità e convennero sull'opportunità di vedersi nel giro di breve tempo. Si scelse l'hotel di via Senato, un piccolo edificio dove si poteva bere un caffè – buono – e parlare con assoluta riservatezza. Il luganese non trovò Lini, così lasciò in segreteria di redazione all'*Unità* un messaggio chiedendogli un incontro urgente: propose di vedersi alle 16.00 alla Biblioteca Sormani, luogo da cui il giornalista avrebbe potuto raggiungere in pochi passi il Palazzo di Giustizia per informare i suoi amichetti della Procura.

I nostri detective appena appena un po' dilettanti (Cochi, Leopoldo, Mario e Cecco, peraltro almeno quest'ultimo ormai un professionista) fecero il punto all'Hotel Senato: se si fosse scoperto chi era questo Bercke e ancor più a chi rispondeva, l'inchiesta avrebbe fatto il decisivo passo in avanti che serviva per uscire dall'impasse. Salvadori e Cavenaghi si sarebbero incontrati con Raffaelli alle 13.30 al ristorante la Tegola, in largo Treves. Rotelli doveva essere reperibile per quell'ora, e se ci fossero state notizie risolutive bisognava subito organizzare una riunione con Rutsos e Rosci.

L'incontro al Poli portò risultati insperati: nelle immagini sul computer della Carlini Perri riconobbe un ingegnere lituano di lingua tedesca, Giedrus Bankauskas, che si faceva chiamare anche Thomas Riedle. Lavorava per la Societé Eau di Città del Capo, ed era a disposizione della Palermo Acque. I pm di Enna, ai quali Perri faceva spesso riferimento quando per il Gruppo Idro era impegnato in Sicilia e voleva evitare contatti con imprese legate alla criminalità organizzata, gli avevano detto che questa Palermo Acque era controllata da prestanome di mafiosi.

La Carlini, ancora sbalestrata – prima dall'assassinio di un uomo che le aveva riportato un po' di gioia di vivere, e poi dalla tumultuosa mattinata organizzatale da Cavenaghi –, seppure fosse turbata era soddisfatta di aver dato una mano a scoprire gli organizzatori di un crimine che l'aveva tanto colpita, e s'impegnò a telefonare ai pm che seguivano le indagini per consegnare loro il materiale probatorio raccolto. Perri, contento di aver contribuito a individuare chi aveva ucciso il suo amico, ringraziò Cavenaghi di averlo coinvolto.

L'ingegnere luganese, sempre trasportato dal "detective del Pds", si diresse verso il ristorante la Tegola di largo Treves per l'ennesimo appuntamento.

Con la sua arietta, fra libri e quadri, da ristorante per giornalisti del vicino *Corriere della Sera*, la Tegola era appunto questo, un ristorante per giornalisti del *Corriere della Sera*, e dunque accolse con il necessario riconoscimento due protagonisti della comunità di via Solferino, il Cochi e Raffaelli.

Prima di sedersi a tavola, Cavenaghi informò per telefono il Rotelli delle straordinarie notizie raccolte, chiedendogli di organizzare la riunione con Rutsos e Rosci prevista in caso di informazioni rilevanti.

A tavola, dopo un ottimo risotto con la salsiccia, passarono a esaminare quel che Raffaelli aveva raccolto durante i suoi colloqui con Corradi: senza dubbio la mafia siciliana poteva aver organizzato un'operazione come quella che gli era stata descritta. Anche la provocazione a Rosci, così come la trappola mortale preparata contro l'ex sindaco di Corsico, era tipica di una strategia di disinformazione che caratterizzava spesso le mosse di una Cosa nostra capace di alternare spietati atti d'intimidazione con manovre politicamente sapienti. L'ipotesi riferita al Corradi, che parlava di atti legati alla ricerca di nuovi equilibri all'interno della Cupola, lo convinceva: anche lui, infatti, riteneva che i criminali siciliani non avessero agito nel modo descrittogli solo per acquisire un più o meno modesto appalto nel Sud milanese.

Le scoperte fatte grazie alla Carlini – che naturalmente non vennero riferite a Raffaelli – rendevano ancora più credibile quest'analisi: restava però da capire perché mai si fosse scelto di colpire due ex comunisti milanesi, e più precisamente di uccidere un amministratore cercando di incastrare un cooperatore, e come tutto ciò potesse avere a che fare con la ricerca di un nuovo equilibrio tra i boss mafiosi. Su questo, Corradi aveva fornito qualche elemento per approfondire l'analisi: il vertice mafioso era entrato in fibrillazione con il maxiprocesso nel 1987. Una certa area che aveva avuto rapporti con settori della Dc, sino a reclutarne esponenti come Vito Ciancimino, era già stata messa precedentemente sotto accusa dall'area più militare dei corleonesi. Era incolpata di non aver contenuto la repressione d'inizio anni Ottanta, tanto da aver consentito il pericoloso arrivo del generale Giulio Cesare Nandi, che non per nulla era stato assassinato. Adesso, però, veniva ulteriormente colpevolizzata, perché chi aveva o aveva avuto rapporti con la Dc non era riuscito a impedire il citato maxiprocesso, che per l'organizzazione mafiosa si era rivelato particolarmente devastante. Questa rottura politica in Cosa nostra spiegava in parte anche la svolta terroristica rappresentata dagli attentati a Giovanni Falcone e Paolo Borsellino, cui era seguita, però, la cattura di Totò Riina e una mezza correzione di rotta con Bernardo Provenzano. Quei fatti, oltre ai tanti arresti che avevano colpito i mafiosi, avevano provocato assestamenti nella Cupola, la cui logica non era sempre perfettamente leggibile dall'esterno. «Ma comprenderla porterà a capire che cosa è successo nelle vicende del Sud milanese che vi interessano» aveva concluso Corradi.

Come Salvadori, anche Raffaelli, incontrando persone provenienti dall'antico Pci, avrebbe voluto parlare un po' di politica, oltre che di mafia. A parte qualche scontata disapprovazione del governo Cazzaniga, però, non ci fu granché di cui discutere, e Cavenaghi mantenne il suo riserbo da osservatore svizzero, che ormai stava diventando la sua nuova natura.

Dopo i saluti e i ringraziamenti, l'ex presidente dei probiviri comunisti lombardi si mise in movimento. Alle 16.00 incontrò Lini alla Biblioteca Sormani e lo aggiornò su quanto avevano scoperto, informandolo del fatto che la Carlini aveva già fornito la documentazione necessaria ai pubblici ministeri impegnati nelle indagini.

Il punto centrale ormai acquisito era che l'assassinio di Ettorri, e quindi la conseguente provocazione contro Rosci, erano stati organizzati dalla mafia siciliana, e non da una sua filiale minore interessata a qualche affare al Nord, ma quasi sicuramente, per dirla televisivo-enfaticamente, dalla testa della Piovra. Questo significava che, per colpire in modo così pesante, la cupola mafiosa doveva avere avuto una motivazione strategica. Inoltre, si trattava di scoprire chi, in ambienti ex e postcomunisti, avesse aiutato a scrivere la falsa lettera che tentava d'inguaiare Rosci, e chi potesse conoscere così bene Ettorri da riuscire a piazzare nel suo ufficio, nei cassetti "giusti", il falso di cui ci si era occupati. Lini rimase abbastanza impressionato dal lavoro svolto dall'ingegnere luganese e fece i suoi complimenti. Cavenaghi gli chiese anche di raccogliere qualche informazione sull'omicidio di un tal Antonio Lo Pesce detto Mannuzza, avvenuto a Corsico: c'era, infatti, chi lo considerava un avvenimento che meritava di essere esaminato con attenzione.

Prima di andare a casa Rutsos, dove Rotelli aveva organizzato l'ennesima cena, il luganese passò dalla casa del fratello del detective rosso, anche per fare un giro di telefonate. La principale fu quella al maresciallo Filippo Vergani: «Buongiorno, sono Mario Cavenaghi. Il generale Nicolais mi ha dato lo scorso anno il suo numero per fissare eventuali appuntamenti: vale ancora questa indicazione?» «Sì, certamente.» «Può chiedere al generale se per caso passa da Milano nei prossimi giorni e ha un minuto di tempo per parlare con me?» «Sarà a Milano giovedì 29. Mi può anticipare i temi di un eventuale colloquio?» «Sto collaborando sia pure in modo informale con la Procura di Milano sulla morte di un amministratore già comunista, l'Ettorri. Molti indizi sembrano portare a una matrice mafiosa che, secondo diversi esperti, potrebbe essere collegata a equilibri in costruzione alla testa di Cosa nostra. Poi cercavo anche qualche notizia su un singolare delitto di tal Antonio Lo Pesce detto Mannuzza, a Corsico, che forse s'interseca con il caso per la cui soluzione mi sto adoperando.» «Sento il generale e la richiamo. Mi può lasciare un numero di telefono al quale rintracciarla?» «Per un'ora mi troverà a questo numero» e gli dettò quello del telefono del fratello di Fani, dicendo anche al maresciallo che se Nicolais non aveva controindicazioni potevano trovarsi alla solita libreria che entrambi conoscevano bene. Dopo mezz'ora arrivò la conferma per la data e la libreria: l'appuntamento venne fissato per le 16.00 in corso di Porta Nuova.

Un salutino alla Carla ed era già ora di marciare verso il nuovo incontro.

Sconfitta definitivamente la linea culinaria calabrese, la cucina dell'angelica moglie triestina di Rutsos era sempre più mitteleuropea: si partì con un gulasch, ricco e brodoso spezzatino di manzo con tanta paprica, e, all'ungherese, cipolla e peperoni.

La conversazione fu persino più speziata e piccante del piatto servito. Piccantissimo fu l'antipasto, cioè lo smascheramento di Bercke e dei suoi collegamenti; ma l'attenzione si diresse subito sul gusto principale: perché i vertici della mafia avevano attuato un'operazione come quella che era venuta alla luce?

Alberto Rosci era sempre stato tanto bravo sui particolari quanto in difficoltà nel cogliere gli scenari più generali. Però a un certo punto della serata impallidì e, abbastanza scosso, pronunciò una frase che sulle prime i diversi commensali non intesero bene: «E se tutto fosse legato al 1974?»

«In che senso il 1974?» chiese Rotelli, che proprio in quegli anni era capogruppo del Pci in Regione.

«Vi ricordate l'arresto di Liggio?»

«Fu un bel colpo, lo scovarono in via Ripamonti» ricordò Cochi, cronista dalla memoria infallibile.

«Il capo di Cosa nostra era ricercato in Sicilia, e invece si era nascosto a Milano, anche per coordinare una fruttuosa politica di sequestri di persona, resa possibile dal caos prodotto nella società ambrosiana dall'espandersi delle Brigate rosse. Dopo aver organizzato i sequestri di Pietro Torielli e Luigi Rossi di Montelera, il boss dei boss fu catturato nel quartiere del Vigentino, a Milano, il 16 maggio del 1974, da un centinaio di militari della guardia di finanza. La tesi ufficiale fu che si era seguita la pista di quattro bottiglie di Dom Perignon trovate nel nascondiglio mafioso dove veniva tenuto Rossi di Montelera, le quali portarono all'enoteca del "picciotto" palermitano Giovanbattista Pullarà, in via Ripamonti, a Milano. Forse, però, fu decisiva anche una soffiata che un malavitoso fece al giornalista dell'*Unità* Massimo Belli.» Così Rosci diede la sua versione dei fatti di allora: «Il partito non se ne vantò, se non con un vago commento del compagno Canino, che allora era segretario della federazione: ma in realtà la guardia di finanza ci chiese un contributo molto consistente. Si sapeva che il capo della Cupola era in quel quartiere, innanzitutto grazie all'informazione raccolta dal nostro Belli, che seguiva la nera nel quotidiano del partito: l'aveva ottenuta da suoi amici nella mala che ogni tanto gli regalavano qualcosa. La guardia di finanza però non sapeva come organizzarsi per individuare il covo del boss. Se si fossero viste in giro facce sconosciute, l'ampio schieramento di mafiosi posto a sua protezione si sarebbe messo in movimento. E allora ci chiesero un aiuto. Canino incaricò Zeno Foroni, l'uomo che seguiva le più delicate operazioni di autodifesa, soprattutto quelle in chiave antigolpe, di seguire la vicenda. Per prima cosa "l'autodifensore", per così dire, nominò l'avventuroso Ettorri presidente dei probiviri della sezione per avere un compagno autorevole sul territorio. Per questa operazione usò come copertura una piccola lite tra gli iscritti, nel caso in cui la mafia avesse una spia all'interno della sezione. Poi chiese a me di fare da vice a Paolo. Fummo noi due a selezionare i militanti assolutamente più fidati e vispi, gente del posto che non suscitava diffidenze, e questi trovarono la cantina nella quale si rifugiava il capo mafioso. Qualche anno più tardi, quando nel 1978 Belli fu investito da una macchina non identificata nei pressi dell'*Unità*, tutti noi fummo convinti che si trattasse di una vendetta dei mafiosi, eseguita dopo aver individuato il malavitoso – anche questo fu trovato ucciso a casa – che aveva fornito l'informazione su Liggio al giornalista comunista. Sono ormai passati vent'anni da allora, pensavo che fosse una storia finita.» Il dirigente cooperativo, dopo questo lungo racconto, appariva provato.

Fu Cochi a dare una risposta al quesito di Rosci sul perché il caso fosse ancora aperto per i mafiosi. «Le nuove scosse in Cosa nostra probabilmente richiedono un ricompattamento dei vertici, e forse serve recuperare l'ala più legata a Liggio: la vendetta avrebbe in questo senso una funzione pratico-politica che potrebbe giustificare diversi aspetti della vicenda che stiamo esaminando.»

A calmare un po' la tensione contribuì l'implacabile moglie di Rutsos, che servì delle *palacinke* (una sorta di crêpes o omelette, con una storia ben più antica delle sofisticazioni francesi e una fattura che un certo uso della farina rendeva più consistente) con prosciutto e funghi: all'ungherese, insomma.

Attutita un po' l'ansia che metteva il fatto di ritrovarsi nel mirino della mafia, a colpi di cibo nonché di un vinello passito e muffato, che, ancora una volta ungherese, lasciava qualche perplessità nell'ala filopiemontese del tavolo, il fantasma che iniziò a circolare tra gli ex comunisti riuniti a casa Rutsos fu quello della "spia" che non poteva non aver guidato i criminali siciliani in tutta quella vicenda.

Rosci, infatti, fu molto chiaro: grazie all'impiego, in tutta l'operazione Liggio, di una decina di compagni fidatissimi, nessuno si era reso conto del ruolo giocato sul territorio dai comunisti negli anni Settanta. Tanto è vero che la vendetta mafiosa era stata indirizzata solo contro Belli e non aveva toccato la sezione, base operativa dell'operazione. Se oggi, per le logiche dei vertici mafiosi, i criminali si impegnavano in una resa dei conti contro chi aveva partecipato ai fatti di un tempo, doveva esserci una fonte interna che li aveva informati su alcuni particolari non emersi negli anni Settanta.

Casa Rutsos aveva una sola risposta contro l'ansia: il cibo. E l'arma che venne usata fu quella definitiva. L'angelica moglie aveva preparato con le sue mani una Sachertorte con una base al cacao tagliata in tre dischi intervallati da uno strato di confettura di marmellata di albicocche, il tutto ricoperto da una glassa di cioccolato e servito con un po' di panna montata, così, tanto per aiutare la digestione. Qualche bicchiere di cognac versato insieme al dolce non alleggerì la portata delle bombe caloriche ingerite durante quel pasto, ma in qualche modo l'anestetizzò.

Voleva essere un messaggio ai mafiosi per annunciare che gli ex comunisti non si sarebbero lasciati prendere vivi?

Con l'ultimo sprazzo di vitalità che gli era rimasto, Rotelli decise che bisognava sentire subito Canino, e dopo averlo chiamato gli spiegò l'emergenza: decisero di vedersi l'indomani alle 9.00, allargando l'invito anche a Cavenaghi.

Dopodiché tutti i sopravvissuti alle drammatiche notizie e al banchetto rotolarono verso le loro case e i loro letti.

8

Martedì 27 settembre

Alle 8.30 Fani lo passò a prendere. Partirono verso corso San Gottardo, dove al numero 8 era andato ad abitare, qualche anno prima del 1994, Giorgio Canino.

Il dirigente comunista che stavano per incontrare era stato il principale punto di riferimento del partito milanese per almeno vent'anni, dopodiché era caduto vittima di un'offensiva pesante per via giudiziaria, con non poche sponde a Botteghe Oscure e in via de Castillia, dove si trovava la sede della federazione milanese: alla fine era stato assolto. Gli stessi magistrati che avevano lavorato per condannarlo si erano resi conto che con lui sarebbe andato in crisi gran parte di ciò che restava del Pci – ora Pds –, in quel momento alleato insostituibile delle toghe per mantenere la centralità ottenuta con il 1992 e contenere il pericolo rappresentato, per il nuovo potere acquisito dai pubblici ministeri, dal governo Cazzaniga.

Rughe profonde, occhiaie che coprivano metà del viso, spalle curve, qualche problema al cuore che si manifestava con un colore giallastro della pelle, quasi scomparsi i pochi capelli che aveva avuto ai lati della testa, un forte, evidentemente insano, dimagrimento: non mancavano i segni degli attacchi, soprattutto di quelli "fraterni", subiti negli ultimi due anni. Si coglievano le sofferenze patite, nel volto e nel fisico, oltre che nell'animo, di quello che negli anni Settanta era stato il responsabile dell'organizzazione nazionale del partito, la carica di fatto più potente nel Pci dopo quella del segretario generale. L'antica scuola però gli aveva insegnato a sopportare le peggiori avversità senza mai manifestare disperazione. La voce non gli tremava, non aveva toni lamentosi, lo sguardo era fermo. La visita di vecchi amici – aveva avuto un rapporto molto buono anche con Salvadori, che presenziò all'incontro insieme a Cavenaghi e Rotelli – gli faceva visibilmente piacere. Anche ricordare il suo contributo, per larghi versi rimasto segreto, all'arresto di Liggio, senza dubbio lo confortava sul tanto lavoro svolto non solo per il partito ma, come ricordava spesso, per tutta la società italiana.

Naturalmente era preoccupato per i compagni che come Rosci erano al centro dell'attenzione di un'organizzazione criminale così pericolosa; nel corso degli anni si era chiesto che cosa avrebbe dovuto fare per non lasciare Belli da solo di fronte alla vendetta mafiosa.

Come se fosse ancora vivo il Pci, non si perse comunque in convenevoli e si mise subito a organizzare il lavoro necessario per far fronte all'emergenza. Bisognava sentire il capitano Nicola Pizzuti che, oggi generale in pensione, aveva coordinato l'arresto del boss dei boss nel 1974; viveva a Milano, facendo anche qualche consulenza qui e là per conto di impresine della città. Lui e l'antico dirigente comunista non si vedevano ormai da dieci anni. Canino aveva partecipato alla festa per il suo pensionamento. Tuttavia si scambiavano gli auguri a ogni Natale. Non fu quindi un problema chiamarlo al telefono: l'ex ufficiale, sentite le novità, fu subito pronto a partecipare a una riunione. Aveva due o tre impegni, abitava al Qt8 – il perfetto quartiere costruito a San Siro su progetto di Piero Bottoni, un gioiellino dell'architettura razionalista milanese –, sarebbe stato in San Gottardo per le 11.00.

Canino e Rotelli, entrambi segretari della federazione di Milano – il primo aveva sostituito il secondo alla fine degli anni Sessanta –, avevano un largo pezzo di storia in comune, ma molto del loro futuro era ormai alle spalle, quindi non si lanciarono in grandi analisi politiche sulla situazione del momento. Naturalmente non apprezzavano le principali scelte fatte dal governo Cazzaniga, ma erano costernati dal partito – sia pure trasformato – di cui erano stati dirigenti. Salvadori si mostrò per l'ennesima volta stupito nel costatare che due persone vissute per decenni di "pane e politica" fossero ora così restie a un approfondimento di quella che, come si è già detto, veniva chiamata "la situazione". Peraltro, gli ex dirigenti del Pci presenti erano figli di una storia in cui si discuteva di politica solo per guidare l'azione, tutto il resto erano chiacchiere da bar. E quale cavolo di azione avrebbero potuto intraprendere alla loro età e in quel pantano che era diventata la democrazia italiana?

Meglio parlare del passato, quando di azione se n'era vissuta parecchia. E così Canino riportò l'attenzione, che già ieri Rosci aveva in parte acceso, sulla figura di Zeno Foroni, funzionario di partito, un po' defilato ma che, come succedeva a diversi "defilati", era impegnato in compiti di vigilanza particolari. Non tanto quelli che secondo la tradizione venivano apertamente assunti dalla storica commissione di vigilanza – sciolta a metà degli anni Settanta come segnale di distensione verso la Democrazia cristiana, con la quale era stato concluso un accordo per un governo di larghe intese –, ma quelli che venivano eseguiti molto riservatamente per la sicurezza del partito e del suo gruppo dirigente. Se c'era da sorvegliare un gruppo di giovani frazionisti, a Zeno capitava di passare intere notti in macchina per vedere chi entrava e chi usciva da certi appartamenti considerati luoghi di riunioni deviazionistiche (famoso quello di via Scaldasole, dove si incontrava il gruppo chiamato Falce&martello). Se c'era da cercare un po' di appartamenti di "compagni di viaggio" del Pci – non sospettabili neanche da parte dei migliori servizi segreti – per far dormire fuori casa dirigenti del partito o per ospitare un ciclostile in grado di stampare volantini di protesta in caso di colpo di stato, era Zeno che si dava da fare e domandava a stupite studentesse amiche del partito se potessero tenere in casa uomini o materiali in una serata considerata pericolosa per l'ordine democratico. Se c'era da andare a dormire di fronte a una caserma per sentire se di notte si fosse acceso il motore di qualche carro armato, era Zeno che si assumeva in prima persona questo compito, selezionando quelli che avrebbero dormito (ma con un occhio solo) di fronte ad altre caserme, oltre a quella che sorvegliava lui.

Foroni era un legnanese esattamente come Rotelli, di cui era naturalmente molto amico. L'asse industriale sestese-viale Sarca (sede storica della Pirelli) aveva prodotto operai poi diventati dirigenti e, spesso, parlamentari comunisti, molto "in linea", un po' stalinisti si sarebbe potuto con qualche enfasi definirli, comunque con un forte senso del partito. Legnano invece, con le sue industrie tessili e quella regina della meccanica pesante che era stata la Franco Tosi, aveva regalato al Pci personalità più eretiche, in parte eredi di quel massimalismo socialista divenuto bordighismo nel 1921, e poi man mano emarginati dalla linea stalinista del partito. Finché nella Resistenza alcune decine di comunisti legnanesi, organizzati fuori dal partito nel gruppo Bandiera rossa – Pietro Secchia, uno dei più rigidi tra i capi comunisti della Resistenza al Nord, arrivò a bollare in un primo momento quel gruppo come "maschera della Gestapo" –, dimostrò un tale eroismo, con tanti martiri massacrati dai tedeschi, che la popolarità nel partito e la saggezza di Palmiro Togliatti – deciso a riunire in una nuova storia tutto quello che era cresciuto a sinistra, purché naturalmente si fossero dismessi gli atteggiamenti eretici – spinsero a recuperare questi indomiti partigiani. E nel giro di pochi anni diverse personalità di tale gruppo assunsero incarichi di rilievo nel movimento, innanzitutto nel Pci e nella Cgil.

Tra i "recuperati" ci fu anche il giovanissimo Zeno, che a diciassette anni fu torturato e poi messo davanti a un muro dalle SS per essere fucilato, ritrovandosi poi risparmiato per un improvviso attacco aereo alleato che gli consentì di scappare. E così i capelli del giovane operaio tessile da rossi malpelo diventarono d'un colpo completamente bianchi. Quella terribile esperienza giovanile gli lasciò un carattere un po' eccitabile, diversi problemi ai reni duramente malmenati, ma anche un temperamento spericolato, dote che, opportunamente regolata e sfruttata, portò il gruppo dirigente milanese a utilizzarlo sia come semplice funzionario, responsabile di zona e poi di commissione, sia come straordinario vigilante con i compiti che prima sono stati rapidamente illustrati.

Se quindi nel 1974 s'era dovuta organizzare una trappola per un boss mafioso, il Foroni non aveva potuto che essere in prima linea.

Canino, che conosceva bene tutte queste storie per esserne stato uno tra i principali protagonisti, suggerì a Rotelli: «Poi naturalmente bisognerebbe sentire quel meraviglioso pazzo di Zeno, pazzo più o meno come tutti voi legnanesi, per ricostruire chi nella sezione Ripamonti abbia più concretamente lavorato per la cattura di Liggio. Adesso Zeno, pur essendo un giovane sessantasettenne, mi dicono che non si muova più dalla sua città natale. Comunque secondo me sarebbe importante consultarlo.»

«L'ho visto un mese fa. Sì, era un po' affaticato, ma ancora lucido. Vedo se possiamo andare a trovarlo oggi all'una» rispose Rotelli. «Provo a chiamarlo.» Lo trovò e fissò un appuntamento per le 13.30 alla Conchiglia, in via Cesare Battisti, a Legnano.

Erano le 11.00 e suonò il citofono, il generale in pensione si presentò, com'è d'uso tra i militari, perfettamente puntuale. Di media statura, di media corporatura, capelli non lunghi senza la riga, castani come gli occhi, un bel po' di rughe, il fisico ancora in forma, grigiamente vestito, Pizzuti aveva l'aria di una persona cordiale ma non molto disposta a perdere tempo. «Bene» disse, «eccoci ancora a fare i conti con quell'assassino di Liggio, che, pur morto dieci mesi fa, continua a esercitare il suo malefico influsso. Le ultime volte che ci siamo occupati insieme di questo caso era in occasione dell'uccisione di Belli nel 1978. Avevamo alla fine trovato chi era il malavitoso che, dopo l'informazione passata su Liggio, aveva fatto la spiata sul ruolo del giornalista dell'*Unità*. Ma è stato ucciso anche lui e non abbiamo individuato un'altra pista che potesse aiutarci a scoprire qualcosa di più.»

«Le ho accennato al caso che ci troviamo di fronte» rispose Canino, «l'assassinio di un nostro vecchio compagno che, come siamo riusciti a dimostrare, è stato organizzato dalla mafia. All'omicidio poi si lega il tentativo di infangare un altro nostro compagno. Il primo ucciso e il secondo oggetto di una provocazione erano stati nominati nel 1974 rispettivamente presidente e vicepresidente della commissione probiviri della sezione Ripamonti, per coordinare il lavoro dei nostri che contribuì all'arresto di Liggio.» Canino a questo punto tirò il fiato, e i suoi interlocutori con lui. L'ex dirigente del Pci aveva un suo stile oratorio fatto di incisi su incisi, che secondo alcuni militanti del Pci a Milano era un po' una maledizione cittadina: i dirigenti nazionali – i "romani", come li chiamavano i comunisti sotto la Madonnina – dicevano cose troppo semplici ma con una retorica spesso magnifica, mentre i bolscevichi ambrosiani riflettevano su cose complesse, servendosi però di uno stile ancora più intricato del loro pensiero. Riprese: «Sentendo il parere di diversi esperti e analisti di cose di mafia, siamo arrivati alla conclusione che l'omicidio di Ettorri e il tentativo di coinvolgere Rosci sarebbero una sorta di omaggio verso i corleonesi più legati al boss scomparso, attraverso la punizione di due tra i protagonisti del suo arresto. Si tratterebbe dunque di operazioni di assestamento negli equilibri interni del gruppo dirigente della mafia. Naturalmente quel che più ci preoccupa è che tutto questo non avrebbe potuto essere organizzato se non ci fosse stata una talpa all'interno di ciò che resta del nostro movimento. Peraltro pure i pubblici ministeri che si occupano della vicenda sono in difficoltà, e per questo motivo si sono rivolti a noi. Credo che lei e io siamo impegnati dal nostro onore a concludere un lavoro che proficuamente abbiamo avviato ormai vent'anni fa. Noi siamo in pensione, ma la nostra coscienza no.»

«Sì, quei criminali non devono essere lasciati impuniti. E le considerazioni che lei fa sugli intrighi in uso tra i mafiosi nella definizione degli equilibri interni corrispondono a quello che avevamo costatato nelle nostre indagini. A un certo punto ci era sembrato che lo stesso delinquente responsabile della soffiata a Belli su Liggio fosse legato a una fazione dei corleonesi: poi è, come ho già detto, morto, e questa intuizione non riuscì a trovare conferme» rispose il generale al vecchio dirigente del Pci. «Però, come sa, io ormai sono fuori dal "corpo", al momento mi occupo essenzialmente di fornire informazioni a qualche droghiere su come vanno compilate le dichiarazioni fiscali. Posso essere utile solo per sapere se qualcuno nella guardia di finanza segua il caso, mettendo in contatto chi fra di voi sta svolgendo questa indagine con l'ufficiale interessato.»

«Sarebbe prezioso un suo contributo in questo senso» commentò Canino.

Pizzuti fece qualche telefonata, scoprì che il capitano Edoardo Lepori aveva la funzione di coordinare la polizia giudiziaria sul caso Ettorri e fissò un appuntamento per Mario Cavenaghi presso la caserma del comando provinciale in via Valtellina 3 per le ore 16.00.

Così si concluse l'incontro. L'ufficiale in pensione prese congedo, e il vecchio dirigente comunista, uscito il generale, salutò gli altri ospiti con una sorta di battuta: «Intrighi interni per eliminare i concorrenti nel gruppo dirigente? Questa prassi mafiosa non mi è nuova.» Un sorrisetto e poi tanti sentiti abbracci. Salvadori andò per la sua strada, mentre Rotelli e Mario, accompagnati dal fido Fani, si misero in moto verso Legnano: un percorso impegnativo, perché si doveva passare dalla zona Sud a quella Nord della città.

Prima di uscire, pensò Cavenaghi, è meglio se lascio un messaggio a Lini per fissare un incontro alle 18.00 alla Sormani, dopodiché chiese al padrone di casa il permesso di fare una telefonata.

Il legnanese ristorante-pizzeria La Conchiglia, luogo del nuovo appuntamento, aveva un'aria parecchio anni Ottanta, con pareti ricoperte di maglie e foto di calciatori ormai scolorite. Ma la pizza, secondo i conoscitori di quei luoghi, era tra le migliori della città, nonostante la deplorevole abitudine di farla a forma di cuore per la clientela femminile.

A un tavolo li aspettava già il Foroni, un po' smagrito, con ancora lo sguardo appena sperso di chi aveva vissuto ormai cinquant'anni con negli occhi l'immagine del muro dove doveva essere ammazzato, ma ugualmente sempre ben attento e pronto alla battuta: «Uelà, Rotelli, mi arrivi qui con questi due giovanotti che hanno dato il loro bel contributo a ridurre il Pci a quel che è oggi diventato!»

«Si fa quel che si può» commentò Cavenaghi.

«Taci, tu che sei scappato in Svizzera» rispose Zeno.

«Be', visto quel che avete combinato voi che siete rimasti, forse non è stata una cattiva idea.»

«Andremo avanti tutto il pomeriggio? Mi sembra di vedervi ancora al circolo Tasselli a baruffare perché vi eravate fatti mangiare il settebello.» Con la sua autorità da ex segretario di federazione – com'era quella cosa del *semel abbas, semper abbas*? – Rotelli mise fine alle pur affettuose schermaglie. «Abbiamo una grossa grana, e dovremo far finta di essere quello che eravamo una volta, per affrontarla.» Poi raccontò tutto il caso a Foroni e alla fine gli chiese: «Magari, pur pensionato come ti ritrovi, ti ricordi ancora qualcosa di chi nella sezione, oltre agli "esterni" Ettorri e Rosci, diede una mano a incastrare il mafioso.»

«Grazie alla soffiata e al lavoro della guardia di finanza avevamo capito che il boss frequentava l'enoteca Pullarà, di un palermitano legato a Cosa nostra, e abbiamo mobilitato una rete di osservatori: c'erano la giornalaia, la compagna Cecilia Galimberti, a due metri dall'enoteca, l'impiegata nella farmacia Rosina Varzi, moglie di Luigi Benasso del consiglio di fabbrica della Centrale del latte. E poi c'era Giorgio Casoni, spazzino iscritto alla sezione dei dipendenti comunali e prestato alla Ripamonti per l'operazione. Quelli che avevano dei lavori stanziali osservarono i movimenti dei mafiosi, finché non individuarono il boss dei boss. Poi toccò allo spazzino pedinarlo fino a casa, in modo da fornire un indirizzo preciso ai finanzieri che arrivarono in un centinaio, e dopo aver bloccato tutto l'isolato l'arrestarono. A coordinare il tutto, oltre a Ettorri e Rosci, c'era Paolo Tirozzi, un tipografo in pensione, uno spericolato gappista agli ordini di Visone, poi azzoppato dai fascisti. Il Tirozzi ci ha lasciato a metà degli anni Ottanta.»

«Continui a dire di essere andato con la testa e invece sei lucidissimo» commentò Rotelli.

«Sai com'è il ciclo della demenza: a un certo punto riesci a ricostruire perfettamente tutto quello che è avvenuto vent'anni fa, ma non riesci a ricordarti se hai già preso il caffè oppure no.»

«Bene» osservò Cavenaghi, «chi sentiresti nella sezione per capire se è lì che si trova la talpa che ha preparato la trappola per Ettorri e la provocazione contro Rosci?»

«Le donne che ho citato, la Cecilia e la Rosina, erano due stupende pettegole che sapevano tutto di tutti. Non potresti trovare informatrici migliori. Avevano sui trent'anni nel 1974, ne avranno una cinquantina adesso. Non so se in questi anni hanno avuto la disgrazia di iscriversi al Pds, ma credo di sì. Probabilmente erano deluse dal partito, ma immagino che difficilmente abbiano potuto fare a meno della vita di sezione, o di circolo, come si dice adesso.»

Alle 16.00 Mario si trovò di fronte a quella strana caserma dedicata al generale Alfredo Malgeri, gialla, con qualche tratto liberty, persa come un oggetto in un quadro di René Magritte nello spazio vuoto determinato dalle confinanti strutture doganali e dai collegati scali per merci ferroviarie. Chiese del capitano Lepori e venne ricevuto subito.

Biondino, alto, occhi azzurri, l'ufficiale aveva un'aria efficiente ed entrò subito in argomento: «Abbiamo saputo dai pubblici ministeri che seguono il caso come avete individuato il falso ingegnere Bercke. Abbiamo cercato questo lituano, di stanza a Città del Capo ma in realtà al servizio di Teheran e della mafia; abbiamo rinvenuto le tracce del suo arrivo in Italia e poi a Milano, ma purtroppo era già tornato in Iran. Alcune perquisizioni presso gli uffici di Palermo Acque non hanno dato risultati. Ormai è chiara l'impronta mafiosa dei crimini che ci sono in ballo, e credibile l'ipotesi che li lega a una vendetta per l'arresto di Liggio risalente a vent'anni fa, vendetta che dovrebbe aiutare a ricompattare la Cupola di Cosa nostra. Abbiamo orientato il nostro corpo speciale, i Gico, verso noti esponenti mafiosi a Milano per capire se vi siano segnali di novità: l'unica cosa che abbiamo riscontrato è un crollo delle comunicazioni tra i sospetti. E questo è un indice di quanto siano preoccupati dall'idea che la giustizia possa scoprire le loro carte. Non è escluso che si preparino a qualche nuova operazione criminale, e su questo dovremo fare attenzione e predisporre tutte le misure precauzionali necessarie. Abbiamo ricevuto tramite i pm gli appunti dell'avvocato Rutsos sull'agenda di appuntamenti di Ettorri, e credo che il mistero più importante sia rappresentato da quel o quella "I" che incontrando l'amministratore comunista gli ha presentato il falso Bercke. Non abbiamo ancora trovato una pista su cui indagare: ci sarebbe un Giorgio Indelicato, ragioniere presso l'assessorato regionale sulle Infrastrutture, che ha visto Ettorri a inizio settembre, e un Mario Impronta, geometra impiegato all'assessorato Lavori pubblici del Comune di Milano, anche lui in contatto con l'ex sindaco di Corsico: ma su di loro non è emerso nulla. Questo è lo stato dei fatti. L'unica cosa che mi sento di suggerire è di tenerci in costante contatto e di sentirci o anche vederci quando e se necessario.»

Il capitano aveva riassunto bene la situazione, era inutile prolungare quell'incontro. Cavenaghi salutò, e insieme a Fani si avviò verso la Sormani, dove l'aspettava Lini.

«Caro Jacopo, mi pare che tutto quello che potevamo scoprire in questo contesto l'abbiamo scoperto. Ora tocca scavare un po' di segreti legati alla sezione Ripamonti, cosa che non possiamo fare se la federazione milanese del Pds non s'impegna a sostenerci: il che mi sembra complicato, perché temono d'incorrere nelle ire di qualche pubblico ministero. È dunque indispensabile che il nostro amico Lorente intervenga, non tanto sui dirigenti milanesi dei democratici di sinistra, ma sui pm con cui intrattiene rapporti, per chiedere loro di rassicurare l'ex pubblico ministero che oggi presiede i probiviri lombardi del Pds, e il segretario della federazione.»

A Lini non sfuggì la traccia di sarcasmo che c'era nelle parole di Cavenaghi sul coraggio politico dei pidiessini milanesi, però non si nascondeva come il percorso delineato dal luganese quasi sicuramente fosse l'unico possibile. Non si attardò quindi a polemizzare né tantomeno a giustificare il vertice querciarolo milanese; s'impegnò invece a fare quello che gli era richiesto: «Cerco di avere qualche risposta per stanotte, dove vi trovo verso le 23.00?»

Mentre stavano per lasciarsi, il giornalista dell'*Unità* aggiunse: «A proposito delle informazioni che mi avevi chiesto sull'omicidio di quel certo Mannuzza, al Palazzo di Giustizia dicono che si tratta di robetta minore tra spacciatori della zona.»

«Bene» rispose il luganese. «Fino a mezzanotte aspettiamo una tua telefonata al Caffè Milano, di cui mi pare di averti già dato il numero.» E così si concluse l'ultimo impegno pomeridiano.

Cavenaghi passò rapidamente da casa della Ines, che era fuori. «Stasera *Pulp fiction*» aveva detto al cognato, «non ci si può perdere il nuovo film di Tarantino: un capolavoro. Vado allo spettacolo delle otto, così faccio meno fila.» Lui l'aveva già visto in Svizzera, dove i film americani uscivano prima. Era un po' accaldato. Più che la fatica l'avevano accalorato le chiacchiere, che si erano susseguite senza posa. Si fece una doccetta mentre Cecco preparava un'insalata da mangiare prima dei vini che sicuramente si sarebbero bevuti in piazza Mirabello. Poi doveva telefonare alla Carla; studiò di dirle qualcosa che un po' la preoccupasse, altrimenti non sarebbe stato convincente come era successo ieri. Ma non troppo. Le disse che forse sarebbe dovuto tornare a Roma: il che poteva implicare qualche nuovo pasticcio con i suoi ex compagni, ma non un rischio personale.

Alle 22.00 era all'ex Oreste con Cochi e Rotelli. Ragionarono sull'andamento dell'indagine, finché poco prima di mezzanotte arrivò la telefonata di Lini: «Ho fatto tutto quello che mi hai chiesto. Da Palazzo di Giustizia hanno chiesto all'ex pm Broni di intervenire sul segretario della federazione perché apra un'inchiesta sulla sezione Ripamonti e quello che è ormai diventato il caso Liggio-Ettorri. Su suggerimento di Lorente hanno anche invitato ad aiutare voi che già state indagando. Alla fine mi è arrivata una telefonata molto irritata da parte del segretario della federazione Agirre, che però mi sembra non possa far altro che eseguire i cosiddetti suggerimenti del Palazzo di Giustizia. Mi ha anche chiesto di proporvi d'incontrarlo, tu e Rotelli, alle 9.00 al circolo Mondini di Rogoredo, dove un'ora più tardi vi raggiungerà il pm presidente dei probiviri insieme al suo vice Tonio Indovina, che immagino conosciate già.»

«Certamente» rispose Cavenaghi, «era quello spericolato segretario della sezione del partito all'Italtel, la Sit Siemens degli anni Settanta, che sbarrò la strada a un agguerrito gruppo di brigatisti messo insieme da Corrado Alunni.»

«Proprio lui. Almeno questa vecchia conoscenza dovrebbe aiutarti a risolvere un po' di tensioni, che non mancheranno.»

«Bene, t'informo sugli sviluppi.»

Tornò a casa. La Ines non era ancora rientrata. Era assai probabile che i suoi terribili studenti avrebbero approfittato di una professoressa un po' stordita dall'aver bevuto e fatto tardi la notte, per incrinarne la ferrea disciplina.

9

Mercoledì 28 settembre

Doveva arrivare presto all'Arci Corvetto. Una volta lì, lui e Rotelli avrebbero incontrato il segretario della federazione Agirre per decidere come, e se, il Pds milanese avrebbe potuto aiutarli nell'indagine sulla talpa presente nel partito, quella che aveva informato i mafiosi sui misteri dell'arresto di Liggio. Si alzò dunque prima della Ines, bevve il caffè che apriva la giornata e vide arrivare la professoressa-padrona di casa, ancora provata dalla lunga nottata trascorsa tra film e dopo cinema. In questo stato avrà i suoi problemi a domare quelle belve di studenti del Molinari, pensò Cavenaghi. Poi scambiò rapidamente affettuosità telefoniche con una stranamente serena Carla: la sorella doveva averle passato notizie tranquillizzanti. Intanto Fani suonava il citofono per annunciare l'arrivo suo e dell'auto.

Il segretario Agirre, Rotelli e il pm presidente dei probiviri lombardi del Pds abitavano tutti dalle parti di corso Lodi. Il circolo Arci Corvetto era dunque il luogo ideale in cui ritrovarsi, e opportuno anche per mantenere qualche distanza formale tra la federazione e gli investigatori mobilitati da Lorente. Anche se per trovare un compagno che aprisse il locale, alle 8.30 del mattino, toccò sfruttare tutto il carisma residuale di quella che tradizionalmente era stata per i comunisti una carica particolarmente autorevole: il segretario della federazione.

Iñigo, nuovo leader del Pds milanese, era un trentenne intelligente e capace, che però si era trovato tra le mani una situazione complicata. La scelta di puntare per la candidatura a sindaco di Milano su Delio Cesare Nandi, in contrapposizione a un Marco Formentini che poi aveva vinto al secondo turno, aveva sbilanciato il partito a sinistra. Lo stesso segretario uscente, peraltro la persona che aveva i legami politici più stretti con Agirre, Mino Brambilla, l'ultimo segretario del Pci milanese, si era deciso a passare con Rifondazione.

Nel partito regnava un mix di rabbia – quelli che si consideravano traditi dall'ampio arco di comunisti-riformisti, nelle cui mani il partito di Milano era stato per anni –, paura – quelli spaventati da uno strapotere della magistratura che temevano potesse danneggiare il sistema politico democratico –, di delusione – quelli che non coglievano più una qualche spinta ideale, né rivoluzionaria né riformista, nei gruppi dirigenti impegnati di volta in volta nella guida del partito.

A far fronte a rabbia, paura e delusione c'era Agirre, con un'aria ancora da ragazzo per il suo fisico abbastanza scattante e i suoi tanti riccioli, neri come gli occhi, particolarmente luccicanti. Il suo fascino derivava anche da una sfumatura di esotismo evocata dalle sue origini basche, un riflesso del mistero che circondava il piccolo popolo che viveva tra Pirenei e Golfo di Biscaglia. Quando parlava era sempre serio e appassionato: avvertivi il suo sforzo di tenere insieme una comunità segnata da una crisi crescente.

Nel momento in cui s'incontrava con un antico e autorevole dirigente del Pci e con l'ex presidente dei probiviri lombardi del partito – quello vero: il Pci –, si poteva cogliere in Iñigo un'ombra d'irritazione per le vie attraverso le quali era stata convocata quell'anomala riunione, e anche una certa preoccupazione, perché mischiarsi in qualunque modo a questioni legate al Palazzo di Giustizia non poteva che suscitare allarme. Ma c'era anche la consapevolezza del fatto che una persona seria, qual era il segretario provinciale del Pds, non poteva sottrarsi alle proprie responsabilità.

Con questo stato d'animo, il segretario si sforzò di indirizzare la discussione – aperta rapidamente perché nessuno tra i presenti era in vena di digressioni – sulle questioni più concrete: «Sia Velio Lorente, oggi senza dubbio il più significativo difensore della legalità in tutto il nostro partito, sia quelli del Palazzo di Giustizia che mi hanno interpellato attraverso il loro ex collega oggi in pensione, presidente della commissione probiviri regionali, e che godono di tutta la nostra fiducia, mi chiedono di aiutarvi, di collaborare con voi, e cioè con un gruppo di investigatori, di fatto messo insieme dallo stesso Lorente. Un gruppo che pur non avendo un ruolo istituzionale pare aver funzionato bene nell'individuare l'assassino del nostro compagno Ettorri e nello smascherare una provocazione ai danni di un altro, cioè Rosci. È senza dubbio mio dovere assecondare questa richiesta: vi chiedo solo di fare in modo che non ne risenta l'organizzazione democratica del nostro partito, e vi prego quindi di lavorare, quando interloquite con organizzazioni milanesi del Pds, sempre in collaborazione con i dirigenti che il partito si è scelto.»

Toccò a Rotelli, per anzianità e autorevolezza, rispondere ad Agirre, spiegando come si era agito in una situazione di estrema emergenza, su mandato diretto di Botteghe Oscure, senza alcuna volontà di scavalcare gli organismi dirigenti del partito milanese, ma curando di non invischiarlo in indagini che non si sapeva dove avrebbero portato. Ora si trattava di concentrarsi su un problema dirompente: individuare chi nel Pds, e probabilmente già nel Pci, aveva svelato come fosse stato organizzato l'arresto di Liggio. E poi, visto che senza una fonte interna la vicenda con la quale si facevano i conti sarebbe stata impossibile, aveva contribuito a preparare l'assassinio di Ettorri e la provocazione contro Rosci. Senza dubbio era necessario rispettare le regole interne del partito, ma al tempo stesso si doveva garantire la massima efficienza all'indagine. Sicuramente non bisognava stravolgere i corretti metodi istituzionali di funzionamento del nuovo partito. Ma era evidente come la presenza di una talpa mafiosa tra ex o postcomunisti fosse una questione drammatica che richiedeva una soluzione urgente.

I presenti erano consapevoli delle diffidenze che suscitavano i modi scelti per l'indagine, ma nessuno metteva in dubbio il carattere eccezionale di quel momento. Chiarite così le questioni alla base di una certa tensione indubbiamente presente, Agirre informò i "detective", più o meno improvvisati, che presto sarebbero arrivati l'ex pm Broni, presidente dei probiviri del Pds lombardo, e Tonio Indovina, il vicepresidente, i quali avrebbero collaborato con l'indagine.

Marco Broni, ex capo della procura di Tortona, settantacinquenne piccoletto e corpulento, si era già incontrato nel 1993 con Cavenaghi – allora impegnato in un'indagine particolarmente segreta, e della quale lo stesso ex pm non era stato informato, su un furto di risorse riservate accumulate dall'ex Pci e ora a disposizione del Pds –, e in quell'occasione non aveva stabilito un rapporto particolarmente caloroso con il luganese. Da una parte i due provenivano da mondi molto diversi, dall'altra Broni aveva già difficoltà a esercitare il ruolo che gli era stato affidato in un partito assai scosso dagli avvenimenti, anche senza che apparisse un predecessore dai legami profondi con gli iscritti al vecchio Pci.

I motivi che avevano provocato una certa freddezza,

l'anno prima, non erano naturalmente superati. Anzi, il fatto che venisse imposta alla federazione milanese del Pds – e alla sua commissione probiviri – una certa indagine utilizzando i pm milanesi aveva creato nuove gelosie tra l'ex e l'attuale presidente dei probiviri lombardi, quello degli antichi comunisti e quello dei postcomunisti di oggi.

Fu quindi con sollievo che il luganese vide arrivare nel circolo Arci Corvetto anche l'ex operaio dell'Italtel, ormai in pensione, Indovina, che accompagnava da "vice" il suo presidente.

C'erano diversi leader di fabbrica del Pci e della Cgil, con un'aria quasi da ufficiali inglesi: seri, concentrati, dai bei volti scavati che evocavano l'intelligenza e la sofferenza del comando. Così alla Falck, alla Breda Termomeccanica, alla Ercole Marelli. Tonio era invece un tipo umano del tutto diverso: aveva una facciona particolarmente allegra, e pienamente valorizzata, nella sua rotondità, dai capelli molto corti; sempre sorridente, un fisico imponente con una grande pancia che testimoniava il suo amore per il cibo. Anche gli occhi molto mobili e scurissimi, un po' sporgenti, sprizzavano cordialità, così come la sua parlata siculo-milanese. Mentre i leader di fabbrica del Pci che ricordavano gli ufficiali inglesi esprimevano un'autorevolezza rassicurante per gli operai che si affidavano a loro nella guida del partito all'interno della fabbrica, Indovina contava invece sull'essere assai simile antropologicamente innanzitutto ai lavoratori meno qualificati, e questa omogeneità anche fisica creava un effetto amicizia che poi gli permetteva di esercitare un comando solido, basato sulla simpatia.

Comunque, in uno stabilimento nel quale una parte dei tecnici, nonché un'area non secondaria di operaie, tramite l'influenza di un quadro con notevoli capacità seduttive come Corrado Alunni, si erano legati o comunque avevano nutrito simpatie verso un estremismo così radicale da finire per confluire, in tanti casi, nelle Brigate rosse, il senso di fratellanza trasmesso dall'attuale vicepresidente dei probiviri lombardi aveva conquistato alla linea responsabile della Cgil larga parte dei cosiddetti operai-massa, quelli meno professionalmente qualificati ma spesso dotati di grande buonsenso.

E negli anni più caldi, come vice del presidente dei probiviri lombardi, Cavenaghi aveva lavorato fianco a fianco al segretario della sezione del Pci dell'Italtel, per isolare e sconfiggere i terroristi. Il legame tra loro era dunque antico e sperimentato, e Mario si sentì rincuorato dal poter collaborare con lui: sarebbe stato decisivo per rendere più facili i rapporti con Broni.

Agirre spiegò ai convenuti al circolo Arci del Corvetto qual era la situazione e come avrebbero lavorato insieme il team di investigatori scelto da Lorente e chi dirigeva gli organismi istituzionali del Pds. Il primo impegno prevedeva l'incontro con la nuova segretaria della sezione – anzi "circolo", come si chiamava adesso – Ripamonti, Tea Nosoni: con lei sarebbe stata elaborata un'analisi degli iscritti che aiutasse a individuare l'eventuale talpa.

Detto questo, il segretario della federazione se ne andò, e un quarto d'ora dopo si presentò la segretaria della Ripamonti.

Una ventottenne, carina, mediamente alta, non grassa ma neanche particolarmente magra, con il caschetto, occhi e capelli neri, uno sguardo serio, la Nosoni era un'insegnante di yoga che nel quartiere aveva guidato una lotta per la costruzione di alcune piste ciclabili. Qualche vecchio della sezione aveva acidamente commentato: «Siamo passati dal socialismo come "elettrificazione più i soviet", per usare la definizione di Lenin, alla lotta per elettrificare i monopattini.» Quei misteriosi vecchi ex Pci erano sempre informati di tutto, anche di questa nuova diavoleria che si stava studiando a Parigi: il lancio del monopattino elettrico. Ma soprattutto una parte dei giovani di quest'area meridionale di Milano aveva apprezzato le lotte ispirate dalla Nosoni, si era iscritta al nuovo partito e aveva scelto e appoggiato la nuova segretaria.

Un po' Cavenaghi un po' Broni, insieme anche per dimostrare come il gruppo di investigatori fosse sostenuto da tutto il partito, fecero il quadro della situazione a Tea chiedendole la possibilità di esaminare le cedole degli iscritti, almeno quelle degli ultimi dieci anni, cioè dei tesserati prima al Pci e poi al Pds, per farsi una qualche idea di chi potesse essere la talpa.

La Nosoni fu molto impressionata dalla vicenda, e naturalmente si dimostrò pronta a fare tutto ciò che serviva per affrontarla con il massimo di urgenza e serietà. Broni aveva un impegno in mattinata e chiese a Indovina di accompagnare Cavenaghi al circolo Ripamonti per un immediato esame dei dati degli iscritti.

La segretaria di sezione, il luganese e il vice dei probiviri lombardi usarono l'auto di Fani per raggiungere "il circolo" che si trovava in via Gastone da Foix al civico 6, proprio dietro via Ripamonti. Cecco fu anche incaricato di comprare qualche sandwich, qualche birra e Coca-Cola, perché non c'era tempo per mangiare in una trattoria o in un bar: le tappe dell'inchiesta incalzavano.

La vecchia sezione Ripamonti del Pci aveva avuto una media di duecento iscritti ogni anno, con un tasso di reclutamento – e più o meno di rispettive uscite – del cinque per cento. Si decise di concentrarsi sui tesserati dagli anni Ottanta in poi, fino ad arrivare ai centoventi iscritti al Pds del 1994 – il tesseramento era iniziato a fine ottobre del 1993, come voleva la tradizione. Erano stati esclusi coloro che si erano iscritti prima del 1974 – un bel gruppetto –, e che quindi conoscevano in prima persona almeno un po' delle vicende legate all'arresto di Liggio. Poi si decise di mettere da parte anche quelli iscritti tra il 1974 e il 1984. Ne restavano meno di una cinquantina, e tra questi ne vennero individuati una decina che erano entrati nel partito nella seconda metà degli anni Ottanta, e di cui si conoscevano poco "le origini" (innanzitutto coloro che non provenivano da famiglie di comunisti noti nella sezione). Di questi dieci, quattro erano nati in Sicilia o avevano la famiglia di origine siciliana. «Cerchiamo di evitare atteggiamenti razzisti» disse Indovina, un po' scherzando e un po' no.

Però tutti convennero che, trattandosi di mafia, la provenienza geografica andava tenuta in considerazione.

L'esame dei cedolini degli iscritti aveva richiesto un certo tempo. Alle 15.00 la riunione fu sciolta. Cavenaghi e Indovina s'impegnarono con la Nosoni a informarla sulle loro prossime mosse.

Il luganese aveva un appuntamento per un rapido incontro con Indy Aglietta; voleva raccontargli le ultime novità in modo tale che informasse la Iacoboni e poi gli riferisse le riflessioni della pm. S'incontrarono da Mattullo, in Porta Lodovica. Cavenaghi ne approfittò per mangiare una fetta di torta paradiso: i due striminziti sandwich presi da Fani non avevano placato la sua fame.

Il presidente della Compagnia delle opere avrebbe visto la Iacoboni verso sera da un comune amico avvocato per un aperitivo, e s'impegnò a riferire quel che pensava la pm, il giorno dopo, in mattinata.

Cavenaghi raggiunse Salvadori e insieme andarono in piazza della Repubblica al civico 5, a casa dell'ex direttore del *Corriere*, che non solo offrì loro un tè, ma distribuì anche preziosi consigli e tutta una serie di analisi.

Fino al 1982 Franchelli aveva avuto frequenti colloqui con il generale Giulio Cesare Nandi, che gli aveva illustrato i suoi conflitti con un Giulio Andreotti restio a inasprire lo scontro con Cosa nostra senza aver preparato uno sbocco politico. L'uccisione di Stefano Bontate l'anno prima annunciava un'egemonia dei corleonesi più militaristi, che nessuno sapeva fin dove avrebbero potuto spingersi. Dove sarebbero arrivati? L'interrogativo fu sciolto nel 1982 con l'assassinio del generale stesso, divenuto prefetto antimafia. Oltre a quella tragica uccisione, incominciava a farsi sentire la pressione dell'Fbi che, con l'Unione Sovietica allo sbando per la guerra afghana, pensava a uno showdown contro i mafiosi, ora possibile senza provocare conseguenze negli schieramenti determinati dalla Guerra fredda. Questo quadro convinse Andreotti ad appoggiare lo sforzo di un magistrato come Giovanni Falcone, rendendo possibile il maxiprocesso di Palermo con la condanna del "papa" dei mafiosi, Michele Greco.

«È dal 1987» spiegò Franchelli, «che nella cupola mafiosa ci si pone il problema di ricomporre l'unità dell'organizzazione criminale logorata dagli scontri interni. Voi mi dite che a un certo punto ha cominciato a lavorare una talpa dentro il Pci. La mia valutazione è che questa scelta può essere stata presa solo dopo il 1987, quando la "ricomposizione" è diventata vitale per i corleonesi più militarizzati. Prima bastava la vendetta contro il principale soggetto attivo per smascherare Liggio, cioè il Belli, ucciso nel 1978.»

«Poi c'è il tragico 1992» osservò Salvadori.

Rispose Franchelli: «L'uccisione di Falcone e, ancora prima, quella di Salvo Lima hanno tra gli altri obiettivi quello di impedire l'elezione a presidente della Repubblica di Giulio Andreotti, considerato particolarmente pericoloso perché sapeva dove mettere le mani nella mafia siciliana. Forse la portata dello scontro militare che segue gli assassini dei magistrati non è stata pienamente valutata dai corleonesi, che contavano su una situazione nazionale allo sbando. Ma con l'arresto di Riina e l'ascesa del più moderato Provenzano, l'esigenza di riunificare le varie fazioni di Cosa nostra è diventata ancora più urgente. E se era stata infiltrata una talpa nel 1987, questa, dopo essere rimasta in sonno per un certo periodo, è diventata nel 1994 immediatamente strategica. Oggi c'è un bisogno urgente della massima intesa possibile nel vertice criminale. Gli uomini legati a Liggio, che avevano rapporti anche tramite Gaetano Badalamenti con Bontate, devono essere recuperati.»

L'analisi dell'ex direttore del *Corriere* apparve convincente sia all'ex presidente dei probiviri sia all'ex capo della cronaca di via Solferino. Soddisfatti, i due ringraziarono e si avviarono alle loro rispettive destinazioni.

Cavenaghi, nonostante tutte le promesse di collaborare passo dopo passo con la presidenza dei probiviri del Pds, sapeva di non potersi fidare interamente di un Broni che era più leale con i suoi ex colleghi in toga che non con il partito nel quale pur rivestiva un incarico importante. Se voleva mantenere riservate alcune informazioni, doveva agire attraverso la vecchia rete di compagni su cui poteva contare senza alcun dubbio, perciò chiese a Foroni di organizzargli un incontro con le due compagne "particolarmente" pettegole di cui gli aveva parlato: la giornalaia Cecilia Galimberti – che, ormai cinquantenne, continuava a gestire l'edicola dalla quale aveva spiato Liggio – e l'altra cinquantenne, Rosina Varzi, ancora impiegata presso la farmacia di via Ripamonti 108.

Foroni organizzò un incontro per le 20.30 alla Trattoria della Vipera viscontea a Lambrate, in via Pusiano 63. Le due "pettegole", Fani, Cavenaghi e Foroni – il luganese gli aveva chiesto di partecipare per governare meglio l'incontro – si misero a tavola. Si bevve un ottimo barbera. In molti si lanciarono sulle specialità marine offerte dal ristorante: catalana di mazzancolle, filetti di ricciola, granseola, baccalà. Lo schizzinoso luganese, invece, che come alcuni lunatici milanesi non mangiava cibo di mare, chiese un minestrone freddo e del magnifico culatello.

In un tavolo particolarmente defilato – il vero uomo attento alle questioni di sicurezza si nota dai particolari, e su questo fronte Foroni non falliva mai –, i quattro, più il "muto" Cecco, cominciarono a esaminare la questione "talpa" della Ripamonti.

Le due pettegole acconsentirono a selezionare tre principali iscritti tra i "sospettabili". Cavenaghi ne aveva esclusi altri due che aveva individuato nella precedente selezione, sulla base della teoria di Franchelli, secondo il quale l'esigenza di una talpa nella sezione sarebbe nata solo dopo il 1987.

I tre sospettabili erano Angela Lilibeo, nata ad Agrigento nel 1959 e iscritta alla Ripamonti nel 1987, Pasquale Innocenti, nato a Enna nel 1957, operaio dell'Italtel, iscritto prima in fabbrica nel 1979 e poi alla Ripamonti nel 1987, ed Ennio Sanfilippo, operaio della Vetritalia, palermitano nato nel 1954 e iscritto nel 1989.

La Varzi, che conosceva bene la Lilibeo, si dichiarò certa della sua innocenza nonostante la famiglia di costei fosse legata alla cosca che dominava ad Agrigento, e disse di consultare a questo proposito Marcella Simoni della cooperativa sociale la Milanese, operante nel Sud della città, e anche qualche compagno sestese per sapere qualcosa dei luoghi in cui era cresciuta. Sia Rosina sia Cecilia spezzarono una lancia a favore dell'operaio della Vetritalia, ricordando che, oltre che nel direttivo della Cgil di Corsico, Ennio era anche membro della presidenza del circolo Mondini dell'Arci di Rogoredo.

La Rosina, poi, parlò appassionatamente a favore di Innocenti, nonostante un suo cugino fosse stato condannato a dieci anni per associazione a delinquere, e disse che per valutare la lealtà di questo compagno si potevano sentire sia i compagni dell'Italtel sia la Frangi, ex sindaco di Gaggiano proprio nel periodo in cui Pasquale era stato consigliere comunale. «Be', tu il Pasquale, poi, l'hai conosciuto bene» disse infine, con il suo tono da perfetta pettegola. L'ancora piacente giornalaia aveva l'aria di una che aveva vissuto appassionatamente la propria vita, e non si sarebbe mai lasciata sfuggire un caldo e piacevole – così venne descritto – siciliano se ci fosse stata l'occasione. E l'occasione c'era stata.

La Cecilia non fu certo toccata dalla battuta della Rosina, anzi si vantò di aver avuto una storia con un bel *tosetto* come il Pasquale.

Però la farmacista aggiunse: «A proposito dei tuoi amorazzi, ti ricordi quando al Pasquale stavi raccontando la storia della cattura di Liggio e io ti ho dato un calcio sotto il tavolo?»

«Come ti ho detto allora e ribadisco anche adesso: certo, c'eravamo impegnati a non dire niente a nessuno di quel che era avvenuto nel '74. Ma a nessuno che fosse *esterno* al partito. Invece tra compagni della stessa sezione bisogna avere fiducia.»

Cavenaghi trasse questa conclusione dalla chiacchierata: tra i tre, probabilmente l'Innocenti era l'unico al corrente di quanto era successo nel 1974, un fatto che non poteva essere trascurato.

Da Lambrate al Casoretto la strada era breve, e finalmente il luganese poté addormentarsi – naturalmente dopo una telefonata alla Carla – a un'ora quasi svizzera, le 22.30. Mentre la Ines sicuramente era uscita a vedere "un altro film".

10

Giovedì 29 settembre

Cavenaghi si svegliò quasi sereno. L'indagine stava procedendo. L'antica rete, messa in piedi quando c'era ancora il Pci, pareva funzionare, e passo dopo passo avanzava sul percorso che aveva scelto per arrivare a scoprire la talpa. Anche la Ines sembrava abbastanza allegra, e questo aiutava a rasserenare Carla, che al telefono continuava ad apparire tranquilla anche se insisteva sui tempi del suo ritorno.

Il luganese fu sorpreso quando sua cognata gli chiese se potessero cenare insieme venerdì. Voleva presentargli l'Enrico, il bidello che lui aveva incontrato frettolosamente nei giorni scorsi. Forse si preparava a qualcosa di più solido dei tanti "fidanzamenti" che avevano segnato la vita di una professoressa single? Ecco un'altra notizia che avrebbe fatto contenta sua moglie, sempre preoccupata per la solitudine della sorella: la chiamerò più tardi per informarla, si disse Mario. Intanto Cecco era alla porta. Destinazione via Legnone 20, quasi a Dergano, dietro via Imbonati, dove aveva sede la Compagnia delle opere e dove avrebbero ancora una volta incontrato Aglietta. Che infatti venne loro incontro appena il portiere dello stabile li annunciò.

Il presidente della Cdo riferì sul suo colloquio avuto

con la Iacoboni, e illustrò le valutazioni della pm sulla pista mafiosa – che lei considerava assolutamente credibile – e il suo consiglio di cercare qualche esperto in più da consultare per capire meglio come muoversi. «I mafiosi non sono crudeli ma semplici come quelli della 'ndrangheta, sono serpenti velenosi che strisciano e colpiscono nei punti e con la violenza che non ti aspetti» erano state le parole dette dalla pm ad Aglietta. A tal fine Indy suggerì di sentire il suo vecchio amico Luigi Pallori, che alla fine degli anni Ottanta era stato direttore del settimanale ciellino *il Sabato* e adesso era direttore di *Studio aperto*, telegiornale del gruppo Mediaset, dove come vice aveva Saverio Pepino, giornalista di grande acume ed esperienza, siciliano perfettamente informato sulla realtà della sua isola. Fissarono subito un appuntamento per le 13.00 presso la pizzeria Bonastrana di corso Garibaldi, dove il vice di Pallori, avendo sedotto con il suo leggendario charme i proprietari, poteva assicurare un angoletto riservato.

Terminato l'incontro con Aglietta, che avrebbero rivisto di lì a breve alla Bonastrana, Cecco e Mario si diressero verso la Biblioteca Sormani, che era diventata il luogo degli appuntamenti con Lini: una volta informato sulle ultime novità dell'indagine il giornalista dell'*Unità* che faceva da tramite con la Procura di Milano, i due si diressero verso il caffè all'ottavo piano della Coin di piazza Cinque Giornate, altro luogo che Cavenaghi in quei giorni usava abbastanza frequentemente, per un rapido scambio di vedute con Salvadori e Rotelli. Il luganese li informò sia sugli incontri che aveva già tenuto, sia del pranzo con Pallori e Pepino, nonché del tè organizzato dall'avvocato Rutsos alla presenza anche di Rosci con lo scopo di approfondire gli indizi raccolti sulla talpa della Ripamonti. Sia Cochi sia Rotelli dissero che preferivano non partecipare ai successivi colloqui, bastava che lui li informasse sulle questioni più importanti per prendere le prossime decisioni: avevano una certa età, e tutto quel tourbillon di spostamenti li stava provando; in linea di massima si sarebbero rivisti il giorno dopo alla stessa ora, magari ancora da Coin, luogo comodo per entrambi.

Alle 13.00 Mario e Cecco arrivarono alla pizzeria Bonastrana, dove li aspettava Aglietta. Presto li raggiunsero anche Pallori e Pepino. Con il direttore di *Studio aperto* Cavenaghi aveva un buon rapporto dall'anno precedente, quando aveva cenato a casa sua per discutere alcune questioni legate all'inchiesta che stava svolgendo sulle vicende giudiziarie post '92 a Milano, un'inchiesta che in realtà copriva la vera indagine del luganese sul furto delle risorse riservate del Pds. Non conosceva invece Pepino, che gli fu subito simpatico, con la sua aria da Frank Sinatra, mito della canzone americana di cui peraltro il giornalista conosceva e cantava tutti i pezzi fondamentali facendo cadere ai propri piedi decine di signore, magari un po' *agée* ma spesso ancora dotate di fascino, condendo il tutto con la sua dolce parlata siciliana e i suoi modi particolarmente soavi.

Naturalmente Cavenaghi della vicenda di cui si stava occupando non poteva raccontare proprio tutto: per quanto affidabili potessero essere, svelare fatti riservati a giornalisti – per loro natura chiacchieroni – sarebbe stato pericoloso. Si limitò dunque a raccontare a grandi linee come si trovasse a fare i conti con una vendetta mafiosa riguardante anche, quasi sicuramente, l'assestamento degli equilibri all'interno della cupola di Cosa nostra.

Pepino gli illustrò sinteticamente il suo punto di vista. Secondo lui la mafia era sulla difensiva, e non aveva previsto la reazione guidata dall'Fbi che l'aveva messa alle corde, e cercava di contrapporre gli uomini della polizia giudiziaria, più legati al Bureau, ai carabinieri, per trovare un qualche spazio di manovra o almeno una pausa nell'offensiva contro di loro. Senza dubbio era indispensabile a Cosa nostra un ricompattamento del gruppo di comando, logorato dalle antiche guerre interne e ancor più dall'ondata degli arresti post '92, e per raggiungere una nuova concordia interna erano sicuramente pronti a tutto. Alla fine della sua riflessione il vicedirettore di *Studio aperto* chiese: «Che relazioni avete con la Sicilia, vi sono persone di cui potete fidarvi senza problemi?»

«Posso sentire diversi antichi compagni dell'isola con cui ho avuto ottimi rapporti e sui quali sono sicuro di poter contare» rispose Cavenaghi.

«Bene, allora la cosa che dovrete fare è andare a Palermo, a Catania o in altre città della mia regione dalle quali provengano quelli su cui mi pare nutriate qualche sospetto, anche se giustamente non ne volete parlare perché, come dicono dalle mie parti, è sempre meglio una parola in meno che una in più. Solo stando sul campo potrete realmente capire chi ha legami con la mafia e chi no.»

Il luganese sorrise e prese un appunto mentale su questo consiglio, accompagnato da un pensiero che tenne per sé: se andrò in Sicilia chissà come farò a tenerlo nascosto a Carla, che se lo venisse a sapere andrebbe in paranoia.

Ci fu un po' di tempo per qualche digressione politica: in Mediaset si prevedeva e si temeva una crisi di governo. Cavenaghi pronunciò qualche frase di circostanza con il tono da osservatore svizzero che aveva assunto in questo suo soggiorno milanese, dopodiché venne l'ora di salutarsi, anche perché i due giornalisti dovevano correre a Segrate.

Il successivo incontro con il generale Nicolais doveva affrontarlo da solo: gli ufficiali impegnati nei servizi segreti non amano troppo la compagnia. Mario diede appuntamento a Cecco all'angolo tra corso di Porta Nuova e piazza Principessa Clotilde, nell'ultimo bar di fronte all'Ospedale Fatebenefratelli, per le 17.30. Poi si incamminò, facendo a piedi via Moscova, verso la libreria all'angolo con corso di Porta Nuova, diventata il punto in cui per la quarta o quinta volta si trovava a chiacchierare con il generale del Sisde, colonnello dei carabinieri quando l'aveva conosciuto nel 1984.

Era in anticipo di una decina di minuti, così poté sfogliare alcuni libri che erano stati pubblicati di recente, dato che a Lugano arrivavano con qualche settimana o mese di ritardo rispetto a Milano. Nel corso dell'ultima visita aveva trovato, e regalato ai figli, un paio di romanzi di giovani che gli erano sembrati interessanti. La saggistica invece, soprattutto quella legata all'attualità, gli parve confusa, proprio come le discussioni politiche di cui era stato testimone negli ultimi giorni.

Nel frattempo, però, era entrato l'ufficiale che ormai considerava quasi un amico per i consigli e la collaborazione che gli aveva offerto sia nel 1984 sia, seppur molto meno coinvolto, nel 1993.

«A cosa devo il piacere di questo nuovo appuntamento?» chiese il generale dopo averlo cordialmente salutato e avergli regalato, ricambiato, il solito complimento menzognero del tipo: «Non la trovo affatto cambiata.»

«Ci sono due vecchi miei amici, l'uno assassinato e l'altro oggetto di una complicata provocazione, sui quali – non le sto a dire i modi in cui è avvenuto questo invito – i vertici della Procura di Milano hanno cercato un rapporto con antichi membri del defunto Partito comunista come me, per aiutarli a orientarsi in una vicenda con tanti aspetti misteriosi. L'amicizia mi ha imposto di difendere una persona cui sono particolarmente legato e ugualmente di contribuire a fare giustizia per un vecchio compagno ammazzato, e dunque sono stato in qualche modo obbligato a riprendere le mie indagini riservate e a scocciarla come ho già fatto in passato. Ora mi trovo a un passaggio molto delicato, e avrei bisogno di qualche parola di saggezza da parte di una persona acuta come lei.»

«La capisco: ho sempre notato il suo senso della lealtà e m'incuriosisce e magari m'interessa, per così dire anche professionalmente, la trama ingarbugliata di cui mi ha accennato. Mi racconti dunque quello che, naturalmente, mi può raccontare. Il Partito comunista non esiste più, ma il senso di riservatezza che avete maturato in quell'organizzazione difficilmente viene dismesso.»

Cavenaghi gli raccontò abbastanza dettagliatamente tutta la vicenda: il ruolo dei comunisti milanesi nel caso Liggio, la probabile esigenza di Cosa nostra di colpire coloro che avevano collaborato all'arresto del boss dei boss nel 1974 per ricompattare il proprio vertice, posto sotto pressione dalla magistratura e dalle forze dell'ordine, la quasi sicura esistenza di una talpa probabilmente già prima nel Partito comunista e adesso nel Pds milanese, e poi la possibilità di un viaggio in Sicilia per smascherare chi all'interno del partito intrattenesse rapporti con i mafiosi.

L'ufficiale confermò la validità della tesi incentrata sui problemi di assestamento della cupola mafiosa, e trovò assolutamente logica la spiegazione della vicenda milanese interpretata alla luce della citata necessità di ricompattamento. Aggiunse a queste riflessioni alcune considerazioni: «Per prima cosa state attenti. Se l'operazione è quella che mi avete descritto, potrebbero esserci attacchi diretti contro chi indaga, come sta facendo lei, tra gli ex comunisti su tutta la vicenda Liggio. Se hanno già ammazzato un amministratore piuttosto in vista è probabile che non si trattengano dal compiere ulteriori atti di violenza, soprattutto se devono coprire una loro talpa. In secondo luogo, per capire i legami tra certi ex comunisti e la mafia, tenete conto anche del fatto che oggi più di un personaggio del vecchio Kgb collabora con la criminalità organizzata russa interessata a stringere una forte alleanza con quella italiana. Considerate poi come la disgregazione del vostro mondo abbia messo in circolazione tanti delusi che potrebbero ritrovare antichi legami con radici mafiose. Infine valutate come molti dei magistrati, peraltro eroicamente impegnati nella lotta alla criminalità organizzata, nell'isola, abbiano ormai dei rapporti essenzialmente solo con l'Fbi, che è tanto efficiente e utile dal punto di vista tecnico, cioè nelle intercettazioni, e nel raccogliere informazioni sui passaggi di denaro, quanto incapace di capire la politica italiana e quindi di cogliere aspetti che invece in un caso così segnato dalla politica come quello che lei mi ha appena descritto necessitano di un'intelligence adeguata al raggiungimento dell'obiettivo. Comunque, se dovesse decidere di andare in Sicilia mi chiami e io le indicherò quei pubblici ministeri che collaborano anche con i carabinieri e proprio per questo capiscono qualcosa in più della complessa realtà locale, senza limitarsi al pur indispensabile intervento militare, che come insegna per esempio il Messico, in assenza di un contestuale impegno socio-culturale, non risolve situazioni così terribilmente condizionate dai soldi che la droga fa girare. Inoltre, sempre nel caso di un suo viaggio, mi permetta di farla sorvegliare da qualche uomo che lavora con me, così che possa proteggerla ed eventualmente darle qualche consiglio su chi ascoltare e chi no.»

«Girando per l'Italia in questi ultimi dieci giorni, parlando con tanti miei vecchi compagni, talvolta anche particolarmente colti e intelligenti, ho avvertito un senso di sbandamento che mi ha molto colpito. Poi ecco che mi incontro con lei e costato come la sua lucidità non sia venuta in alcun modo meno: da osservatore ormai svizzero quale sono, stento a capire questa nuova Italia.»

«Dello sbandamento che caratterizza la nostra società e la nostra politica abbiamo in parte già parlato l'anno scorso: ora è confermato dal traballante quadro politico che contrassegna l'esistenza del governo Cazzaniga. Uno storico, di cui non le farò il nome per quella riservatezza che so lei apprezzerà, ha tenuto una lezione su questo tema a

Forte Braschi, e la sua spiegazione mi è parsa convincente. Ha sottolineato come si siano inaridite le radici delle principali forze politiche della Prima repubblica, del vostro Partito comunista, della stessa Dc, e anche di partiti laici che a lungo sono stati in grado di rappresentare una continuità con il Risorgimento, una continuità che a un certo punto è stata smarrita. Insomma, il linguaggio di una parte decisiva della politica italiana avrebbe mantenuto gli antichi suoni ma avrebbe perso il suo senso. Vi sono invece istituzioni le cui radici non si sono isterilite: i carabinieri, la Marina, Bankitalia, ma anche i gesuiti, parte della magistratura e, in qualche misura, anche Mediobanca, che però mi pare posta sotto attacco, tutte istituzioni che hanno mantenuto un rapporto con la loro storia all'interno della formazione unitaria della nostra nazione.»

«Lei finisce sempre per stupirmi; dovrebbero chiamare persone come lei a guidare le nuove formazioni politiche.»

«Non è questione di persone, ma di sistema: finché non riusciremo ad averne uno adeguato ai nuovi tempi e a dargli delle solide radici, continueremo ad annaspare.»

«Bene, i suoi consigli sono stati come al solito preziosissimi, e nel caso dovessi andare in Sicilia certamente mi conforterebbe molto sapere di poter collaborare con un suo uomo. Posso chiamarla al solito numero di telefono, quando avrò deciso?»

«Sicuramente, a presto dunque e buona fortuna. Ne avrà molto bisogno.»

«E sul caso Mannuzza, di cui le avevo chiesto qualche informazione: secondo lei si tratta solo di una resa di conti tra spacciatori?»

«Ogni tanto al Palazzo di Giustizia sono frettolosi: Mannuzza era l'ambasciatore di Cosa nostra nel Sud milanese, e probabilmente è stato ucciso perché la mafia ha tentato di scaricare sulla 'ndrangheta la responsabilità del caso Ettorri.»

Si salutarono.

Recuperato Cecco, si era fatta l'ora di dirigersi a casa Rutsos, dove erano attesi per le 18.00.

L'angelica padrona di casa si era superata; accanto a un imponente bricco di cioccolata calda c'era una teiera per chi preferisse una bevanda meno calorica. E insieme a quel che serviva per dissetarsi, sul tavolinetto a disposizione degli ospiti c'era anche un dolce tra i più prelibati della Mitteleuropa, una squisitezza che se la assaggiavi ti sembrava di essere subito almeno Claudio Magris. Il presnitz, il prodotto che a Trieste aveva vinto il concorso volto a onorare la visita ufficiale di Cecco Beppe con la sua Sissi al castello di Miramare: Preis Prinzessen, premio Principessa appunto. Pinoli, pistacchi, cioccolato fondente, due cucchiai di rum e uno di miele, zucchero di canna alla cannella, un tuorlo d'uovo con burro, farina, quattro cucchiai di latte, succo di limone e sale: era questa la materia di cui era composto il sogno chiamato presnitz. Solo a guardarlo ingrassavi di tre etti, ma in cambio ti consentiva di dare un'occhiata a come avrebbe potuto essere il paradiso.

Distratti dalla bontà di quanto stavano mangiando, Rosci, Rutsos e Cavenaghi, assistiti dal muto Fani, esaminarono gli ultimi risultati dell'indagine. Rosci ribadì che la Galimberti e la Varzi erano assolutamente affidabili, magnifiche nell'occasione della cattura di Liggio. Rutsos, anche grazie alle sue profonde conoscenze di un'altra regione pesantemente infiltrata dal crimine organizzato come la Calabria, confermò la necessità di un viaggio in Sicilia per predisporre una decisiva verifica locale su chi potesse essere la talpa. Tutto sommato, l'incontro si concluse su una nota di ottimismo: i mafiosi sembravano abbastanza con le spalle al muro.

Mentre Mario e Cecco si apprestavano a salire in macchina, una sorta di montagna umana, alta un metro e novanta per almeno centoquaranta chili di peso, si avvicinò e disse: «Devo parlarci un momendo.» Il pesante accento siciliano allarmò Cavenaghi, quando da dietro la montagna umana si profilò un'altra persona, che intervenne così: «Uè, ti ti va va fo fo foer dei ba ba ball.» Il gigante si voltò e fece appena in tempo a dire: «Che minchia vuoi scim...», che un preciso destro al mento prima che potesse aggiungere «... mione» lo fece crollare nel modo inelegante con il quale crollano gli individui grandi e grossi.

Ma sì, era Momo Tonelli, il magnifico operaio-pugile del servizio d'ordine del partito di Sesto. Il senso di sollievo provato da Mario, però, durò poco: alla tempia di Tonelli spuntò la canna di una pistola di un tipetto magro coi baffi che minacciò l'operaio-pugile: «In alto le mani, fetuso.» Ma un'altra canna di pistola fece la sua apparizione, e questa volta accanto alla tempia del tipetto magro coi baffi: era Ciclamino Farro, un altro storico membro del servizio d'ordine del partito milanese, ex poliziotto, nato in una famiglia di braccianti pugliesi, entrato alla Pirelli come operaio quando aveva lasciato il "corpo" dopo la prima carica a un corteo di lavoratori, e poi assunto dalla compagnia di vigilanza Città di Milano, formata da un consistente nucleo di ex partigiani.

Il "tipetto" alzò le mani e il Farro lo abbatté con un duro colpo alla nuca inferto con il calcio della pistola. Provvidenzialmente forniti delle necessarie corde, Tonelli e Farro legarono i due siciliani, sicuramente inviati lì per intimidire – o peggio – il Cavenaghi, che dalla sua pensò: ma quanto è efficiente la sfera di cristallo di cui è dotato il Nicolais? Non ho mai visto una profezia come la sua tradursi in realtà in così poco tempo.

Mentre i due mandati – come fu subito chiaro al luganese – da Foroni, un altro capace di prevedere efficacemente il futuro, trascinavano nel pulmino, a bordo del quale erano rimasti a vigilare su Cavenaghi, i due "catturati", Cecco e Mario salirono rapidamente a casa Rutsos e raccontarono quel che era avvenuto. Poi Cavenaghi chiamò Lepori, che per fortuna si trovava in caserma, e lo informò di quanto era successo, omettendo qualche informazione sull'ex servizio d'ordine dell'ex Pci e parlando invece di "vecchi amici" che si trovavano a passare per caso da quelle parti. Il capitano della guardia di finanza, naturalmente scosso dalle novità, mandò sul posto una pattuglia di finanzieri che raccolsero i due "catturati" e ne scoprirono l'identità: Salvatore Lipari e Gaetano Lo Prete, entrambi con precedenti penali, legati ad attività mafiose e residenti a Lentini.

L'ufficiale, poi, si vide anche con Rosci e l'avvocato Rutsos, ai quali suggerì di trasferirsi, finché il caso non fosse stato risolto, in una residenza non facilmente individuabile dai mafiosi. Cosa che venne predisposta a tambur battente.

«Credo che sia venuto il momento di organizzare un mio viaggio in Sicilia, i tempi per spezzare la trama che Cosa nostra sta tessendo a Milano si fanno sempre più stringenti» osservò il luganese.

«Lei corre un bel rischio, ma se vogliamo trovare qualche risposta in fretta, in effetti, non mi pare che ci sia un'altra via. Faccia molta attenzione e mi informi se le serve qualche supporto da parte nostra» commentò il capitano.

Intanto fu necessario sentire i due "pigroni" Rotelli e Salvadori, i quali, apprese le ultime notizie, vollero subito incontrarsi presso il solito Caffè Milano di piazza Mirabello, intorno alle 21.00.

Cavenaghi fece un riassunto della situazione, Rotelli espresse tutta la sua ammirazione per la previdenza di Foroni. Salvadori sospirò, per l'ennesima volta, per la scomparsa di un Pci che sapeva affrontare con efficienza anche le situazioni più drammatiche. Tutti convennero sul viaggio in Sicilia che doveva essere preparato per sabato 1° ottobre. Rotelli s'impegnò a chiamare Ezechiele Mancuso, il vecchio saggio, già sindacalista e poi segretario siciliano del partito prima dei tanti incarichi ricoperti in seguito, fino a quello di direttore dell'*Unità*: l'uomo ideale per fissare tutti gli appuntamenti necessari a Cavenaghi.

Alle 23.00 il luganese tornò a casa, dopo aver telefonato da una cabina alla Carla informandola con la voce più soave possibile che tutto filava liscio e non c'erano in vista pericoli di alcun genere. All'ex dirigente del Pci, in effetti, un qualche allenamento a addolcire la realtà non mancava.

Dopo l'invito a cena con il bidello, una certa discrezione si attenuò decisamente, tanto che il luganese avvertì alcuni rumori sessualmente abbastanza espliciti nella stanza della cognata, collocata di fianco a quella per gli ospiti dove dormiva lui. Ne fu felice a tal punto che si addormentò abbastanza rapidamente, nonostante i tumultuosi avvenimenti del pomeriggio.

11

Venerdì 30 settembre

Sì. Si era addormentato subito. La reazione all'aggressione e alla risposta del vecchio servizio d'ordine piccista aveva provocato un aumento di tensione ma anche un affaticamento che, giunto a casa della Ines, si era tradotto in sonno. Però non era stato un dormire sereno: nei sogni, gli sembrava di essere in un film con Al Pacino. Neanche il suo antico decennale allenamento da funzionario comunista a non farsi mai, per nessuna ragione, prendere dal panico riusciva a dominare fino in fondo le preoccupazioni per una situazione così drammatica come quella che si stava delineando. Una situazione, poi, da affrontare senza che un nuovo partito ti potesse veramente aiutare; anche se, d'altro canto, quello che restava del "vecchio" stava facendo miracoli.

Comunque, si concentrò al massimo per impedire che anche solo un po' della sua inquietudine si trasmettesse alla Carla. Ascoltò le ultime sulle imprese scolastiche di Piero e Francesca, un ottimo antidoto per non ripensare agli agguati mafiosi: salutò la moglie e, subito dopo, anche la cognata, che riportava alla sorella ogni suo balzo d'umore, senza neanche un'incrinatura della voce, poi respirò forte ed entrò nella macchina di Cecco, giunta nel frattempo.

Passarono innanzitutto da via Teodosio 17 a recuperare

Tonio Indovina, che li avrebbe accompagnati nel tour di raccolta di informazioni sulla sospetta talpa di Cosa nostra nella sezione Ripamonti.

L'allegria esuberante del vecchio operaio dell'Italtel contribuì ulteriormente a rilassare i nervi.

Secondo l'antico stile, Cavenaghi non disse niente al vicepresidente della commissione probiviri regionale circa l'aggressione della sera prima, Tonio non sarebbe potuto intervenire su quel che era successo, e così facendo non avrebbe corso pericoli: era inutile sia allarmarlo sia diffondere voci su questioni che era meglio mantenere riservate. Lo mise invece al corrente del suo imminente viaggio siciliano e dell'impegno di Rotelli a mobilitare Ezechiele Mancuso per organizzare tutti gli incontri necessari. «Mi dispiace di non poterti essere utile, ma non ho più molti legami con l'isola, e anche i miei rapporti politici sono essenzialmente milanesi» lo informò Indovina.

Intanto, passando dal Nord di Milano al centro, raggiunsero corso di Porta Vittoria e la sede della Camera del lavoro, dove incontrarono Piero Ariverti, segretario della Cgil a Milano. Insieme a lui chiacchierarono di Pasquale Innocenti, che faceva parte del direttivo cittadino della Confederazione, chiedendogli qualche parere sui suoi contatti e frequentazioni. Ariverti, che da tempo era un vecchio amico di Cavenaghi, con il quale aveva collaborato sin dagli anni Settanta per una complicata indagine condotta dalla commissione probiviri regionale, si stupì un po' delle domande: «Perché chiedete a me dell'Innocenti, quando Tonio è uno dei suoi più grandi amici e insieme hanno governato il movimento all'Italtel?»

«Perché talvolta l'amicizia nasconde il senso di episodi che invece un osservatore più neutro riesce a interpretare con più chiarezza» gli rispose Mario, tornando ai suoi comportamenti da piccolo ma perfetto inquisitore, tipici del suo decennale ruolo di guida dei probiviri.

«Boh» osservò Ariverti, «non ho proprio alcun materiale da interpretare. Pasquale è un membro attivo e attento del direttivo provinciale, un ottimo organizzatore sindacale e una persona sensibile alle battaglie per i diritti, non solo quelli economico-sociali. Non vorrei apparire indiscreto, ma anche le sue preferenze nella vita privata lo spingono alla lotta contro i soprusi e le discriminazioni; in un ambientaccio rude come spesso è il movimento sindacale, lui si distingue per il suo comportamento civile.»

Si coglieva nelle parole del segretario della Camera del lavoro l'imbarazzo, ancora nel 1994, ad accennare ai gusti sessuali di un quadro dirigente del movimento.

Cavenaghi fu tentato di rimproverare un po' Ariverti per la sua mentalità sostanzialmente retrograda, ma si ricordò di non essere più il presidente della commissione probiviri, così ringraziò e si preparò a raggiungere la meta successiva. Una volta in auto, commentò con Indovina i cenni del segretario della Camera del lavoro: «Ma è possibile che ai giorni nostri non si possa spiegare che una persona lotta per i diritti dei gay, senza sentirsi imbarazzati?»

«Credo che questo escluda Innocenti dalla lista delle possibili talpe mafiose; dalle parti di Cosa nostra l'omofobia è la regola»: così Indovina chiosò l'osservazione del luganese.

Cavenaghi era venuto a conoscenza degli amorazzi di Innocenti con la giornalaia Galimberti, e fu dunque stupito delle voci sulla militanza gay dell'operaio dell'Italtel. Verificherò più tardi, si disse.

Intanto Fani e la sua potente Panda, nella quale il vecchio leader dei comunisti dell'Italtel stava come un cocomero in un barattolo di marmellata, si indirizzarono verso Rozzano, diretti all'appuntamento con Ivonne Frangi, già sindaca di Gaggiano e ora operatrice scolastica del comune dove risiedeva.

La Frangi – detta anche la Ingrid del corsichese per i

suoi capelli biondi ora striati di bianco, e per gli occhi azzurri e allungati come quelli della famosa attrice, dalla quale però si distingueva per due spalle da lanciatrice di pesi ucraina – li accolse con molto calore. Aveva anche lei collaborato diverse volte con Cavenaghi quando quest'ultimo era impegnato nella commissione probiviri lombarda del Pci. L'ex sindaca si ricordava bene di Innocenti, che alla fine degli anni Settanta era stato uno dei consiglieri comunali più attivi, in prima fila nel combattere il crimine organizzato che proprio in quei tempi cominciava a insediarsi nel Sud milanese.

«Bene» commentò Indovina mentre si avviavano sulla strada del nuovo appuntamento, «mi pare che il mio amico Innocenti possa essere definitivamente tolto dalla lista dei sospettabili.»

«Ragionando secondo il vecchio stile, il meno sospettabile sarebbe il più sospettabile. Ma oggi è caduto il Muro di Berlino» rispose Cavenaghi, «e anch'io penso che Innocenti non c'entri con la mafia. Comunque una controllata a Palermo è sempre opportuno farla.»

Alle 11.30 arrivarono al circolo Arci della Barona "Biko", in via Ettore Ponti al civico 40. Un locale quasi sofisticato per la sua musica e i suoi cocktail, che a quell'ora vedeva solo qualche cameriere semiaddormentato intento a servire bevande rigidamente alcoliche ai pochissimi clienti presenti. Il circolo era stato scelto dalla presidente della cooperativa sociale la Milanese, perché la sede della sua organizzazione si trovava a cento metri e Marcella Simoni non aveva tempo da perdere. Era presente anche Cecilia Galimberti, la giornalaia sua socia: era stata lei a convincere la Simoni a partecipare – ma solo per un quarto d'ora, aveva precisato quest'ultima – all'incontro con alcuni compagni del Pds che volevano verificare i comportamenti pubblici di un'animatrice della sua cooperativa sociale, Angela Lilibeo, una tra i sospettati di essere una talpa della mafia – ma di questo non dissero niente alla capa della Milanese.

La Galimberti spiegò il senso di quell'incontro; lo fece in modo ellittico, perché la presidente della Milanese non era iscritta al Pds: in sostanza, chiese un ritratto della Lilibeo nella sua attività di animatrice.

La Simoni era una trentenne alta, solida ma non grassa, con lunghi e riccioluti capelli rossi, occhi azzurri ma rotondi, del tipo curioso e non languido-bergmaniano, con una faccia simpatica, da ragazza seria, ma con un corpo che sembrava disegnato da Milo Manara e che, quando indossava, come quel giorno al Biko, gonne non lunghe, riusciva ad attirare molte attenzioni. Era assai sbrigativa, quindi non perse tempo: «La Lilibeo è una ragazza fantastica, un po' sovrappeso, poliomielitica, con diversi complessi. Si dà da fare come una pazza per recuperare ragazzine allo sbando, che in un quartiere come la Barona, dove operiamo, di certo non mancano. Se qualcuno si azzardasse a criticare una persona così avrebbe a che fare con me. Vi basta questa testimonianza?»

Come non di rado avviene di fronte a un carro armato in azione, i tre indagatori, più la giornalaia, arretrarono dichiarandosi soddisfatti della testimonianza, anche perché il nuovo sindaco di Sesto San Giovanni, Renato Filippi, aveva promesso di raccontare loro la storia della Lilibeo dall'inizio, quando ancora viveva, quindicenne, nella cosiddetta Stalingrado d'Italia.

L'appuntamento con il sindaco era al Caffè dei pittori, locale meraviglioso per collocazione – un'antica villa proprio dietro la sede del municipio sestese – ma – come alcuni clienti sostenevano – un po' meno per i cibi e le bevande che offriva. Con Filippi, Cavenaghi si era incontrato l'anno precedente. Ne colse la maturità politica dalla sicurezza che manifestava nell'interloquire con i suoi ospiti e nell'intrattenerli sulle questioni politiche del momento. Tra i nuovi dirigenti del Pds, il Filippi gli parve quello che stava meglio elaborando una cultura politica adeguata ai tempi che si stavano preparando. Ma erano i pensieri oziosi di un osservatore svizzero che subito s'incaricò di riportare la discussione sul tema dell'incontro: chi era Angela Lilibeo? E soprattutto, poteva essere una talpa della mafia?

«Angela è sempre stata una ragazza particolarmente sensibile, a quindici anni s'iscrisse alla Fgci in una cellula del De Nicola, dove studiava. Il compagno della commissione dei probiviri della sezione nel cui territorio si trovava l'istituto tecnico di cui stiamo parlando chiese al comitato cittadino del partito di intervenire perché le venisse tolta la tessera: alla stazione locale dei carabinieri, la famiglia della Lilibeo risultava affiliata a una delle cosche di Agrigento. Angela pianse a lungo per questa decisione. Io allora ero iscritto al partito, ma ero anche il presidente di un circolo delle Acli, e la presi a lavorare con me. Poliomielitica, molto miope, grassottella, nonostante tutto e tutti era una forza della natura: non c'era nessuna che si spendesse tanto per i diseredati quanto lei. Verso la fine degli anni Ottanta si trasferì a Milano: si era laureata in Scienze politiche, aveva trovato un lavoro presso una cooperativa sociale; mi chiese di raccomandarla alla sezione Ripamonti, raccontando i suoi precedenti e quelli della sua famiglia. Lo feci senza un'ombra di dubbio, e credo che anche voi non dobbiate avere perplessità nei confronti di una persona così trasparente e dedita al bene.»

I tre ringraziarono, e dopo essersi accomiatati ripresero il loro viaggio. «Credo che dobbiamo scartare la Lilibeo dalla nostra lista delle possibili talpe. Anche il vecchio metodo insegnava che quando uno è troppo sospettabile non può essere sospetto» affermò Cavenaghi, quasi assumendo il tono che usava quando era ancora a capo dei probiviri.

Indovina concordò pienamente.

Ora toccava a Ennio Sanfilippo. La prima testimonianza veniva raccolta a Corsico, nella sede locale della Cgil, del cui direttivo il Sanfilippo faceva parte. Luigi Forti, il sindacalista che guidava l'organizzazione sul territorio, fu molto sintetico ma chiaro: mai aveva riscontrato un comportamento ambiguo da parte di Ennio, soprattutto quando la confederazione si era impegnata contro le imprese controllate dalla 'ndrangheta. Se aveva dei rapporti nascosti con quel mondo, allora doveva veramente essere il re dei dissimulatori.

Dopo la Cgil di Corsico, toccò al circolo Arci Mondini in via Freiköfel 1, a Rogoredo, un altro circolo cooperativo poi diventato associazione culturale legata all'Arci e utilizzata per mille attività: danze caraibiche, teatro, biblioteca e naturalmente bevute. Pietro Mascheroni, presidente del circolo, vecchio – relativamente, visto che aveva solo sessantacinque anni, che negli anni Novanta tendevano già a essere i nuovi cinquanta – ex operaio delle acciaierie Redaelli, ormai da tempo chiuse, era passato dagli altiforni al *paso doble* senza problemi. Anche lui, come il cigiellino corsichese, si spese con entusiasmo in elogi al Sanfilippo: «Nel contribuire a sviluppare il circolo dopo la svolta del '91, cioè tre anni fa, il suo sforzo principale è stato teso a far crescere un polo di aggregazione che servisse a combattere quello che definiamo il "bosco della droga", quella sorta di parco spontaneo sorto tra la zona Porto di Mare e il vecchio quartiere operaio.»

Terminata l'ultima consultazione, l'Indovina si mise a fare il Cavenaghi. «Il perfetto insospettabile Sanfilippo potrebbe essere il più sospettabile: elimina la concorrenza della 'ndrangheta del corsichese che infastidisce i "bravi ragazzi" del milanese, combatte gli spacciatori improvvisati dietro Porto di Mare, probabilmente cani sciolti che disturbano le cosche organizzate: insomma, un perfetto compagno senza macchia, ma anche un perfetto compagno di viaggio della mafia.»

«Te l'ho detto anche prima» osservò scherzando il luganese, «il Muro di Berlino è caduto, dobbiamo smetterla di comportarci come se ci trovassimo in un romanzo di le Carré.»

Le consultazioni erano finite. Il duo Mario&Cecco prese congedo da Indovina: «Ci vediamo dopo il viaggio in Sicilia», salutarono così l'ex operaio dell'Italtel.

Mancava un giro di telefonate prima della partenza, e per farle Cavenaghi si recò a casa dal fratello di Fani: telefonare con il rischio che la Ines lo sentisse e riferisse tutto alla sorella era un azzardo troppo grande.

Chiamò subito la giornalaia della sezione Ripamonti, che aveva un telefono in edicola, per avere qualche informazione sulla presunta omosessualità di Innocenti. La Galimberti si fece una grande risata: «Ti posso assicurare che gli piacciono molto le donne.» «E allora?» «La Rosina, che ogni tanto *la ga* qualche morbida fantasia», alla giornalaia, trovandosi sotto pressione, tornava la sua parlata da "mula" triestina, «*la dise che el Pasqual se fa pasar per gay per indebolir le difese de le done. In realtà el ga aderì all'Arci gay per difendere un amico in fabrica che ghe piase gli omeni e tanti ghe fazeva i dispeti. Lu xe così: un combatente.*» Mistero chiarito. Ma fino a un certo punto. Come mai, infatti, Tonio non sapeva niente di questa storia? Gliene avrebbe parlato.

Compose il numero di Nicolais. Un quarto d'ora dopo il generale lo richiamò, dicendogli che aveva saputo della sua aggressione di fronte alla casa di Rutsos. La guardia di finanza aveva inviato un'informativa al Sisde. Gli raccomandò di essere molto prudente, spiegandogli che a Enna, dove dormiva la sera dell'1, era opportuno che andasse al Grande albergo del Fiume, in via dei Miti al civico 4, dove il portiere era un informatore dei servizi, mentre tra i dipendenti della struttura c'era un ex carabiniere già suo collaboratore. Gli disse che l'avrebbe contattato all'aeroporto di Palermo un altro suo uomo, il capitano Giorgio

Scotti: non doveva farsi notare nell'incontrarlo, dovevano cercare un luogo riservato in cui poter parlare in tutta tranquillità. Scotti lo avrebbe seguito, poi, nei suoi percorsi, sempre senza farsi notare, sia a Palermo sia a Enna. Prima di salutarlo, gli augurò buona fortuna.

Cavenaghi avvisò anche Lini del viaggio e concordarono di rivedersi dopo la parentesi siciliana. Con il capitano Lepori s'informò sulla protezione per Rosci e fu rassicurato. Anche con l'ufficiale della guardia di finanza fissò un appuntamento alle 11 di domenica, poi telefonò a Salvadori per informarlo che sarebbe partito. Decisero di pranzare insieme a Rotelli domenica alle 13.00: si sarebbero visti al ristorante El Matun, in corso Garibaldi. Il vecchio senatore, anche lui informato sull'appuntamento di domenica, gli comunicò l'elenco degli incontri a Palermo ed Enna: all'arrivo, due chiacchiere con Tino Del Mondo, palermitano di residenza ma agrigentino di origine, che nella sua città natale stava facendo fare una piccola verifica sulla Libeo perché fidarsi è bene, ma non fidarsi è meglio. Intanto, raccoglieva informazioni su Innocenti, nato e cresciuto nel capoluogo siciliano A pranzo, si sarebbe visto con Ezechiele Mancuso e Annibale Janni, che l'ingegnere conosceva bene e che, curiosoni come generalmente erano i comunisti, non volevano perdersi due chiacchiere con chi aveva vissuto nel loro vecchio partito ormai snaturato. Nel pomeriggio – gli spiegò ancora Rotelli – sarebbe arrivato a Enna con una macchina messa a disposizione da Del Mondo, e si sarebbe incontrato con Uliano Mazzancolli detto Lullo, che nel frattempo avrebbe chiesto informazioni su Sanfilippo e che la mattina dopo s'era impegnato a portarlo in Procura per un tête-à-tête con il pm Telesio Luccoli, un magistrato costantemente aggiornato su tutto ciò che riguardava la mafia del luogo. Da Enna, poi, avrebbe raggiunto Catania e infine Milano, dove sarebbe arrivato verso le 16.30.

I saluti erano conclusi, la protezione assicurata, la sua impegnativa agenda siciliana organizzata. Era ora di andare a casa e cenare con la Ines e il suo bidello.

L'Enrico aveva almeno una decina di anni in meno rispetto a sua cognata, ma era un quarantenne con la testa sulle spalle: la base del loro sbocciante idillio era molto ginnica. Tutti e due amavano il movimento, la corsa, lo sport e, quando capitava, i balli più scatenati. La Mazzarenti sembrava pienamente felice per una relazione così poco competitiva, e suo cognato era felice per la sua felicità. La conversazione non fu vivacissima; per fortuna c'era una serie di film da commentare: Cavenaghi non parlava volentieri di politica neanche quando era in servizio permanente effettivo nel Pci, figurarsi adesso che era diventato un osservatore svizzero, e anche sui balli sudamericani le sue informazioni erano limitatissime (aveva giusto un vago ricordo della rumba di Abbe Lane). Per fortuna, però, aveva visto *Pulp fiction*, e questo bastò per tutta la serata, che comunque lo confortò molto per la gioia evidente espressa dalla Ines.

Grazie alla recuperata serenità riuscì a mentire in modo convincente a Carla, spiegandole che il giorno dopo sarebbe stato a Roma, da dove l'avrebbe chiamata per darle ulteriori ragguagli.

12

Sabato 1° ottobre

Negli ultimi cinque anni si era dovuto recare una sola volta a Palermo, per trattare una partita di piccoli depuratori da case di campagna. Carla si era allarmata: «Per carità, Punta Raisi, con quel vento, c'è sempre il pericolo di una disgrazia.» Se avesse saputo che ora stava correndo non solo dei rischi eolici ma anche il pericolo di incappare in un attentato mafioso, sarebbe stata colta da diecimila ansie. Ecco perché bisognava mantenere il più stretto riserbo su quella missione.

Lui non viaggiava spesso. Del lato commerciale della loro impresa, e quindi dei contatti con i clienti in giro per la Svizzera e l'Italia, si occupava perlopiù il dinamico zio di Carla: quest'ultima dalla sua, alla fine, era pure lei un'ottima venditrice, con delle occhiate – *se non comprate i miei prodotti, Dio vi sterminerà* – che facevano un certo effetto.

D'altra parte, anche nei circa quindici anni di lavoro al partito prima del 1989, si era mosso molto nella provincia: qualche volta in Lombardia, raramente a Roma. Quando i ragazzini avevano cominciato a crescere e la famiglia si era trasferita a Lugano, c'era stato un po' di vagare per l'Europa, per farla conoscere a quei giovani che con il Vecchio continente avrebbero avuto sicuramente molto a che fare.

Ma le vacanze si facevano rigorosamente a Milano Marittima – solo un paio di volte aveva ceduto sulle Cicladi –, a qualche decina di chilometri dal luogo in cui il Mario, da bambino, soggiornava presso una colonia per figli d'operai sulla costa romagnola.

E invece negli ultimi dieci giorni al luganese era toccato volare e trottare di qui e di là, da Napoli a Roma, e adesso da Palermo a Enna, come un piccione viaggiatore.

Con questo malessere procurato da abitudini scombussolate, Mario scese dall'aereo e s'incolonnò verso l'uscita, quando una persona sul metro ottanta, più o meno sui quarant'anni, dai tratti un po' anonimi ma con un fisico e un taglio di capelli da militare, gli fece un lieve cenno, stando molto attento a non farsi vedere da altri. Era sicuramente l'angelo custode che Nicolais gli aveva promesso. Cavenaghi, senza dare alcun segno di averlo riconosciuto, si mise con aria svagata a seguirlo, finché in un angolo dove non potevano essere intercettati il *missus* del generale del Sisde si presentò: era il capitano Giorgio Scotti; dall'accento si sarebbe detto un napoletano, ma dal portamento mostrava di essere, essenzialmente, un carabiniere. Lui e i suoi uomini lo avrebbero seguito durante il tour siciliano. Gli avevano prenotato un hotel a Enna, il Grande albergo del Fiume. Il militare gli ripeté le misure di sicurezza già annunciategli dal generale, e poi gli diede un numero di telefono per comunicare con lui o con un suo uomo, così avrebbe potuto contare costantemente sul supporto dei servizi, per controllare qualsiasi informazione raccolta.

L'attenzione che il generale gli rivolgeva non poteva nascere solo dalla simpatia personale, pensò il luganese: evidentemente il processo di ricompattamento della Cupola implicava problemi per la sicurezza nazionale, problemi sui quali bisognava fare chiarezza, e a tal fine la missione, pur irrituale, di Cavenaghi poteva rivelarsi preziosa.

Gli venne in mente uno dei brontolii dell'ex vicesindaco di Milano, Alfio Renaioli, quando qualche giorno prima aveva spiegato la sua mancata adesione al Pds: «Mi va bene che si siano rinsaldati i nostri rapporti con lo stato democratico, non sono mai stato un ribellista. Ma l'idea che mi sono fatto è che non siamo noi a essere entrati nello stato: è lo stato che si è insinuato tra noi, con la sua storia non sempre coincidente con la nostra.»

Brontolii di un vecchio del tutto infondati? La riflessione sull'*autonoma soggettività* – Renaioli aveva citato un filosofo che un tempo, da uomo assai pragmatico, non considerava, ma a cui adesso si richiamava – necessaria «per partecipare e non essere solo partecipati» magari richiedeva una qualche attenzione. Certamente però non da parte di un osservatore svizzero, si ribadì l'ormai ex militante dell'ex Pci.

Intanto, presi tutti gli accordi necessari con il capitano Scotti, Cavenaghi scorse un giovane con quell'aria seria e composta che un tempo avevano i militanti del Pci, con il nome del luganese scritto su un cartello sopra la sua testa. Era sicuramente l'autista mandato da Tino Del Mondo per accompagnarlo agli incontri organizzati nel capoluogo siciliano.

Cavenaghi si fece illustrare il tragitto che avrebbero percorso per raggiungere la sede della Lega delle cooperative di Palermo, poi telefonò al numero che gli aveva dato Scotti e comunicò la mappa dei suoi spostamenti. In questo modo, chi si sarebbe occupato di seguirli avrebbe potuto farlo rimanendo a una certa distanza, senza la paura di perderlo.

Del Mondo era un agrigentino magro, biondo e con gli occhi azzurri, dalle chiare origini normanne, alto un metro e settanta, con l'aria ancora un po' ammaccata di chi aveva passato qualche guaio politico negli ultimi mesi – per fortuna, alla fine, senza conseguenze penali. Faceva parte di quell'ala del Pci, e ora del Pds, che sosteneva come l'intransigente lotta alla mafia non dovesse tradursi in una rinuncia alla politica, e questo gli aveva anche permesso di avere un rapporto abbastanza solido con i carabinieri, ma non con quella parte del sistema giudiziario e poliziesco convinta che in quel momento contasse solo la risposta militare ai corleonesi, senza perdersi in troppe sfumature e distinguo.

Comunque, i buoni rapporti con l'Arma avevano consentito a Del Mondo di soddisfare le richieste di informazioni che "i milanesi" gli avevano fatto pervenire tramite lo storico dirigente del Pci, Mancuso. Le notizie raccolte erano precise sia sul palermitano Pasquale Innocenti sia sull'agrigentina – in quella provincia, Del Mondo era stato segretario della federazione del Pci prima di passare al movimento cooperativo – Angela Lilibeo.

Le intercettazioni di boss mafiosi sull'operaio dell'Italtel finito nell'elenco cavenaghiano delle persone sospettate di essere la talpa della sezione Ripamonti non erano molte, ma tutte riferivano dell'indignazione del cugino di Pasquale: l'uomo d'onore del quartiere di Bagheria con il quale l'operaio milanese aveva rotto qualsiasi rapporto, ostentando il suo impegno a difendere la legalità: «*Un curnutu*» era la sostanziale sentenza. Analoghe si erano rivelate le intercettazioni agrigentine sulla Lilibeo, queste un po' più abbondanti di numero: la famiglia della giovane impegnata nella cooperativa sociale milanese aveva un peso importante nell'organizzazione criminale del Sud siciliano. Drastico, anche in questo caso, il giudizio che emergeva: «*'Na bottana, sciancata peddipiù.*»

Del Mondo mise a disposizione di Cavenaghi tutti i tabulati e le trascrizioni delle intercettazioni su Innocenti e Lilibeo, in modo che potesse farsi direttamente un'opinione su quanto era stato appurato. E concluse: «Mi pare che il lavoro dei carabinieri sui due da esaminare sia stato più che esauriente, e che sgombri tutti i dubbi che potevi avere. Bene. Adesso, però, visto che in questa ricerca hai coinvolto Ezechiele, una scelta peraltro assolutamente assennata, ti tocca un pranzo non solo con lui ma anche con Annibale Janni. I due ormai si muovono sempre insieme, e sono ansiosi di fare qualche chiacchiera con il milanese che hanno conosciuto come dirigente del partito e che ora se n'è scappato in Svizzera.»

«Be', più che scappato sono emigrato per lavorare» precisò Cavenaghi.

«I due vecchiacci sono attratti proprio da quella tua, come la chiami, emigrazione: nel casino che c'è fra noi ex comunisti un osservatore esterno, non legato alle mille beghe in campo, è prezioso. Almeno per antichi, sofistici, sofisticati e pettegoli osservatori di cose politiche.»

«Cosa posso risponderti? Come avrei detto una volta: sia fatta la volontà dell'istanza superiore. Comunque mi fa piacere poter parlare con compagni come quelli, così ricchi di esperienze e intelligenza. E poi mi hanno aiutato a raccogliere le informazioni che tu hai fornito. Dove andremo?»

«In una trattoria un po' malmessa che ha appena inaugurato la sua nuova gestione. Da un amico di Mancuso, un vecchio compagno; si chiama Trattoria dei Bottegari, ed è in via D'Ossuna.»

Una rapida telefonata all'"ombra" alla quale l'aveva affidato il generale, e si misero in moto.

Nel vecchio quartiere del Cortile Cascino, in una strada dagli edifici anonimi e molto scrostati, non lontano dalla Cattedrale, si trovava il nuovo ristorante in cui avrebbero mangiato, un ex spaccio di vino – con in più qualche cibo di accompagnamento – che stava tentando di trasformarsi in un locale più ambizioso: dal punto di vista di persone come Mancuso, che contavano innanzitutto sulle risorse laboriose del popolo siciliano, si trattava di uno sforzo esemplare, da sostenere.

Il pranzo fu ottimo, con una buonissima pasta alla Norma servita insieme a un eccellente bianco di San Lorenzo, che i commensali siciliani accompagnarono a bellissimi pesci, mentre lo schizzinoso milano-luganese mangiò quegli spiedini di carne che caratterizzano gran parte dei menu mediterranei.

Mentre mangiavano, decollò la chiacchierata desiderata e richiesta. I due vecchiacci non nutrivano una grande ammirazione per i principali leader del Pds: «Papperi, Papperi l'ho liquidato qualche anno fa con un mio libretto sulla sua resistibile ascesa: un demagogo privo di visione politica» iniziò Janni. «E quell'arrogante di Valerio Limani: pensa di poter far tutto lui e poi si tira indietro al primo ostacolo» commentò Mancuso, che aveva pessimi rapporti con l'attuale segretario del Pds, anche perché aveva mandato un suo fido, Fozio Padela – un modello più che un politico aveva detto di lui Francesco Cossiga –, a commissariare il regionale quando militava ancora nel Pci, facendo la guerra a tutti i riformisti. Entrambi poi non dedicarono che uno sbuffo a Charlie Cialtri, un altro astro nascente che non valeva neanche la pena di commentare. «E tu che ne pensi?» chiesero a Cavenaghi. «Mah, non so, al momento sono molto impegnato con la dura crisi del Partito del lavoro svizzero» rispose lui, beffardamente.

La discussione procedette spostandosi sul quadro politico nazionale: il governo non sarebbe durato, avanzava l'ombra dell'ex presidente dell'Iri, il professore bolognese Patrizio Rodi, nel prossimo futuro. «Alla fine dovremo puntare su un giovane. Penso che presto potrebbe avere un grande ruolo Napoleone Giorgianni, in fin dei conti ha solo sessantanove anni.»

«Un cuor di leone» commentò Janni, «basta vedere come si è comportato da presidente della Camera.»

«Sei sempre stato più un radicale che un comunista» replicò Mancuso.

«E tu sei un vecchio stalinista.»

Cavenaghi si divertiva ad assistere ai battibecchi di questa strana coppia, la cui sceneggiatura sembrava scritta da un Neil Simon rosso.

Poter chiacchierare sparlando liberamente dei dirigenti del partito era un vero piacere per dei compagni che a lungo avevano cercato di trattenersi – molto meno lo Janni. Ma venne l'ora di lasciarsi: Cavenaghi doveva partire per Enna, dove alle 16.00 l'aspettava Lullo Mazzancolli, e per raggiungere la meta ci volevano quasi due ore.

Mancuso, contento di aver reincontrato Cavenaghi, era appena un po' preoccupato di non aver fatto del tutto il suo dovere, non invitando l'ospite "svizzero" in un posto più glamour. In fin dei conti Ezechiele era erede della civile Grecia – e un po' della complimentosa Arabia –, mica della rozza Roma: si fece perdonare organizzando una puntata alla pasticceria Cilindro, non lontana dalla Trattoria dei Bottegari, in via Colonna Rotta. Lì poterono godere di una straordinaria cassata. Il proprietario, Sante Cilindro, essendo amico di Mancuso, quando seppe che la figlia dell'ospite del Nord era un'aspirante pasticciera gli diede una ricetta e tutti gli ingredienti speciali necessari per preparare una grande cassata di dodici porzioni: 100 grammi di gocce di cioccolato fondente, 800 grammi di ricotta di pecora, 500 grammi di pan di Spagna, 500 grammi di arancia candita, 280 grammi di zucchero a velo, 200 grammi di marzapane, 20 grammi di pasta di pistacchi, ½ bicchierino di maraschino, 150 grammi di cioccolato in tavoletta. Sale fino, uova, zucchero a velo, farina e scorza di limone li avrebbe trovati anche in Svizzera.

Chissà quale storia su una pasticceria siciliana a Roma si sarebbe dovuto inventare per giustificare al cospetto della moglie il dono di questi prodotti prettamente siculi alla figlia. Ma era ora di andare. E così, tra paesaggi desolati, castelli normanni, vedute fantastiche in lontananza – ora le isole Eolie, ora l'Etna che sembrava quasi di poter toccare –, arrivò in quella specie di rocca che è Enna. Nonostante le inevitabili speculazioni edilizie, gli apparve ancora in tutta la sua maestosità. Si ricordava le considerazioni che uno dei più colti architetti della corte di Gus aveva fatto su quella città: «È proprio Enna il vero simbolo della Sicilia. Non Palermo, che è una città innanzitutto araba. E poi non bisogna lasciarsi influenzare dal lungo rettifilo, che è solo la via più semplice e rapida per difendersi sia dai monti sia dal mare, quasi per nascondersi a entrambi: com'è nell'indole dell'isola stessa. Enna è invece arroccata, come tutti i paesi della regione. Noi pensiamo alla Sicilia come una terra di pianura, con i suoi impareggiabili monumenti, e nella quale i monti fanno da sfondo o da semplice scenario. Ma è una invenzione della complessa ambiguità siciliana: così è se vi pare. Nella non controvertibile realtà geografica, le pianure siciliane – la maggiore è quella di Catania – rappresentano il quattordici per cento di tutto il territorio. Il resto sono colline o monti. Enna è il monte per eccellenza, quello dal quale si guarda in basso fino all'orizzonte, e in alto per quell'antica passione del cielo e delle stelle. Infatti, la torre di Federico pare che esistesse, in forma diversa, proprio come osservatorio del cielo. Poi Federico ne fece la torre più bella al mondo, essendo il bello il suo fine. Ma non un bello effimero, un apparire, piuttosto una perfetta sintesi tra le parti interne e il perimetro esterno del manufatto. Basterebbe questa costruzione per consacrare Enna, se non fosse che, per debordante spirito e arguzia, l'anonimo e arroccato fabbricato lo si scopre disseminato di non grandi ma bellissime architetture: alcune piccole stelle cadute quasi a sdrammatizzare l'eroismo dell'osservatorio. Facendo così di questa città qualcosa di compiuto.» Parole di Bino Crosti, pronunciate a Milano in piazzetta Giordano, nello studio del Gus.

Presso una stanzetta del municipio, in viale Armando

Diaz al civico 10, Uliano Mazzancolli detto Lullo, in tutta la sua imponenza, aspettava Cavenaghi. Il leader dei comunisti e poi postcomunisti ennesi, ancora in sella nonostante tanto fuoco amico sparatogli contro, massiccio, bruno di capelli, stempiato, aveva l'aria di un dirigente del Pci quando c'era ancora il Pci: affabile ma preciso, aperto ma incalzante, semplice nel linguaggio ma capace di analisi assai articolate. Dopo essersi ben bene annusati da naufraghi dell'antico partito, Lullo e Mario entrarono subito nel merito di ciò che aveva promosso l'incontro: un'informazione su Ennio Sanfilippo, operaio della Vetrital di Corsico, militante comunista e post, impegnato sia come pubblico amministratore sia come animatore di un circolo Arci. Mazzancolli, con voce grave, lo informò che proprio il giorno prima, dai suoi amici carabinieri, gli era arrivato il testo di un'intercettazione tra due noti mafiosi ennesi nella quale si alludeva al loro amico milanese che lavorava a Corsico, il quale aveva fatto un ottimo lavoro per mettere sulla difensiva «quei fetusi della 'ndrangheta che scassavano la minchia in tutto il Sud milanese», per poi condurre anche un'ottima operazione al parco di Rogoredo per sfrondarlo di tutti quei quaquaraquà di spacciatori dilettanti che si approvvigionavano autonomamente di erba ed eroina ovunque, danneggiando così gli interessi di Cosa nostra.

Cavenaghi era allibito. Non solo aveva considerato il Sanfilippo un bravo compagno, ma la chiacchierata "registrata" confermava quasi alla lettera l'analisi che Indovina aveva fatto sul possibile ruolo dell'operaio della Vetritalia. Dovrò fare i miei complimenti a Tonio per la sua perspicacia, si disse il luganese, e poi, rivolto a Mazzancolli, aggiunse: «Una vera sorpresa queste intercettazioni, anche se un nostro compagno milanese aveva avuto qualche sospetto in questo senso. Ti ringrazio molto.»

«Il pubblico ministero aggiunto della città Telesio Luccoli, che un giorno mi vuole arrestare e il giorno dopo mi chiede di spiegargli cosa succede dalle nostre parti, dopo avergli parlato del tuo caso, mi ha detto che quelli della guardia di finanza da lui usati insieme ai carabinieri come polizia giudiziaria avevano un'altra pista sulla quale volevano lavorare in serata. Lo incontreremo domani mattina, nonostante sia domenica, e ti riferirà i risultati di quest'altra indagine. Intanto conto che tu ti fermi a cena con me.»

Cavenaghi ringraziò, ma spiegò anche che a mezzogiorno Mancuso lo aveva riempito di cibo e dolci, e lo pregò quindi di portarlo al massimo in una pizzeria.

Si tenne leggero nel mangiare ma non nel chiacchierare, meno intimidito di quanto era stato con i due storici dirigenti del Pci incontrati a pranzo. Con il vivace Lullo poté approfondire diversi aspetti della situazione. Il punto su cui tornava costantemente il leader degli ex e dei postcomunisti ennesi era il tipo di lotta alla mafia che si voleva organizzare. Era giusto, sosteneva, mobilitare i ceti medi e quelli intellettuali, ma insieme si rivelava indispensabile tenere saldi i legami con il popolo, e in prima istanza con i lavoratori. In quella rocca che era la sua città – ombelico dell'isola, la definivano –, lui era riuscito a spingere il partito a mantenere alta l'attenzione riservata ai lavoratori: ormai gli antichi zolfatari non potevano più avere la centralità di una volta, ma tra edili, braccianti e alcune industrie, mantenere le radici della sinistra in questo mondo gli aveva dato le risorse necessarie per resistere. Anche alle calunnie che nell'ultimo Pci e nel Pds non erano mancate nei suoi confronti. In altre zone della Sicilia, ma meno a Enna, una certa disattenzione degli ormai ex comunisti verso i lavoratori faceva sì che anche settori di proletariato cercassero una qualche protezione dalla mafia, detestata per la sua attività criminale ma che, quando non c'era altra organizzazione alla quale rivolgersi, poteva diventare un sostegno per persone che versavano in condizioni difficili.

Cavenaghi confermò come anche diversi intellettuali del Nord e qualche uomo dello stato, consultati in quei giorni per la sua indagine, gli avessero tratteggiato un'analisi simile. Ma ormai si era fatto tardi. Era tutto il giorno che viaggiava di qua e di là, con tutti i mezzi possibili. Si ritirò, quindi, nel suo albergo, dove trovò un messaggio del capitano Scotti, che gli confermava la sicurezza del posto in cui dormiva mettendolo al corrente del fatto che le sue "ombre" non avevano notato pedinamenti pericolosi né a Palermo né durante il trasferimento, né tantomeno a Enna. L'ufficiale sarebbe stato a sua disposizione fino alle 23.00, poteva trovarlo al numero di telefono che gli aveva fatto avere.

Un po' vergognandosi, spiegando e scusandosi quasi a ogni frase, Cavenaghi chiese un piacere al capitano del Sisde: che invitasse il portiere-informatore dei servizi a fare una telefonata alla Carla presentandosi come il portiere dell'Hotel Helvetia di Roma: «Mi perdoni per questa bizzarra richiesta, ma mia moglie è molto ansiosa e se sapesse che sono in Sicilia si farebbe prendere da un'angoscia incontrollabile.»

Tutto andò come richiesto dal luganese, e la Mazzarenti poté andare a dormire convinta che suo marito si trovasse nella serena Roma, e non nella tempestosa isola piena di venti e mafiosi.

13

Domenica 2 ottobre

Nella notte elaborò lo shock del giorno prima. Sul momento, nel pieno di una frenetica giornata, non aveva avuto tempo di assorbirlo.

La notizia della mafiosità di Sanfilippo lo aveva stordito. Aveva parlato a lungo con l'operaio della Vetrital, con il sindacalista di Corsico che lo aveva nel suo direttivo, con il presidente dell'Arci di Rogoredo che l'aveva accolto alla guida del circolo: non un dubbio sollevato, niente era stato detto che non fosse un elogio per l'impegno civico mostrato da Ennio Sanfilippo.

La vita gli aveva insegnato che la doppiezza non era una merce così rara, ma in una persona che appariva così semplice, così trasparente, questa vita parallela lo colpiva.

Ma che paese sta diventando l'Italia?, s'interrogò in una sorta di lungo dormiveglia che al mattino lo lasciò ancora leggermente stordito. Ci volle tanta forza di volontà per attenuare ogni traccia di angoscia dalla voce, quando una volta sveglio comunicò a Carla che a Roma stava piovendo. A Enna in realtà c'era un bel sole, ma lui raccontò la situazione metereologica della capitale, di cui si era informato ascoltando la radio.

Alle 8.00 si mise in movimento. Arrivarono, Mazzancolli e lui, all'imponente e triste Palazzo di Giustizia alle 8.20. Luccoli voleva vederli presto e in una stanzetta riservata, non nei suoi uffici. Li accolse un graduato della guardia di finanza, che li accompagnò nel luogo dell'appuntamento. Sulla porta c'era un carabiniere in borghese con un mitra spianato.

Ogni tanto capitava di criticare questi pubblici ministeri impegnati nella lotta alla mafia in Sicilia: qualche considerazione su protagonismi eccessivi, indirizzi unilaterali, uno scarso impegno nel distinguere chi apparteneva alla mafia da chi aveva avuto incontri più o meno occasionali, il tutto condito non solo da un precario senso politico ma talvolta anche da un qualche disprezzo per la democrazia "concreta", quella che di fatto si era costruita nella nostra nazione. Detto questo, vedendo di persona un protagonista di questa magistratura impegnata fino in fondo nel fare il proprio dovere, anche di domenica, circondato da uomini armati che vegliavano sulla sua vita e costretto a un'esistenza quasi da prigioniero, Cavenaghi pensò: mi pare che questi siano gli ultimi eroi di cui dispone l'Italia, e sarà che un paese è beato solo se non ha bisogno di eroi, ma quando hai una criminalità così forte e organizzata, essere un po' meno beati e avere a disposizione persone che si sacrificano per noi è una fortuna senza pari. Naturalmente, continuò tra sé, se non fossi un osservatore svizzero mi avventurerei tra i dilemmi della dialettica possibile tra due beni concreti: far trionfare la giustizia e non disgregare la democrazia. Per fortuna, però, posso risparmiarmi questa impresa.

Accompagnato da queste riflessioni e dal finanziere che aveva con sé un voluminoso dossier, entrò nella stanzina che ospitava l'incontro. Ad aspettarlo c'era un quarantenne con i capelli pettinati all'indietro e tendenti al biondo, un viso ovale e grassoccio, occhi azzurri con occhiali dalla sottile montatura di metallo, sul metro e settanta, l'aria cordiale di quel Veneto che s'incontra con l'Emilia, lì dove sfocia il Po. Il magistrato accolse Mazzancolli con un sorriso: «Buongiorno, onorevole, oggi la vedo come un gradito consigliere, magari domani mi toccherà incontrarla come imputato.» Un saluto che un po' era uno scherzo tra due persone che vivevano in una città piccola e si rispettavano, e che un po' rifletteva invece l'aria maledetta che si respirava in quegli anni.

«Giustizia borghese, ancora qualche mese» borbottò Lullo, usando lo stesso tono del pm. Poi Luccoli si rivolse a Cavenaghi: «Lei è l'uomo del Nord venuto a studiare le radici siciliane della mafia milanese, suppongo.»

E così si passò rapidamente a esaminare il nuovo dossier sfornato caldo caldo dalla guardia di finanza.

Si trattava dell'intercettazione del dialogo tra due "uomini d'onore", Pasquale Latterizi e Carlo Salaparuta, che si riferivano alla vedova di un boss mafioso di Enna, Giuseppina Misilmeri. A un certo punto il Latterizi diceva: «Ti ha detto qualcosa la Misilmeri di suo cugino?» «Ma che asineria stai dicendo, scimunito?» gli rispondeva il Salaparuta, evidentemente più alto in grado nell'armata di Cosa nostra. «No, perdonami, ti ha detto qualcosa la Misilmeri di suo zio?» A quel punto il dialogo andava avanti su argomenti di poco interesse. Il finanziere che era all'ascolto della registrazione era stato colpito dalla correzione, con annesso insulto, da "cugino" a "zio", avvenuta in una conversazione che i due mafiosi probabilmente presumevano potesse essere ascoltata, e così nella notte aveva esaminato zii e cugini della vedova del boss mafioso, per verificare se per caso si potesse trarre da questo elenco un qualche elemento utile alle indagini.

Vennero recitati i nomi degli otto zii, ancora in vita, della Giuseppina: sei di loro avevano qualche precedente penale, due vivevano a New York, uno a Palermo, un altro – dato per disperso – era stato segnalato a Città del Capo, un altro risultava residente a Catania, e gli altri tre abitavano a Enna.

Poi il graduato passò a leggere i nomi dei venti cugini della Misilmeri: il dodicesimo nome fece impallidire e sobbalzare Cavenaghi. Sì, il finanziere aveva proprio detto: «Tonio Indovina.» «Avete qualche informazione ulteriore su questo Indovina?» chiese.

«È nato a Enna il 15 maggio 1932, vive a Milano, è scapolo, incensurato; è stato fermato nel 1973 per manifestazione non autorizzata» rispose la fiamma gialla – o canarino, come si chiamavano fra loro.

L'accusa di mafiosità di Sanfilippo gli aveva dato una scossa formidabile, ma la comparsa del suo vecchio amico – leader del partito all'Italtel, compagno di battaglie per il movimento sindacale, e anche contro le Brigate rosse – tra i possibili sospetti provocò nel luganese un vero e proprio terremoto emotivo.

«Se Indovina è la talpa della mafia nel Pci prima e nel Pds milanese poi, la situazione è particolarmente grave e complicata: la talpa sarebbe colui che con me e con un paio di altri sta cercando di scoprire chi è la talpa.» *Talpa, talpa, talpa.* Lo stato di sconcerto induceva Cavenaghi a girare su stesso con le parole, come chi ha perso la capacità di esprimersi seguendo un filo logico.

Sia Mazzancolli sia Luccoli colsero lo stato di sbandamento del luganese. Il magistrato, abituato ad avere a che fare con shock psicologici di quel tipo durante gli interrogatori, gli offrì un bicchiere d'acqua.

«Sono tempi nei quali bisogna essere preparati a qualsiasi cosa in Italia, e dunque cerchiamo di ragionare» fece l'ex presidente dei probiviri comunisti lombardi, e proseguì: «Dovremo fare serie verifiche per evitare di infangare, se è innocente, un compagno molto stimato tra i lavoratori milanesi. D'altra parte», e dopo aver preso un po' di fiato il luganese riscoprì il suo talento da inquisitore che negli anni Settanta e Ottanta l'aveva reso tanto prezioso per il regionale lombardo del Pci, «se la talpa è Indovina, tornano alcuni nodi dell'indagine che non riuscivamo a sciogliere. Lui potrebbe essere la "I" indicata nell'agenda di Ettorri: i due si conoscevano e il vecchio pubblico amministratore si fidava particolarmente dell'operaio dell'Italtel con il quale aveva collaborato nella commissione probiviri. Indovina, poi, era assai legato a Innocenti, e grazie a lui potrebbe avere scoperto i segreti della sezione Ripamonti che, una volta svelati, hanno portato all'omicidio di Ettorri e alla provocazione mossa ai danni di Rosci. Infine, le parole dei due mafiosi su Sanfilippo sono le stesse che Indovina aveva usato con me il giorno prima: a me sembravano un indizio della capacità investigativa del mio vecchio amico, ma in realtà potrebbero essere una recita per sviarci, la cui sceneggiatura sarebbe stata scritta da Tonio stesso. Naturalmente non bastano tutti questi indizi, in parte deduttivi, ma la loro abbondanza è significativa.»

Gli altri presenti all'incontro si trovarono a fare i conti con una persona scombussolata che sembrava quasi parlare a se stesso piuttosto che a loro. Sia Mazzancolli sia Luccoli, poi, non avevano una conoscenza approfondita delle indagini cavenaghiane, e quindi ebbero qualche difficoltà a seguirne le considerazioni. Però non sfuggiva, a due persone esperte delle cose della vita, la tragica situazione che si stava delineando.

«E adesso che cosa possiamo fare?» chiese il magistrato.

«Il caso, dal punto di vista delle indagini giudiziarie, è nelle mani di De Mellis, che lei immagino conosca anche personalmente: a lui riferirò tutti i fatti che sono venuti alla luce durante questo nostro incontro, e lei potrà tranquillamente sentirlo per avere una conferma. Sarebbe utile, se possibile, lasciar credere che siamo convinti della pista Sanfilippo. Questo mi aiuterebbe a preparare una trappola per la talpa, naturalmente se è davvero Indovina» rispose Cavenaghi.

«Per qualche giorno posso aiutarla a realizzare questo piano, poi però mi toccherà riportare tutto all'interno di procedure anche formalmente legittime» osservò Luccoli, non dimenticandosi, anche nelle espressioni del suo eloquio, di essere un magistrato.

«Ah, interessante. Avete un'onnipotenza a durata limitata» commentò beffardamente Mazzancolli.

Luccoli sorrise della battuta, e non se ne curò.

Più o meno la situazione era definita: la Procura di Enna per qualche limitato tempo avrebbe consentito la preparazione di una trappola per la talpa, naturalmente non prima di avere acquisito il consenso della Procura di Milano, dopodiché avrebbe seguito la via formale dettata dalla legge.

Non c'era molto altro da discutere. Mentre Cavenaghi aveva assoluta urgenza di raggiungere Milano per organizzare le prossime mosse, gli altri dovevano tornare ai loro impegni o a quel riposo che potevano concedersi solo durante il weekend.

Mazzancolli, molto impressionato dalle cose che erano emerse, si fece spiegare meglio tutti i retroscena, senza stupirsi dell'impazzimento anche di qualche quadro storico del Pci come l'Indovina ben descrittogli dal luganese. D'altro canto, capiva che era necessario riprendere le fila da Milano. Gli mise a disposizione un compagno della federazione del Pds – a Enna il partito ricordava ancora quello antico per efficienza ed esecuzione degli ordini –, gli fece prenotare il primo volo da Catania e lo salutò calorosamente.

Prima di dirigersi verso l'aeroporto, Cavenaghi informò il capitano Scotti dei suoi viaggi e gli chiese se oltre a un'"ombra" che vigilasse sul suo ultimo tragitto siciliano potesse chiedere a qualcuno dei servizi di incontrarlo a

Linate e poi riferire a Nicolais le ultime novità. Se avessi saputo che alla fine mi sarebbe toccato correre così tra correnti politiche e diversi segmenti dello stato, pensò, avrei fatto carriera nella Dc piuttosto che nell'ottusamente centralizzato Pci.

Giunto all'aeroporto, spiegò alla nuova "ombra" al servizio di Nicolais che cosa era avvenuto e propose un altro appuntamento con un altro uomo del Sisde per il mattino successivo, dopodiché sentì telefonicamente tutti quelli con i quali era necessario parlare non appena fosse arrivato in città. L'elenco era lungo: doveva innanzitutto incontrare i suoi più stretti compagni d'indagine, cioè Rotelli e Foroni – la vicenda stava diventando tremendamente spessa, e dunque era bene che ci fosse anche uno dei compagni che nell'antico partito seguivano le operazioni speciali. Fissò un appuntamento al ristorante-pizzeria La Conchiglia a Legnano per le 13.45. Poi doveva incontrare subito Lini per informare la Procura di Milano e definire i piani per la giornata successiva. Un altro incontro obbligatorio era quello con il capitano Lepori, per metterlo immediatamente al corrente delle novità. Doveva poi riferire una versione al momento incompleta dei fatti a Broni, per tenere buoni i rapporti con la federazione del Pds. Innocenti e Sanfilippo doveva sentirli separatamente, per completare l'indagine e incominciare a imbastire la trappola per la talpa. Telefonò alla giornalaia Cecilia Galimberti perché organizzasse lei l'incontro – uno alle 18.00 e l'altro alle 20.45 – con i due ex sospettati della sezione Ripamonti. Infine telefonò a Indovina, spiegandogli che poteva vederlo solo alle 22.00 per informarlo sul viaggio siciliano.

Le ultime chiamate furono per le sorelle Mazzarenti: quella alla Carla, a cui disse che stava partendo da Roma e l'avrebbe chiamata solo la mattina seguente, e quella alla Ines, per informarla che sarebbe arrivato a casa sua verso mezzanotte.

Trafelato come non mai, a causa del viaggio in auto da Enna a Catania, partì in aereo per Milano.

In volo, anche per non abbandonarsi allo sgomento, si mise a ragionare di politica come avrebbe fatto quando era ancora un dirigente del Pci. Ripassò mentalmente gli articoli dei giornali che aveva sfogliato frettolosamente nei giorni precedenti, e diede un'occhiata ai quotidiani del 2 ottobre. Sull'*Unità* aveva letto dell'alt di Scalfaro alla riforma delle pensioni, sul *Corriere della Sera* di un intervento del presidente della Repubblica sulla finanziaria, ancora sull'*Unità* della contrapposizione tra Lamberto Dini, ministro del Tesoro, e Antonio Fazio, governatore della Banca d'Italia. Sul *Corriere della Sera*, poi, aveva letto l'invito di Piercamillo Davigo a intensificare la lotta alla corruzione, e sempre su quelle pagine erano riportate le perplessità di Umberto Bossi in merito alla riforma delle pensioni. Ricostruì "la situazione" come avrebbe fatto quando era ancora un dirigente del Pci: Oscar Luigi Scalfaro è il regista, l'establishment – compresa Bankitalia – incalza il governo Cazzaniga, Umberto Bossi non tiene i suoi sul fronte sociale, i pm di Milano lanciano il loro grido di guerra che anticipa l'assalto finale.

Il lungo esercizio intellettuale gli servì per evitare di pensare alle conseguenze concrete ed emotive del possibile tradimento di Tonio.

Arrivato a Linate, s'infilò di nuovo in macchina con Fani e raggiunse Legnano, dove arrivò con solo cinque minuti di ritardo.

Ai due compagni, così fidati e responsabili, Mario raccontò tutto quello che aveva appreso nel suo viaggio siciliano. Un enorme stupore accolse le sue informazioni.

«Maledetto Pds, partito delle sedie, stai sfasciando tutto!» esclamò Foroni.

«Calmati» gli intimò Rotelli con tutta la sua autorevolezza, che tra legnanesi era ancora più grande, «se sarà provato quel che ci riferisce Mario saremo di fronte alla degenerazione di un uomo, non a un fatto politico.»

L'osservatore svizzero, dalla sua, non entrò nel merito dello scambio di battute tra i suoi commensali: questo era lo stile che aveva scelto sin da quando aveva iniziato a indagare sul caso Ettorri-Rosci. Chiese invece di concentrarsi sulle cose da fare. A Foroni propose di parlare con le due compagne della Ripamonti, con le quali aveva ottimi rapporti, per chiedere loro di proseguire la collaborazione: da parte sua aveva già telefonato alla Galimberti, che era stata molto disponibile, ma era meglio convalidare le sue parole con l'intervento di un compagno che conoscevano bene di persona, e gli chiese di mantenere quella vigilanza che probabilmente qualche giorno prima gli aveva salvato la pelle. A Rotelli chiese invece di parlare con il segretario Agirre dicendogli che Cavenaghi avrebbe cercato il presidente dei probiviri Broni, e poi suggerì all'ex dirigente del Pci di informare, sia pure in termini molto – ma molto – generali Salvadori. Da parte sua, avrebbe informato tutta la rete "istituzionale" che collaborava all'indagine, e avrebbe parlato con i due ex sospettati Innocenti e Sanfilippo per aggiornarli su quanto era successo e chiedere all'operaio dell'Italtel qualche informazione sul suo ex leader in fabbrica: con quest'ultimo, Indovina, aveva fissato un appuntamento alle 22.00 al solito Caffè Milano.

Aveva in mente un paio di verifiche per capire se la massa d'indizi raccolti contro la presunta talpa erano concreti. Appena avesse raggiunto una certezza, li avrebbe informati e si sarebbe passati all'azione, anche se le operazioni fondamentali sarebbero state affidate alle forze dello stato. Non c'era più quel partito che poteva e voleva, non di rado, fare da sé.

Di corsa arrivò alla Sormani, per vedere Lini: anche il giornalista dell'*Unità* fu esterrefatto per la probabile evoluzione del caso. «Ho in mente un paio di verifiche, se

Indovina risulta colpevole credo che ci toccherà fare una chiacchierata diretta con De Mellis per cercare di chiudere la partita.» Si sarebbero sentiti verso mezzanotte. «Farò tardi all'*Unità*, mi troverai lì.»

Sempre di corsa con il fido Fani, fece un salto alla caserma Malgeri della guardia di finanza, dove vide Lepori; anche il capitano fu sorpreso dalle novità, ma con lui si passò subito alla fase operativa: il telefono di Indovina sarebbe stato messo sotto controllo, e se la sua colpevolezza fosse apparsa veramente convincente avrebbero pensato a un espediente per fargli chiamare gli uomini di Cosa nostra con cui (eventualmente) collaborava per scoprirne il covo. «Per la copertura da parte della magistratura potrà contare su De Mellis, che a quest'ora sarà stato già messo al corrente di tutti gli sviluppi.»

Venne l'ora di passare dal circolo Tasselli, di fianco alla federazione in via de Castillia – nonostante tutto, il gruppo dirigente del Pds milanese non voleva ancora essere coinvolto ufficialmente nell'indagine –, per un rapido incontro con Broni: gli raccontò dei sospetti su Sanfilippo, delle verifiche effettuate dalla Procura di Enna, e, se fossero emersi fatti concreti, del probabile incontro con il procuratore aggiunto di Milano De Mellis. Broni, pur un po' sostenuto nei rapporti con un suo predecessore ancora troppo amato tra gli ex comunisti, fu assai lieto di poter partecipare – se ce ne fosse stata la necessità – a un incontro decisivo con i suoi ex colleghi, pm milanesi.

Ancora affannato, Cavenaghi raggiunse infine la sezione Ripamonti, dove la giornalaia Galimberti aveva convocato Innocenti. Il colloquio con l'operaio dell'Italtel fu particolarmente doloroso: l'ipotesi che il suo "mito" avesse collaborato all'assassinio di un compagno, straziava Innocenti. Poi però si passò all'esame dei fatti concreti, e si appurò che Indovina aveva molte volte interrogato il suo vecchio amico sull'operazione Liggio del 1974, anche a proposito di chi ne aveva preso parte. E il quarantenne operaio dell'Italtel – informato sui fatti degli anni Settanta compresi i ruoli di Ettorri e Rosci dalla sua amante giornalaia – neanche per un momento pensò di potersi mostrare reticente con un leader dei lavoratori e vicepresidente della Commissione probiviri. Cavenaghi considerò che il comportamento tenuto in quegli anni da Innocenti non sarebbe stato ammissibile nel vecchio Pci, dove tutti i militanti, dirigenti o di base che fossero, sapevano cos'era un'informazione riservata, e non l'avrebbero rivelata in nessuna occasione. Però non perse tempo a criticare il militante "pidiessino", anzi usò parole di comprensione e gli spiegò che, se fossero emerse prove decisive, avrebbe chiesto il suo impegno per incastrare Indovina. Gli sembrò di vedere una lacrima negli occhi di quell'uomo così scosso, che però non ebbe incertezze: «Se è un infame, bisognerà trattarlo senza pietà.»

Mezz'ora dopo, giusto il tempo di bersi un bicchiere di latte nel bar di fronte e apparve sulla soglia della sezione – circolo, per carità! – Ennio Sanfilippo. Nuovi sconcerti senza limiti, un sincero terrore per il modo in cui era stato manipolato dai mafiosi, con il conseguente rischio di essere arrestato. Cavenaghi gli spiegò come avesse convinto i magistrati che si trattava di una provocatoria messa in scena, ma gli chiese un sacrificio: «Forse per qualche ora bisogna che tu figuri arrestato nella caserma Malgeri, questa potrebbe essere la mossa decisiva per stanare chi ha cercato di giocarti questo terribile scherzo.» Sanfilippo, che era una persona coraggiosa e pronta a fare il suo dovere contro i criminali, non si tirò indietro.

Alle 22.00, al Caffè Milano Cavenaghi vide apparire la vasta silhouette di Indovina: al piacere di vedere un vecchio amico si era sostituito il tragico sospetto di avere a che fare con un immorale traditore. Per fortuna, anni di dissimulazione – consolidati anche dal dover più recentemente nascondere alla moglie Carla ogni rapporto con ex comunisti – gli consentirono di mostrare il solito aspetto contento e cordiale di chi incontra un antico sodale. Tonio volle avere notizie sul suo viaggio, chiedendogli persino cos'avesse mangiato e informandosi di quello che dicevano Mancuso, Janni, Mazzancolli e tutti gli antichi dirigenti del partito siciliano con i quali si era intrattenuto. Poi ascoltò il rapporto sulle intercettazioni che i carabinieri avevano messo a disposizione della sua indagine, e convenne con il luganese che prima di far arrestare la probabile talpa, ovvero Sanfilippo, era bene aspettare l'ultima conferma da parte della Procura di Enna. Pronunciando queste parole, con il suo fisico imponente sembrava un gattone che stava per mangiarsi un topino, però forse era solo una sensazione di Cavenaghi.

«Scusami, ma ho avuto una giornata devastante, ti chiamo domani mattina appena so qualcosa da Enna» concluse così la serata l'ex presidente dei probiviri comunisti rivolgendosi al vicepresidente dei probiviri pidiessini.

Una telefonata a Lini, che confermò l'impellenza di un incontro con De Mellis se fosse scattata la necessità della trappola, e poi un'altra a Lepori, per metterlo al corrente del fatto che il primo pezzettino di formaggio era stato messo nella tagliola ed essere al contempo informato su come tutte le intercettazioni necessarie predisposte sul telefono di Indovina sarebbero scattate a partire dalla mezzanotte.

Era ora di andare a casa. Varcando la soglia, udì ancora i tipici rumori di chi si ama calorosamente. Gli venne un pensiero un po' da gesuita: gli verrà la tubercolosi a quel povero bidello.

Poi la fatica prevalse sull'ansia, e si addormentò.

14

Lunedì 3 ottobre

Il weekend per le persone normali è il tempo del riposo. Per Cavenaghi, invece, era stato il momento di maggiore stress. L'indagine a un certo punto aveva iniziato a svolgersi quasi da sé, risolvendo improvvisamente i nodi più intricati: ma se era stato un processo rapido, non per questo era stato meno doloroso. Drammatiche sorprese lo avevano sconvolto, e il tumultuoso avvicinarsi della fine del caso, invece di rasserenarlo, lo inquietava, perché i rischi non tanto per se stesso, ma per un mondo a cui era stato profondamente legato, si ingigantivano. E tutta questa ansia doveva nasconderla non solo alla moglie lontana, ma anche alla cognata, che avrebbe riferito per filo e per segno alla sorella tutte le emozioni leggibili sul suo volto.

Appena sceso dal letto, iniziò quindi un faticoso sforzo autoeducativo teso innanzitutto a recitare la completa serenità del suo spirito. «Va tutto bene, presto sarò a casa.» Provò a pronunciare questa frase sottovoce per capire se c'erano cadute di tono che lo potessero tradire. «Va tutto bene, presto sarò a casa.» La seconda volta riuscì a parlare senza alcuna incrinatura nella voce, così provò una terza volta: il risultato era soddisfacente.

Aveva dormito poco e si alzò prestissimo, al contrario

della cognata, impegnata in amorosi sforzi col suo fidanzato; ebbe quindi il tempo di registrare una falsa aria di serenità prima che la professoressa e il suo compagno si presentassero in salotto. La loro stanchezza consentì a Mario di passare un primo esame, e andò bene anche la prova telefonica con Carla. Fani arrivò a toglierlo da ogni altro possibile impaccio. Per non correre il rischio di un incontro ravvicinato, aveva evitato di fare colazione. Si fermarono in un bar, dove chiamò subito Lepori, con il quale aveva un appuntamento telefonico: il capitano gli confermò che il sistema d'intercettazione funzionava e si poteva passare alla prima fase dell'"operazione trappola". Avrebbe richiamato l'ufficiale della guardia di finanza una mezz'ora più tardi, lasciando così il tempo a Indovina di collegarsi con i suoi soci mafiosi, sempre che lo scenario che avevano previsto corrispondesse al vero. Così il luganese telefonò a Indovina, e lo informò che la Procura di Enna aveva emesso un provvedimento di custodia cautelare e che Sanfilippo era già stato trasferito alla caserma Malgeri della guardia di finanza. Nel primo pomeriggio lui sarebbe stato impegnato con Broni alla sezione Ripamonti, dove avrebbero convocato un direttivo straordinario sull'arresto dell'operaio della Vetrital, dopodiché aveva in programma una serie d'incontri, e se Tonio era d'accordo verso le 15.00 gli avrebbe mandato a casa Innocenti per aggiornarlo su tutto il caso e sulla discussione in sezione, o circolo che fosse.

Ancora del caffè, una brioche, una spremuta e la lettura del *Corriere* e dell'*Unità*, e Cavenaghi richiamò Lepori: la trappola era scattata, Indovina aveva subito chiamato i suoi corrispondenti mafiosi e con allegria li aveva informati dell'arresto di Sanfilippo, la falsa talpa. L'appartamento dei due mafiosi era stato individuato e un paio di pulmini mascherati per filmare chi entrava e usciva erano stati inviati sul posto.

Lini – anche in questo caso era stata organizzata una chiamata telefonica – venne subito informato, e il giornalista dell'*Unità* si impegnò a richiamarlo sempre al numero del bar, non appena avesse sentito il viceprocuratore capo De Mellis. Dopo venti minuti, il cronista giudiziario lo informò che il vicecapo della Procura voleva incontrare lui e Lepori un'oretta più tardi, in una sezione distaccata del Tribunale, in piazza Umanitaria 5. Cavenaghi gli ricordò che Broni sarebbe stato presente. Anche l'ex pm presidente dei probiviri del Pds lombardo attendeva una telefonata, e confermò che avrebbe partecipato all'incontro.

In quattro erano seduti intorno a un tavolo, ospiti della sede della Procura generale, quando una telefonata informò il capitano della guardia di finanza di una nuova scoperta: il pulmino sotto la casa dei mafiosi in via Giambellino 96 aveva fotografato l'accesso al "rifugio" di Igor Sergeevič Kudrjašov, già viceaddetto culturale del consolato russo e considerato un ex del Kgb.

Il vicecapo della Procura aprì l'incontro, ricordando che ci si trovava di fronte a un'iniziativa di emergenza gestita in modo molto informale, necessaria vista la pericolosità dei soggetti con i quali si aveva a che fare. «E ora, poi, a complicare le cose si aggiunge anche uno spione russo.»

Broni portò tutto il sostegno del Pds milanese alla Procura di Milano e assicurò che la «gestione informale» del caso si sarebbe conclusa rapidamente, così da ricondurre a una piena responsabilità le autorità che legittimamente dovevano garantire il corso della giustizia e la repressione dei crimini.

Cavenaghi spiegò che cosa secondo lui bisognava fare: consolidare la convinzione di Indovina che pm e polizia giudiziaria considerassero conclusa la vicenda con l'arresto di Sanfilippo, forzare la mano dell'ex operaio dell'Italtel rivelando che era stata scoperta la presenza, accanto ai mafiosi, di Kudrjašov, manovrare per organizzare un incontro tra gli uomini d'onore e lo spione russo, e impacchettare i responsabili della vicenda. A suo avviso tutto poteva essere fatto entro la mattina seguente.

De Mellis e Lepori approvarono il piano del luganese e raccomandarono di tenere sotto controllo i vari esponenti del Pds coinvolti nella vicenda, in modo tale da non far trapelare le mosse successive.

Broni diede garanzie sul comportamento dei suoi compagni coinvolti. Lepori e Cavenaghi fissarono una serie di appuntamenti telefonici per tenersi aggiornati sul caso.

L'incontro era finito. L'ex pm presidente dei probiviri lombardi del Pds si allontanò insieme a Cavenaghi. Presero accordi per convocare un direttivo della Ripamonti per le 14.00 chiamando subito la segretaria del circolo Tea Nosoni e informandola dell'arresto di Sanfilippo e della situazione critica che si stava delineando. La segretaria, raggiunta nella palestra dove insegnava yoga, s'impegnò ad avvertire i sette compagni del direttivo, sicura che chi si poteva liberare dagli impegni di lavoro o casalinghi, di fronte a una situazione così drammatica, sarebbe arrivato di corsa.

Cavenaghi disse a Broni di chiamare Indovina e di fargli sapere che la Procura milanese considerava Sanfilippo sicuramente colpevole e per questo ne avrebbe chiesto una rigida incarcerazione prima del processo. Si salutarono, si sarebbero rivisti in via Gastone da Foix.

Di nuovo con Fani si diressero verso un altro bar, quello ottimo di via Quadronno, con i suoi meravigliosi sandwich. «Dopo non sarà facile riuscire a mangiare qualcosa» si dissero i due. Era meglio nutrirsi subito per reggere una giornata che si annunciava ancora terribile. Dal bar Cavenaghi telefonò a Tonio, si lamentò di Broni, così rigido e burocratico, gli disse che dopo la riunione del direttivo della Ripamonti lui aveva una serie di incontri anche per capire se sarebbero riusciti a piegare Sanfilippo e a strappargli qualche informazione. Se Indovina era d'accordo, come già avevano concordato, gli avrebbe mandato a casa il suo amico Innocenti, che l'avrebbe informato sugli ultimi avvenimenti.

Poi chiamò in edicola la giornalaia Galimberti; a casa, Innocenti, che aveva preso un paio di giorni di congedo e aspettava la telefonata; e in farmacia, la Varzi. Era necessario vedersi di corsa prima del direttivo al circolo Arci Altezza, e per sistemare alcune questioni di sicurezza sulle quali era meglio che pochi fossero informati.

Aveva ancora una mezz'oretta prima di muoversi verso il Parco Ravizza, vicino al quale aveva organizzato il successivo impegno, così ne approfittò per fare un'altra serie di telefonate: chiamò il suo contatto con il generale Nicolais e fissò un appuntamento verso le 17.00 per le ultime informazioni. Si sarebbero visti nella solita libreria. Telefonò ad Aglietta per informarlo che il giorno dopo avrebbe potuto raccontargli tutta la storia del caso, storia che immaginava interessasse la sua "amica" pm. Sentì Rotelli e decisero di vedersi verso le 21.00 al Caffè Milano anche con Salvadori, per spiegare cosa stava succedendo. Concordò un incontro per il pomeriggio del giorno dopo con l'avvocato Rutsos: «Forse si va verso la soluzione del caso, preavverti Alberto, potremmo vederci domani alle 18.00 se tutto va liscio, te lo confermo domani alle 13.00.» Dal suo antico lavoro nel Pci gli era rimasto il vizio dei rapporti umani: quelli che s'impegnavano ad aiutarti dovevano sentirsi ricambiati dal tuo rispetto, anche se il partito era retto da un'organizzazione compiutamente gerarchica. Ora che sono un osservatore svizzero potrei fare a meno di tutti questi salamelecchi, ma non ne sono capace, si disse il luganese.

Alle 13.00 giunsero al circolo Altezza, dove trovarono quelle che Foroni chiamava le sue "pettegole", e Innocenti: era bene che questi compagni fidati conoscessero tutta la trama dei fatti nella loro complessità, per contribuire a gestire il direttivo senza sorprese. Era una scelta necessaria perché non c'era più il vecchio partito a garantire quasi automaticamente la disciplina di compagni abituati a non chiedere troppo conto delle ragioni di una scelta da parte della cosiddetta "istanza superiore". Concordarono l'atteggiamento da tenere su Sanfilippo: tutto spingeva a considerarlo non colpevole, ma si riponeva la massima fiducia nella magistratura. A Innocenti, Cavenaghi chiese di andare più tardi da Indovina, a raccontargli l'andamento del direttivo e riferirgli come circolasse negli ambienti della polizia giudiziaria la voce che nel caso Ettorri fosse coinvolto anche un ex agente del Kgb. «So che ti chiedo un sacrificio, dissimulare amicizia verso chi, come si è scoperto, ha fatto uccidere un compagno che ben conoscevamo, richiede uno sforzo terribile, ma è indispensabile perché sia catturata tutta la banda di criminali che ha agito a Milano in quest'ultimo mese» lo confortò il Mario.

L'operaio dell'Italtel gli rispose: «Sto cercando di trasformare tutta la rabbia per chi mi ha così profondamente tradito nella forza necessaria per nascondere il mio stato d'animo. Sono sicuro che ce la farò.»

«Ti chiamo alle 19.00 per sapere com'è andata» concluse Cavenaghi, dopodiché la pre-riunione si sciolse e i convenuti si separarono per non arrivare al circolo del Pds Ripamonti tutti insieme.

Il direttivo filò particolarmente liscio. I tre che avevano concordato il loro comportamento con Cavenaghi smussarono le polemiche, sulla linea della massima attenzione alle ragioni di Sanfilippo, ma anche della massima fiducia nei magistrati. Oltre alla segretaria e ai tre citati, partecipavano all'incontro due membri del direttivo, una vecchia insegnante, Caterina Pecchi, molto stanca e assonnata, e un più combattivo studente, Gerolamo Sticchi, che ce l'aveva con i pm ma fu contenuto dai tre congiurati. Il settimo – l'idraulico Beppe Figurini, militante del Pci fin dagli anni Settanta – non aveva potuto essere presente: si sa, gli artigiani di quel settore non hanno mai un momento libero, e magari pur essendo disposti a sacrificare il guadagno di qualche soldo per il Pci non lo avrebbero fatto per il Pds. Broni concluse con una certa burocratica pomposità e poi, nell'uscire, sottolineò a Cavenaghi: «Hai visto quale corretto rapporto con la legalità hanno i nostri iscritti da quando io sono presidente dei probiviri?»

Alle 16.00, nella solita libreria di corso di Porta Nuova all'angolo con via Moscova, il luganese incontrò il tenente Franco Sangiovanni inviatogli dal generale, e gli raccontò tutti i particolari della vicenda. Appena fuori dalla libreria assistette a un preoccupante incidente. Alcuni carabinieri con il mitra in mano, uscendo da un pulmino bianco, avevano circondato un altro pulmino bianco tirandone fuori i due che vi sedevano dentro: «È tutto il pomeriggio che state seguendo il dottor Cavenaghi, siete in arresto.» I due erano Momo Tonelli, l'operaio-pugile, e Ciclamino Farro, il compagno della vigilanza Città di Milano. Il luganese dovette intervenire e spiegare che erano due compagni del servizio d'ordine del Pds – sentir parlare di servizio d'ordine del Pds fece sorridere persino i caramba – ai quali aveva chiesto di proteggerlo. L'incidente si chiuse lì.

Accampati in uno di quei brutti bar che si trovano vicino a piazza Principessa Clotilde, sostenendosi con spremute d'arancia mentre Fani riempiva le sue note spesa da consegnare alla direzione nazionale del Pds che lo aveva incaricato dell'indagine, l'ingegnere si dedicò a quello che in quei giorni era il suo impegno principale: telefonare. Chiamò Lepori, che gli confermò: dopo il colloquio Indovina-Innocenti nel quale si era accennato alla possibilità che un ex del Kgb avesse una collaborazione con gli uomini della mafia a Milano, c'era stata subito una chiamata di Indovina, ed era stato convocato al Giambellino un incontro tra i due mafiosi eccellenti operanti a Milano e Kudrjašov per la mattina del giorno dopo, alle 10.00.

Poi chiamò Innocenti, il quale gli riferì del suo incontro con Indovina, che aveva trovato un po' preoccupato: era soddisfatto di sé, la sua parte dell'amico confidente aveva retto fino in fondo, soprattutto quando gli aveva riferito le voci sull'uomo dell'ex Kgb. La talpa, e suo vecchio amico, non aveva avuto nessuna reazione se non quella di sempre: *questi russi, finita l'Unione Sovietica, ne combinano di tutti i colori*. Solo una goccia di sudore sulla fronte un po' l'aveva tradito, ma Innocenti l'aveva notata solo perché conosceva i retroscena.

Mario chiese a Cecco di ospitarlo per un'oretta a casa del fratello. Aveva proprio bisogno di riposare. Poi, poco dopo le 21.00, si rimisero in marcia per il Caffè Milano, in piazza Mirabello: una volta lì, lui e Fani informarono di tutto Rotelli e Salvadori. Cavenaghi pregò quest'ultimo di ringraziare Franchelli e Raffaelli quando il caso fosse stato dichiarato chiuso. Il giornalista del *Corriere* commentò: «Cavolo, se fossi ancora a capo della cronaca e avessi tra le mani un caso come questo, sbaraglierei la concorrenza di quei rompipalle della *Repubblica* che si sono messi in testa di strappare la primazia al *Corriere* anche a Milano.»

Cavenaghi non mangiò niente, limitandosi a bere numerosi cognac: aveva bisogno di arrivare ben stordito a casa, dove lo aspettava un'altra notte di tensione. Prima di sentirsi completamente ubriaco chiamò Carla per rassicurarla; le passò anche Fani, che la metteva sempre di buonumore anche se era un ex comunista – ma la moglie di Cecco era un'anticomunista come lei. Salutati i due consiglieri principali di tutta l'indagine e fissato un appuntamento di massima da Rutsos – se tutto fosse andato liscio –, il luganese si fece portare a casa, raccomandando a Cecco di venirlo a prendere il giorno dopo alle 7.00. Voleva sfuggire il più rapidamente possibile agli esami sul suo stato psicologico da parte della Ines. Ubriaco, aiutato da Fani ad aprire la porta, ed evitata la cognata impegnata con il suo nuovo amore, si appisolò come un bambino: potenza dei liquori francesi.

15

Martedì 4 ottobre

Quando la mattina, alle 7.00, il citofono suonò, la Ines s'impressionò: che cosa sta succedendo? Poi vide quella polpetta di Fani e si rasserenò un po'. Cavenaghi, alzatosi dal letto con la bocca impastata e la testa ancora affumicata dall'alcol, rassicurò ulteriormente la cognata: «Iniziamo a darci da fare presto perché stasera vorrei riuscire a partire per Lugano prima di cena.» Con la stessa scusa svegliò anche Carla, felice della notizia ma, come sempre in un momento di gioia, un po' sospettosa. Nonostante le bevute della notte passata, però, il marito riuscì a convincerla che aveva da sbrigare solo il tran tran burocratico prima di andarsene da Milano.

Mario e Cecco, appena usciti, corsero subito verso la caserma Malgeri, dove avrebbero atteso che la trappola scattasse. Trovarono Sanfilippo, che aveva riconquistato la completa libertà dopo la finta incarcerazione: non era più necessario far credere al suo arresto. I giochi ormai erano fatti. Arrivò anche Innocenti, che voleva andare da Indovina per seguire l'operazione proprio accanto al principale colpevole.

Il capitano Lepori non era d'accordo: «È un rischio inutile, alle 10.00 arresteremo i mafiosi e l'ex Kgb, poi toccherà a Indovina. Non c'è bisogno di esporsi a ulteriori pericoli.»

L'operaio dell'Italtel controbatté: «È importante che l'operazione venga seguita tenendo d'occhio uno dei registi degli atti criminali compiuti in quest'ultimo mese, così saremo in grado di aggiustare il tiro di fronte a qualsiasi novità. Poi io ho un problema personale: per me Tonio era come un padre, era già all'Italtel da quindici anni quando sono arrivato, mi ha spiegato come fare politica, come difendere la dignità del mio lavoro. Mi sono iscritto al partito grazie al suo insegnamento, e ho combattuto una pericolosissima battaglia contro un nucleo delle Brigate rosse ancora presente in fabbrica. E adesso me lo ritrovo diventato un assassino mafioso: devo avere la possibilità di capire che cos'è successo.»

Cavenaghi intervenne: «Credo, capitano, che lei possa non tener conto dei problemi personali del mio amico, ma la considerazione sui rischi nei quali può incorrere l'operazione è una questione diversa. Mettiamo che i mafiosi non siano presenti, che non arrivi l'ex Kgb, che ci siano terzi soggetti che ancora non abbiamo scoperto. In tutti questi casi avere, al fianco di Indovina, Innocenti che ci avvisa subito delle correzioni che dobbiamo introdurre, se la trappola non funziona come previsto, mi pare assolutamente utile, forse indispensabile.»

L'ufficiale della guardia di finanza si consultò per capire gli aspetti legali del coinvolgimento di un privato cittadino in un'operazione di polizia giudiziaria. Si trovò una formula. Da una parte si prevedeva che Innocenti liberasse da ogni responsabilità le forze dell'ordine nel caso in cui la sua iniziativa gli procurasse qualche danno, dall'altra gli si conferì uno stato di testimone speciale, che giustificava il suo intervento. Infine lo si fornì di un'attrezzatura che consentiva ai finanzieri fermi sotto il portone dell'appartamento di Indovina di essere informati su quel che avveniva a casa di quest'ultimo, e quindi di poter intervenire tempestivamente.

Alle 9.30 l'operazione partì: una nuova squadra di finanzieri si avviò a raggiungere quella che si trovava già in via Giambellino 96, mentre un'altra andò a sostenere quelli che erano già sotto casa di Indovina, in via Teodosio 17. A questi ultimi si unì Innocenti, che alle 9.50 suonò a casa del suo ex leader all'Italtel, esattamente come gli aveva annunciato il pomeriggio del giorno precedente.

Collegamenti radiofonici mettevano in contatto con la caserma Malgeri i finanzieri operanti in Giambellino e quelli in azione in via Teodosio. Alle 10.05 la radio dei finanzieri sotto la casa dei mafiosi registrò diversi colpi di arma da fuoco, poi uno dei militari chiamò Lepori: «Siamo entrati, uno dei mafiosi è morto, l'altro e il russo sono scappati e hanno ingaggiato uno scontro con mitra e pistole contro i nostri appostati nel retro della casa.» Cinque minuti dopo arrivò un nuovo messaggio: «Tutti i ricercati sono morti.» Intanto, alle 10.30, dall'apparecchio che si trovava in via Teodosio giunse il rumore di un colpo di pistola. Poco dopo arrivò un messaggio via radio da parte del maresciallo, che comandava la squadretta lì in azione: «Siamo entrati nell'appartamento, il sospettato è morto, quasi sicuramente si è suicidato. Innocenti è salvo, anche se imbrattato del sangue e del cervello di Indovina.»

Venti minuti dopo, l'operaio dell'Italtel che aveva incastrato il suo vecchio maestro era alla caserma Malgeri. Un paio di militari lo aiutarono a liberarsi del sangue e di tutto ciò che aveva sul volto e sui vestiti. Usò la doccia messa a disposizione dai finanzieri e indossò la tuta che gli fu procurata, poi si affrettò a raggiungere i vecchi compagni e gli ufficiali della guardia di finanza che avevano coordinato l'impresa.

«Sarebbe stato meglio se li avessimo presi vivi, ma non si poteva scherzare con quel kalashnikov che era a loro disposizione, né si poteva evitare che un uomo chiuso nel suo appartamento si suicidasse» commentò Lepori.

Tutto il gruppetto, a partire dagli "ospiti" non militari che avevano assistito e guidato le due operazioni in Giambellino e in via Teodosio, accolse con solidarietà e anche con ammirazione l'operaio dell'Italtel testimone degli ultimi momenti di vita della talpa.

«Mi aveva appena offerto un caffè, quando suonò il telefono. Anch'io, che ero a mezzo metro dall'apparecchio, potevo sentire la voce concitata di chi stava dall'altra parte: "Stanno entrando dei finanzieri per arrestarci, stiamo sparando. Aiuto, mi hanno colpito..." Il mafioso che avvertiva Indovina era morto.» Una presa di fiato e Innocenti proseguì: «Il mio degenerato maestro si volse verso di me e disse: "Maledetto Mario, l'ho preso sottogamba, pensavo che facendo l'idraulico in Svizzera non sapesse più usare i trucchi di una volta. E invece eccomi qui, in trappola." Non sapevo come comportarmi, se gettarmi addosso a lui e immobilizzarlo o aspettare che arrivassero i finanzieri. Mi anticipò. Da un mobiletto che aveva al suo fianco tirò fuori una Beretta e me la puntò addosso. Poi mormorò: "Capisco, tu hai fatto il tuo dovere secondo il vecchio stile. Non ce l'ho con te, ma cerca di non infastidirmi, non ho più niente da perdere, tienine conto." Era inutile fare lo scemo, ormai giocavamo a carte scoperte, quello che gli dissi non era particolarmente geniale, ma la paura ti paralizza e ti rende banale. "Ma come hai potuto finire così? Un compagno con la tua storia che si mette con quegli schifosi delinquenti dei mafiosi? Organizzare l'assassinio di un tuo amico come Ettorri? Che cosa ti è successo?" gli ho detto. "Non so se vale la pena spiegarsi con uno come te che si lascia andare solo a ragionamenti primitivi, però magari qualcosa di quel che mi è capitato riuscirai a capirlo, e in futuro ti servirà ad aprire gli occhi", e così iniziò a spiegare che cosa gli era avvenuto. Io me ne stetti zitto anche perché, appena avevo accennato ad aprire la bocca, mi agitò il revolver sotto il naso: "Hai presente quel rosso fiore che in petto c'è fiorito? Quella fede che c'è nata in cuor? Che cos'è rimasto? Otto mesi fa sono andato a un incontro organizzato da alcuni metalmeccanici con quello che per anni era stato il loro leader per poi diventare segretario della Cgil prima di Serrati: sai che cosa ci ha detto? 'State attenti a questi nuovi dirigenti del Pds, stanno disperdendo la cosa più preziosa che avevamo, per conquistare la quale avevamo anche accettato di mantenere un rapporto con quello sgangherato regime in via di disgregazione che era l'Unione Sovietica: la nostra autonomia di classe fondata sul senso della dignità del lavoro.' Era esattamente quel che provavo."»

Innocenti s'interruppe ancora un momento, aveva il fiato spezzato, poi riprese.

«Indovina continuò: "Hai presente quel russo con cui c'incontrammo nel 1982 per capire che gioco faceva Mosca con le Br? Ci disse che c'era una fazione bellicista del Kgb che attizzava forme di guerra civile in Italia, e che il suo compito era di isolarla, ricordi?" Gli dissi di sì, mi ricordavo. "Allora non si fecero nomi, ma era Igor quello che è morto questa mattina. All'inizio di quest'anno mi è venuto a trovare, ha costatato la mia disperata delusione politica, mi ha detto che nel mondo, da Cuba alla Colombia, dal Nepal all'Angola, così come in tanti ambienti europei, c'era ancora chi lottava per il socialismo, e non di rado trovava le fonti per finanziarsi proprio nei degenerati vizi delle società capitalistiche avanzate: cocaina, eroina e quant'altro. 'Certo' mi disse ancora, 'allearsi con gentaglia come i mafiosi è repellente, ma devi tenere presente il quadro generale.'" A queste parole gli dissi: "Ma come hai potuto farti convincere da posizioni così deliranti? Proprio tu che mi avevi insegnato la necessità di un rigoroso realismo nella lotta politica." E lui, dopo aver di nuovo sventolato il revolver per farmi tacere, mi spiegò: "Quando sei accerchiato e ti resta un'unica via di uscita, non devi esitare: e poi non ero solo, durante un viaggio in Sicilia venni a sapere che molti proletari abbandonati da partito e sindacato trovavano come unico sbocco, per essere presenti nella società, quello di collegarsi ai mafiosi. Io avevo pure una cugina vedova di un boss di Enna, che mi confortò sul fatto che, al di là degli aspetti criminali, Cosa nostra proteggeva i lavoratori." "E tu ti sei bevuto tutte queste minchiate" controbattei. "Ti ho detto di stare zitto, non sai dire che cose scontate." "E tu" risposi ancora, "nonostante la minaccia, il non scontato, hai complottato per ammazzare un vecchio amico e compagno come Ettorri?" "Be', questo lo sai anche tu, anche a te avranno insegnato che è impossibile fare una frittata senza rompere le uova." A questo punto gli ho detto: "Non credo che serva ancora parlare, quel che ti ho sentito dire fin qui mi disgusta." "In effetti credo che la conversazione sia terminata, senti i tuoi amichetti in divisa che si stanno preparando a buttar giù la porta, penso che sia proprio finita." Replicai ancora: "E adesso che cosa farai? Ucciderai anche me per completare la frittata?" "No, tu ti sei comportato come avrei fatto io qualche anno fa; se ti ammazzassi, morirei due volte, il che obiettivamente mi sembra esagerato." Dicendo così si chinò verso di me, portò la canna all'altezza del cervello e sparò con l'evidente intento di coprirmi col suo sangue: un modo per segnarmi per tutta la vita.» Così concluse Innocenti, e si accasciò.

Per qualche minuto tutti rimasero in silenzio. Avevano rivissuto una tragedia quasi in diretta, ci sarebbe voluto qualche tempo per riprendersi.

Il tradimento del suo vecchio amico, poi morto suicida, tormentava Cavenaghi. Gli vennero in mente, cercando di elaborare il senso della terribile giornata che aveva passato, due dei più clamorosi episodi criminali della Milano novecentesca: la rapina di via Osoppo e quella di largo Zandonai. Si ricordò dei protagonisti dei due incredibili avvenimenti: Ugo Ciappina, già gappista, fratello di un comandante partigiano, militante del Pci, e Pietro Cavallero, comunista torinese uscito a sinistra dal partito alla fine degli anni Cinquanta. Anche trent'anni prima di quel drammatico 4 ottobre 1994, i sogni della rivoluzione si erano trasformati in incubi.

Largo Zandonai e via Osoppo, proprio ai confini di quel Giambellino-Lorenteggio che anche quel giorno era stato protagonista con tre morti: due mafiosi e un ex Kgb. Lì quel terrorismo che negli anni Settanta avrebbe segnato Milano aveva avuto il suo luogo centrale d'incubazione: la sezione Luglio '60 che abbandona il Pci, la prima azione politico-militare firmata dalle Brigate rosse con l'incendio dell'automobile di un dirigente della Sit-Siemens, Giuseppe Leoni, nel quartiere Lorenteggio, e poi il primo comizio pubblico delle Br in piazza Tirana di Pierino Morlacchi, un tipografo segaligno del Giambellino. Gli venne in mente il Cerutti Gino del bar del Giambellino, di Giorgio Gaber e del suo amico Umberto Simonetta.

Mentre ancora finanzieri e ospiti della caserma Malgeri assorbivano la tensione degli avvenimenti appena vissuti, Cavenaghi dedicò qualche minuto alla lettura del *genius loci* cui l'aveva introdotto e appassionato il vecchio amico Gus. Quanto del carattere del quartiere che quel martedì aveva giocato un ruolo decisivo nasceva dalla sua fondazione moderna, avvenuta sostanzialmente dopo gli anni Venti del Novecento, e in modo così tumultuoso? Quanto continuava a pesare il risentimento antiurbano di una popolazione che, rimasta fino all'ultimo dedita all'agricoltura, si era incontrata con un'improvvisa e sconvolgente immigrazione?

Adesso però era ora di rimettersi in movimento. Basta rimuginare, si disse il luganese, mi attendono le lunghe cerimonie degli addii, che non posso né voglio evitare, prima di poter tornare a fare l'idraulico a Lugano.

Innanzitutto, ancora dalla caserma, chiamò Lini per informarlo di com'erano andate le cose; il giornalista gli chiese di richiamarlo dopo un quarto d'ora, così da avere il tempo di sentire Lorente e De Mellis.

Intanto un finanziere gli annunciò che il capitano dei carabinieri e Sisde Giorgio Scotti era arrivato in caserma e voleva incontrarlo: che onore, il generale Nicolais mi manda da Roma uno dei suoi bracci destri per raccogliere le ultime informazioni e salutarmi, si disse il luganese. L'ufficiale sapeva già molto dell'operazione, ma apprezzò alcuni particolari inediti e gli portò le congratulazioni e i saluti del capo, con l'augurio di poterlo rivedere presto. «Dica al generale» rispose Cavenaghi, «che se viene in Svizzera sarei molto felice di poterlo ospitare a pranzo, anche a casa mia, se farà finta di essere un professore così da non spaventarmi la moglie.»

A quel punto richiamò Lini, che gli riportò le congratulazioni di Lorente e del procuratore capo aggiunto di Milano. Alle 12.00 passò dal circolo Tasselli in via De Castillia, a fianco della federazione, quest'ultima ormai in via di smantellamento: trovò il segretario provinciale Iñigo Agirrezebala, il presidente dei probiviri Broni e la segretaria del circolo Ripamonti Nosoni, che ascoltarono in religioso silenzio la cronaca dei terribili avvenimenti della mattinata. Lo ringraziarono per come aveva protetto il partito – anche quello nuovo di serie B, il Pds, pensò lui –, scoperto l'assassinio di un compagno di valore e smascherato il complotto messo in piedi ai danni di un altro. Erano veramente grati e ammirati. Ma, comunque, non avevano voluto riceverlo in federazione, per evitare guai.

Era ora di partire con il fido Fani per Legnano, sempre verso il solito ristorante La Conchiglia, dove l'attendevano, oltre a Rotelli e Foroni, anche Sanfilippo, la Galimberti, la

Varzi, Tonelli e Farro – i due compagni che Foroni aveva incaricato di vigilare su possibili attacchi a Cavenaghi – e anche un tramortito e appena appena ripulito Innocenti. Insomma, un pranzo della vecchia guardia, che appunto si svolse proprio come un pranzo della vecchia guardia. A un certo punto, approfittando del padrone del locale, che essendo un antico amico di Foroni gli aveva riservato una stanzetta, presero a comportarsi come si trovassero a una Festa dell'Unità, compreso il canto di numerosi inni, tra cui *La guardia rossa* e *Rosso levante e ponente*, che solo chi aveva partecipato alle guerre puniche ancora ricordava.

Pregevole la performance della Galimberti, che da triestina conosceva anche la parodia di *Rosso levante e ponente*, che iniziava con «*Rosso xe il cul del simiotto*», cantata dai giuliani anticomunisti. Numerosi fischi accolsero l'esibizione della giornalaia. Una triste allegria accompagnò tutto il raduno. Alla fine, la Varzi per sollevare il morale esclamò: «Presto cadrà quella vergogna del governo Cazzaniga.» «Sì, lo tireranno giù i giudici» osservò Rotelli. «Ma anche le lotte operaie» commentò Sanfilippo. «Poveri sindacati guidati dalla Confindustria di Abete» disse Innocenti, che sfogava così tutta la tragica tensione accumulata con il suicidio di quello che aveva considerato il suo maestro.

E l'osservatore svizzero? Osservò. Poi, approfittando di un momento di pausa dai canti e dai racconti collettivi, prese da parte Innocenti e gli chiese: «Ti sei fatto un'idea di cosa possa essere successo nella testa del tuo vecchio leader?»

«All'inizio degli anni Novanta, con le dismissioni di interi stabilimenti, crescenti esuberi del personale e pasticciate privatizzazioni in arrivo, Tonio mi aveva detto: "I miei operai stanno per essere mandati al macello, bisogna fare qualcosa." Io avevo pensato a qualche nuovo impegno nel partito, anche in questo di nuova formazione, ma lui stava imboccando la sua via senza ritorno.»

«E quando gli hai parlato del rapporto sezione Ripamonti - caso Liggio?»

«Nell'autunno del '92 era diventato vice dei probiviri regionali del Pds, aveva trovato un dossier molto striminzito sul ruolo avuto dalla Ripamonti nella cattura nel 1974 del boss dei boss mafiosi, e mi aveva chiesto: "In sezione ti avranno parlato di questa leggendaria vicenda, no?" Io da disgraziato gli raccontai tutto quello che mi aveva detto la Galimberti.» Il ricordo di quell'errore e delle tragedie successive stremò una persona già provata dagli orrori della mattinata: diventò ancora più pallido, e non riuscì più a dire una parola.

Nel frattempo, era venuta l'ora di prepararsi al prossimo addio. Per le 17.00 Aglietta aveva organizzato un incontro con la pm Iacoboni presso lo studio dell'avvocato Angelo Petrucci, in via della Guastalla.

Nel raffinato studio di uno degli avvocati molto amici dei pubblici ministeri, Aglietta gli presentò Billa Iacoboni: era una donna bassa e scheletrica, con capelli rosso-grigiastri e crespi, piena di rughe e con due occhi così severi che Cavenaghi pensò: se mi dovesse interrogare per una qualche accusa, morirei di paura.

«Bene, bene» disse la cordialona, «questo sarebbe lo sbirro rosso che ha incastrato un notevole gruppo di mafiosi siciliani e russi?»

«Sì, sono io in persona.»

«Mi hanno detto che ora vive in Svizzera, ma prima ha fatto professionalmente politica, il che fa di lei un soggetto sicuramente inquisibile.»

Il luganese resistette alla tentazione di dirle che, dopo averla vista e sentita parlare, la sua convinzione di ritirarsi in Svizzera era ancora più convinta. Ma pensò: chissà mai i casi della vita, è inutile farsi gratuitamente dei nemici, e si limitò a fare un breve sorriso.

«D'altra parte sarà pur inquisibile, ma con i miei colleghi, capaci di arrestare solo quei rubagalline dei politici e non superbi criminali come quelli della mafia e della 'ndrangheta, lei con la sua esperienza da sbirro rosso è stato decisivo.»

Capì che questo, nonostante gli sputi virtuali che lo accompagnavano, era un complimento, e ringraziò. Poi le raccontò particolari della vicenda, che lei apprezzò, e l'incontro terminò.

Era ora di salutare l'altra parte del gruppo che aveva sostenuto la sua indagine, quello meno da "vecchia guardia" e più borghese che si era riunito a casa dell'avvocato Rutsos.

Naturalmente, oltre al fido Fani, c'era anche Rotelli, che in questa discesa nell'inferno dell'inchiesta sui mafiosi era stato un po' il suo Virgilio. Così come c'era il giornalista Salvadori, un altro compagno di viaggio della sua indagine, che gli portò i saluti – da destra a sinistra – di Franchelli e Raffaelli. C'era il festeggiato Rosci, tornato dal rifugio in cui gli avevano consigliato di ritirarsi, e che aveva investito parte del suo non sconfinato patrimonio in tre bottiglie di Krug per festeggiare la fine dell'incubo. Infine, c'erano i padroni di casa. Questa volta l'angelica moglie Angelina aveva superato se stessa: sui tavolini del salotto, oltre alle flûte, d'ordinanza per gustare uno dei più pregiati tra gli champagne, c'erano fette di un meraviglioso e ancora caldo strudel, altre fette di un dolce mitteleuropeo che contendeva la fama del panettone – il gugelhupf – e dei meravigliosi buchteln, fantastici dolcetti dalla pasta lievitata ripieni di marmellata di albicocche, messi in forno e da servire ancora caldi, perché una volta freddi non conservano tutta la fragranza, l'aroma e la bontà di quando sono appena sfornati.

Pur ansiosi di conoscere i particolari del caso, padroni di casa e ospiti furono un po' distratti dalla magica bevanda e dagli incredibili dessert. Rutsos, che si dava arie da viveur, commentò: «Il superbo sapore del Krug secondo alcuni ricorda un po' quello dello sperma, è per questo che esercita il suo fascino.» «In che senso?» domandò Rotelli che, di origine ragioniere legnanese, prima di diventare uno storico dirigente del Pci, non apprezzava particolarmente gli esotismi alto borghesi. La domanda era imbarazzante e non ebbe risposta. Anzi, servì a spostare l'attenzione sul caso, che venne sviscerato nei suoi vari aspetti, dopodiché si passò a qualche valutazione sulla politica più generale, con considerazioni non difformi da quelle espresse dalla vecchia guardia, un po' con lo stesso tono da veglia funebre appena illuminata dalla speranza che cadesse il governo Cazzaniga.

Se avesse dovuto esprimere un giudizio sulle due cerimonie d'addio, quella della vecchia guardia e quella al Krug, avrebbe detto che nel primo incontro si coglieva una vera disperazione – che cosa si potrà fare per tornare a essere protagonisti, e non solo comparse, nella società italiana? –, mentre nel secondo si avvertiva maggiormente l'amarezza rispetto alla disperazione, la nostalgia per un movimento in cui proletari e intellettuali progressisti s'incontravano alla pari e insieme collaboravano, un'amarezza condita, anche in questo caso, dalla sensazione che non sarebbe stato facile ricostruire l'antica realtà.

Se avesse dovuto esprimere un giudizio, sarebbe stato di questo tipo. Ma non lo fece: era un osservatore svizzero.

Così si conclusero le cerimonie degli addii, con promesse di rivedersi presto e inviti a Lugano. Purché non si parlasse troppo di politica di fronte alla Carla, che sennò s'innervosiva.

Fani impacchettò Cavenaghi e lo strappò ai suoi ospiti, che avrebbero voluto passare qualche altro minuto a chiacchierare come si sarebbe fatto in una sezione del Pci d'un tempo: «Dobbiamo essere a Lugano almeno per le

22.00, altrimenti sua moglie non solo scuoia lui, il che già sarebbe grave, ma anche me, il che sarebbe gravissimo.»

Alle 20.00, Cecco e Mario furono a casa della Ines. Fani, previdente detective, aveva comprato un meraviglioso banano nano – il nome, peraltro, suonava malino – che da solo, collocato in salotto, faceva un effetto foresta: la professoressa non riuscì a capacitarsi della sensibilità del cognato, da sempre considerato dalle due Mazzarenti un rozzo indifferente alla natura. In effetti anche Mario non comprese l'entusiasmo botanico della cognata, ma tenne nascosto questo suo sentimento, ben contento di avere fatto una così buona impressione. Intanto stava discutendo con Cecco e insistendo che gli lasciasse prendere un treno così da poter andare finalmente a riposare.

«No, non posso lasciarti prendere un treno, perché se arrivi dopo le 22.00 la Carla se la prende anche con me, e poi ho una serie di regali che ho messo insieme sapendo che tu non saresti stato in grado di occupartene e avresti comprato qualche sciocchezza in stazione facendo una figuraccia.»

«Ma sei matto! Devi tenere i tuoi soldi per mandare tua figlia all'università, altro che regalarmi doni da portare alla mia famiglia!»

«La direzione del Pds, per tutta questa indagine, mi ha dato venti milioni di lire da usare per coprire le spese, e pagare sia me sia te: tu non vuoi un soldo, perciò sarai costretto ad accettare almeno i miei regali per i tuoi, cosa, peraltro, che da zio quasi ufficiale di Piero e Francesca è per me un dovere. Dunque ti porterò a Lugano, dove ho già sperimentato la tua fantastica stanza per gli ospiti.»

«Mi raccomando, però, non una parola sull'indagine con Carla, che poi mi sviene.»

«Abbiamo lavorato quindici anni fianco a fianco nel Pci e mi fai ancora raccomandazioni di questo tipo?»

I due, baciata e abbracciata la Ines – momentaneamente senza il suo ganzo –, si recarono alla Panda di Cecco che – contando molto sulla Divina Provvidenza – li avrebbe portati in Svizzera. Prima di partire, presero in esame i regali, anche perché Mario, spesso distratto, non facesse figuracce con i suoi.

L'analisi fu molto articolata. A Piero sarebbe arrivata un'intera bibliotechina di libri sulle canzoni milanesi popolari, tra i quali uno curato da Roberto Brivio e due da D'Anzi, e infine quello di Nanni Svampa, e in più un piccolo registratore portatile con le cuffie per ascoltare musica "milanese" trasferita su apposite cassette. Carla, invece, avrebbe ricevuto in dono due ingombranti telefoni mobili della Nokia – sembravano delle radio militari –, una specie di guinzaglio permanente per Mario – che infatti imprecò con Cecco –, peraltro molto costoso, ma non quanto una spilla di Pederzani a forma di pesce con diamantini, che sarebbe stata perfetta su tanti dei suoi tailleur. A Francesca sarebbero arrivati gli ingredienti per fare il presnitz, i buchteln, lo strudel e il gugelhupf – in questo caso insieme allo stampo di metallo e ceramica necessario per cucinarlo –, e poi un libro sui dolci triestini e un altro intitolato *Sweet Sicily*, dove si trovavano anche dotte discussioni sulla cassata.

Alle 22.00, i due avventurosi protagonisti del caso Ettorri entrarono nella casa luganese della famiglia Cavenaghi. I festeggiamenti commossero l'ex presidente dei probiviri lombardi del Pci. I regali suscitarono un grande entusiasmo tra i ragazzi, mentre Carla sgridò severamente il marito: «Credi di essere Rockefeller per poterti permettere di comprare tutta questa roba?» Ah, il terribile giansenismo di certe famiglie milanesi! Cavenaghi spiegò che gli avevano offerto del denaro, ma era sicuro che portarle dei soldi da parte degli ex comunisti avrebbe infastidito la signora Mazzarenti-Cavenaghi: ecco, dunque, l'idea di procurarsi quei regali, equivalenti all'ammontare della ricompensa e che, fra l'altro, facevano risparmiare sulle tasse. Forse la spiegazione non convinse del tutto la severa consorte, ma alla fine la felicità di riavere il suo Mario prevalse su ogni altra cosa.

Poco dopo, in questo clima di assoluta serenità, andarono tutti a dormire. Mario e Carla si fecero anche due coccole. E così l'ingegner Cavenaghi prese sonno, certo che i suoi sogni non sarebbero stati turbati dalle parole e dalla musica dell'*Internazionale*.

Ringraziamenti

Naturalmente le fantasiose storie che racconto in *Freddo al cuore* sono solo mie, ma scrivendole ho avuto il conforto di giudizi e suggerimenti di cari amici che è doveroso ricordare: da Beppe Bonino a Giuliano Ferrara, da Alberto Meomartini a Giulio Sapelli e Claudia Sonino. Una citazione particolare merita Cris Bono, che mi ha superbamente aiutato nella descrizione storica, urbanistica e architettonica di tanti luoghi e edifici citati nel mio libro. Infine un indispensabile riconoscimento va alla mia Lidia, tanto cara e tenera con me, quanto severa critica – secondo gli usi di un'antica redattrice editoriale – verso la mia scrittura.

Stampato da
Grafica Veneta S.p.A., Trebaseleghe (PD)
per conto di Marsilio Editori® in Venezia

«Farfalle Marsilio»
Periodico mensile n. 383/2024
Direttore responsabile Giuseppe Lupo
Registrazione n. 1334 del 15.06.1999
Tribunale di Venezia
Registro degli operatori di comunicazione-ROC n. 6388

EDIZIONE	ANNO
10 9 8 7 6 5 4 3 2 1	2024 2025 2026 2027 2028